W0249020

## *Sur l'auteur*

Né en 1973, Gwenaël Bulteau est professeur des écoles. Particulièrement attiré par le roman noir, il a écrit plusieurs nouvelles et a remporté divers prix. En 2017, il est notamment lauréat du prix de la nouvelle du festival Quais du Polar pour « Encore une victoire de la police moderne ! », publiée par la suite aux éditions 12-21. *La République des faibles* est son premier roman. Il a été récompensé du prix Landerneau polar en 2021.

GWENAËL BULTEAU

# LA RÉPUBLIQUE DES FAIBLES

10
18

LA MANUFACTURE DE LIVRES

© La Manufacture de livres, 2021.
ISBN 978-2-264-07959-6
Dépôt légal : mars 2022

Pierre Demange se réveilla dans son lit bien avant l'aube de ce premier jour de l'an 1898. Comme chaque nuit, il avait rêvé de montagnes de vieux journaux, d'affiches de campagnes électorales et de tracts syndicaux, de tous les papiers, en fin de compte, que l'on jetait au rebut. Les nouvelles se périmaient en un rien de temps et c'était une bonne chose, car on fabriquait la pâte à papier à partir des imprimés de la veille dont il remplissait sa charrette de chiffonnier pour la revente.

En se mettant à sonner, les cloches de Fourvière lui rappelèrent le passage inexorable du temps. Le carillon enfonçait les clous un peu plus loin dans son cercueil. Dans ses jeunes années, il avait creusé des tombes, un peu partout, en plein champ lors de la guerre, ou dans des cimetières à l'emplacement de concessions expirées. Les morts prenaient la place des morts. Les occupants précédents avaient disparu. Il ne restait ni cercueil ni ossement, rien à part de la poussière, et l'idée de retourner à la poussière le fit frissonner. Il avait beau être croyant, l'espoir de résurrection s'amenuisait avec l'âge. Il flairait la supercherie et cette idée d'anéantissement était pénible.

Les enfants et le chien dormaient au pied du lit,

enroulés dans une couverture. Sa femme tournée sur le côté lui opposait son dos massif et hostile qu'il n'osait plus escalader. Madame refusait qu'il la touche. Ça le prenait, parfois, d'engueuler toute la smala avant de partir au boulot, mais, prompte à répliquer, elle prenait le premier objet qui lui tombait sous la main et le lui balançait au visage. Les enfants ricanaient dans leur demi-sommeil et ce n'était rien en comparaison du chien qui, arraché à ses rêves, lui adressait des regards pleins de reproches. La bestiole ne perdait rien pour attendre. Il réglerait ses comptes avec elle, en temps et en heure.

Seulement, en cette nuit de l'an nouveau, ni sa femme, ni ses gosses, ni le chien ne se réveillèrent. Non qu'ils eussent fait de belles ripailles car les festivités ne faisaient plus partie depuis longtemps des habitudes de la maison, mais ils ronflaient tous du sommeil profond de l'innocence. Il avala un bol de soupe en regardant, affichées au mur, les images des grands hommes qui avaient toujours été une source d'inspiration pour lui. Il lui fallait des idoles, fussent-elles républicaines. Il imagina son portrait fixé au mur en cette bonne compagnie quand soudain sa femme ouvrit un œil morne et terrible qu'elle posa sur lui comme une accusation : pourquoi n'était-il pas déjà parti gagner sa croûte ?

Dehors, sous un temps glacial, il cracha dans ses mains et saisit les bras de sa charrette. Il était tout, homme et bête de somme à la fois, et l'attelage s'enfonça dans cette nuit de goudron. L'éclairage public n'avait pas encore conquis les quais de la Saône. Autant le cours d'Herbouville et la Grande-Rue fleurissaient de réverbères depuis un demi-siècle, autant certains quartiers restaient dans la pénombre, quoi que fissent les habitants. Le sort, ou les édiles, les maintenaient loin de la lumière. Au fond, peut-être ne la méritaient-ils pas.

Malgré les ténèbres, les rues connaissaient une affluence de passants fêtant la nouvelle année. Certains lui lançaient des quolibets parce qu'il était le seul con à travailler cette nuit-là. Mais il n'avait pas le choix. Le repos du dimanche et les jours chômés étaient une fantaisie qui ne le concernait pas. Les débouchés se raréfiaient. Les presses utilisaient de plus en plus la cellulose de bois. Seul *Le Salut public* lui achetait encore sa marchandise et, de la part d'une entreprise de presse, on pouvait être sûr que ce n'était pas par charité. Alors il ramassait, il piquait les papiers ou les chiffons, il entassait les journaux de la veille et il décollait les réclames pour en remplir ses gros sacs de toile.

À ses yeux, la décharge de la Croix-Rousse constituait un véritable filon, qu'il n'était pas le seul à exploiter car parfois, lorsqu'il grattait dans la pourriture, il dérangeait les rats qui s'écartaient de mauvaise grâce, contrariés par cet homme empiétant sur leur territoire. À d'autres moments, dressées sur leur arrière-train, les braves bêtes lui faisaient une haie d'honneur comme pour rendre hommage à l'un des leurs au milieu des ordures. Il fallait bien que tout le monde vive.

Dans le halo terne de sa lampe, il faisait sa moisson à l'aide de son crochet quand soudain il entendit un bruissement et, du coin de l'œil, surprit un mouvement de fuite. Il plissa les yeux. Non, ce n'était pas un rat, plutôt une espèce de cabot à la recherche d'une ordure comestible. Il siffla mais la bête, ne lui prêtant aucune attention, disparut dans l'obscurité. Un peu plus loin, une cavalcade résonna dans son dos. Il se retourna. Personne. On n'y voyait rien dans cette nuit poisseuse. Il frissonna, encore, assailli par des souvenirs de cadavres s'étendant à perte de vue. Aussitôt, il imagina ses propres funérailles. Son petit garçon ferait le salut militaire devant sa tombe. Un encart dans les journaux lui rendrait un hommage républicain. Et puis il tomberait dans l'oubli.

Perdu dans ses pensées morbides, il continua sa récolte et tomba sur une vieille couverture. C'était rare, ce genre de trouvaille. En général, les gens les usaient jusqu'à ce qu'elles tombent en lambeaux. D'un geste aguerri, il la piqua pour la ramener vers lui, dévoilant en dessous une forme difficile à distinguer. Une impression bizarre le saisit. Il approcha la lampe et faillit tourner de l'œil à la vue du corps mutilé. Un jet de soupe remonta dans sa gorge et lui échappa. Alors il décampa en appelant au secours, sans même se rendre compte que, pour la première fois de sa vie, il abandonnait sa charrette.

Le commissaire Jules Soubielle observa les trois officiers en face de lui. Le premier, Fernand Grimbert, revenait des lieux du crime. Encore plus blafard qu'au petit matin, il se tassait sur sa chaise, les yeux vitreux de fatigue. Des agents étaient allés chercher les deux autres chez eux en leur montrant le document de réquisition immédiate. Ils s'étaient alors tous retrouvés au commissariat, réunis dans la même salle alors qu'ils appartenaient à des services différents et faisant une sale gueule à l'idée que leur premier de l'An passait à l'as.

— Un chiffonnier a trouvé un cadavre d'enfant dans la décharge de la Croix-Rousse, commença Soubielle. L'information est remontée au commissariat alors que le lieutenant Grimbert prenait son service.

Gabriel Silent et Aurélien Caron tournèrent la tête pour regarder leur collègue. Une odeur tenace de pourriture émanait de ses vêtements. Il avait passé la matinée à patauger dans les ordures où ses bottes s'enfonçaient avec un bruit de succion. Le commissaire, arrivé sur les lieux peu après, avait jeté un œil à la civière tenue par les ambulanciers. Une couverture dégueulasse tombait bizarrement à l'endroit supposé de la tête. En la relevant, il avait dégagé un corps en robe de fillette, au cou scié à la base, grouillant de vers. Les bras et les jambes présentaient des marbrures et le ventre démesurément gonflé semblait sur le point d'éclater.

— Vous connaissez comme moi le fonctionnement de notre administration. Les priorités sont claires : l'ordre social, la tranquillité publique, la sécurité des commerces. On ne fait pas grand cas de la mort d'un enfant. Deux ou trois jours d'investigation et on passe à autre chose ! Or la rapidité et la coordination des forces de police sont souvent les facteurs essentiels de la résolution d'un crime. C'est pour cette raison que je vous ai réunis ici.

Les trois flics acquiescèrent. Lors de son arrivée à la Croix-Rousse, le commissaire Soubielle n'avait pas fait mystère de sa volonté de rénover les procédures de l'enquête policière. La création de brigades judiciaires réunissant des hommes de divers horizons faisait partie de ses projets. C'était une chance à saisir. Aucun des officiers présents dans la salle n'avait envie de patrouiller dans la rue pour s'enquérir de la santé des commerçants.

— D'après le rapport préliminaire, la victime est un garçon âgé de neuf ou dix ans, dont les vertèbres cervicales ont été sciées à l'aide d'un outil tranchant. Plusieurs entailles visibles à la base du cou indiquent des gestes maladroits, ou au moins hésitants, de la part de l'auteur des faits. Le décès remonterait à cinq jours, peut-être une semaine, mais la présence du corps dans la décharge date de cette nuit même. Où était le cadavre pendant ce temps-là ? Pourquoi autant de temps avant de s'en débarrasser ? Même si le froid hivernal retarde le processus de décomposition, cela laisse songeur.

Grimbert jeta un regard par la fenêtre. Les deux autres officiers écoutaient, bras croisés.

— Cet enfant porte des traces d'atteinte à la pudeur, continua Soubielle. Vous savez que l'affaire Joseph Vacher défraie toujours la chronique. Ce vagabond non seulement mutilait et tuait ses victimes, mais se livrait aussi à de multiples actes contre-nature sur leurs cadavres. Pourtant, peu de rapports relatent des examens, disons, complets, parce que la pudeur pousse certains collègues à taire des actes odieux. Pour ma part, je serai clair. De son vivant, ce garçon a subi des sévices sexuels répétés. Par ailleurs, il portait une robe de petite fille. Son tortionnaire aurait peut-être préféré qu'il en soit une.

— Un autre Vacher dans la région ? demanda Caron, un spécialiste des affaires criminelles, apprécié par ses collègues parce qu'il n'hésitait pas à en découdre.

Comme il était grand et large d'épaules, son gabarit était un atout en cas de problème.

— Difficile à dire et on ne va pas attendre que le crime se répète pour en avoir la certitude. Mais reprenons. Notre témoin quitte son domicile à quatre heures trente. En chemin, il croise plusieurs groupes de fêtards, pour certains très agités. Le brigadier-chef Millard, qui occupait le poste d'officier de permanence cette nuit-là, m'a donné le rapport d'activités. Les agents en patrouille ont arrêté une trentaine d'individus, la plupart pour tapage nocturne. C'est la norme pour une nuit de premier de l'An. J'ai donné l'ordre de ne relâcher aucun d'entre eux avant interrogatoire puisque ce sont des témoins éventuels, voire des suspects. En passant, Millard m'a parlé d'une célébrité locale, accueillie dans nos murs pour des faits d'outrage et de rébellion, Désiré Blovski, de l'Internationale des travailleurs.

— Je le connais, dit Grimbert. Il organise des

réunions dans les quartiers ouvriers afin de rallier les prolétaires à sa cause.

— Est-il dangereux ?

— À ma connaissance, il ne s'en est jamais pris aux biens d'autrui. Vous savez ce qu'on dit : incorrigible mais inoffensif.

Gabriel Silent gloussa. Avant de travailler pour la sûreté, il était passé par les mœurs et il avait gardé de cette période un goût pour les costumes de qualité. Il s'habillait toujours avec élégance. Politiquement, Il faisait partie du camp adverse. Son engagement politique en faveur des ligues antisémites était connu de tous et apprécié d'une grande majorité de flics. La rumeur prétendait même qu'il allait se présenter aux élections législatives en tant que suppléant sur la liste de Bergeron. On comptait sur son statut de policier pour ramener des voix.

— Même s'il s'agit d'un révolutionnaire d'opérette, Blovski figure sur les fiches du préfet de police, précisa-t-il. On le surveille.

Soubielle remarqua le regard sombre que ses deux collègues adressèrent à Silent. Visiblement, ils ne faisaient pas partie de ses admirateurs.

— Le chiffonnier n'a croisé personne à proximité de la décharge à part – je cite – « des rats et un chien errant ». L'homme paraît sincère. Son empressement à venir témoigner au commissariat, ses réponses identiques au mot près parlent pour lui. Mais nous vérifierons chaque détail de sa déposition. Passons à la victime, maintenant. Au cours de l'année dernière, une quarantaine de garçons de moins de onze ans ont été portés disparus. Si on écarte les fugues temporaires et les décès accidentels, il nous reste une bonne douzaine d'affaires non élucidées. Les dossiers contiennent des descriptions détaillées de chaque enfant recherché dont vous prendrez tous connaissance. Le rapport du légiste nous permettra de recouper les informations. Si la victime est originaire de Lyon ou des environs, nous avons une chance de l'identifier. Question à l'agent de la sûreté : cet enfant peut-il sortir d'une maison close ?

— Il n'existe pas, à Lyon, de lieux spécialisés dans la pédérastie, répondit Silent. Des prostitués mâles, des dégénérés se livrant à des passes, oui. Mais rien de structuré. Pour ce genre de service, il faut monter à Paris. Certains établissements peuvent employer quelques hommes, à l'occasion, de manière inavouable, mais pas des mineurs de moins de quinze ans ; le bruit serait remonté à nos oreilles. Cela dit, il existe de moins en moins de maisons à l'ancienne. La prostitution se propage aujourd'hui sous de multiples formes : maisons de rendez-vous, cabarets, débits de boissons. Beaucoup de filles indépendantes racolent de leur fenêtre. Les contrôles se résument bien souvent au suivi des visites médicales. Les temps changent. Comme disait un ancien collègue, nous n'avons plus la main sur *nos femmes*. La prostitution nous échappe.

— Je penche pour une autre hypothèse, intervint Caron. Depuis une vingtaine d'années, les atteintes à la pudeur sur jeunes mineurs tiennent une place à part dans notre travail. Le sujet est difficile car les parents portent rarement plainte pour un simple viol, de peur qu'une tache soit jetée sur la famille. Et lorsque la victime se trouve être un garçon, ce délit n'est pratiquement jamais rapporté, en cause la même volonté de préserver l'honneur familial. Malgré tout, nos dossiers contiennent l'identité d'individus hantés par l'idée d'accoster les enfants. Ce sont le plus souvent des hommes d'âge mûr, ayant fait l'objet soit d'une condamnation pour attentat à la pudeur sur des moins de treize ans, soit d'un signalement, parce qu'ils traînaient à la sortie des écoles, par exemple.

— Je suis d'accord. Silent et Caron, vous passerez dans tous les commissariats de quartier pour consulter les dossiers. Je veux la liste des individus arrêtés ou condamnés pour des affaires de mœurs liées à des mineurs. Toi, Grimbert, tu en mets un coup sur l'enquête de moralité concernant le chiffonnier. Ensuite, tu retournes à la décharge pour terminer la supervision de la fouille. Assure-toi qu'on en retourne chaque pouce ! L'objectif est de retrouver la partie manquante du corps. Mais en l'absence de résultats d'ici à ce soir, on arrête les frais et je placerai les agents en renfort pour l'enquête de voisinage.

Le visage de Grimbert se figea. Son temps de service était fini. Il ne rêvait que d'une chose, tomber au fond de son lit, ça se voyait. Ou peut-être boire un verre. Changement de programme. Le lieutenant tenta de faire bonne figure mais son manque d'envie ne trompa personne.

— Une question, tout de même, reprit Soubielle : quel sens donner à la décapitation du gosse ?

— Un moyen de retarder son identification, proposa Silent.

— C'est une réponse rationnelle, convint le commissaire, mais notre criminel l'est-il ? En tout cas, cette tête doit bien se trouver quelque part.

— Le suspect s'en est débarrassé ailleurs, dit Caron. Ou alors il l'a enterrée.

— Peut-être l'a-t-il gardée ? proposa Grimbert. Comme, je ne sais pas, moi, un trophée. Ce genre de conduite étrange arrive parfois chez les satyres.

Les flics hochèrent la tête. Depuis Vacher, on pouvait s'attendre à tout.

Le chiffonnier logeait le long de la Saône dans un baraquement fabriqué à partir d'un amas de tôles, de planches et de matériaux de récupération. Il avait l'âme d'un artiste. Un tas d'objets ornait sa façade : des pots de fleurs, des jouets en bois sculpté, de la ferraille piquetée de rouille. Grimbert ne savait pas trop comment définir le style. Mais en pavoisant sa cabane de chiffons tricolores dignes de l'hôtel de ville, l'homme affichait au-dessus du bric-à-brac un patriotisme républicain. Le flic tapa contre la tôle. Aussitôt, un gamin d'une dizaine d'années apparut, casquette vissée sur la tête.

— Police, annonça Grimbert, je cherche Pierre Demange.

Le petit se gratta le menton.

— Mon père n'est pas là. Vous venez pour le cadavre de la décharge ?

— Les nouvelles vont vite. Comment tu t'appelles ?

— Louis, dit l'enfant après une hésitation.

— On se découvre devant la police, mon petit monsieur.

— Et puis quoi encore ? Certainement pas !

L'air offusqué du gamin arracha un sourire à Grimbert.

— Et ta mère, elle est là ?

— Maman ! hurla-t-il en se retournant.

Un chien pointa son museau sur le seuil de la maison et renifla les chaussures du visiteur. Le petit l'attrapa par le cou.

— Allez, viens, Bis, laisse le monsieur. Maman ! Un flic, pour toi !

Apparut alors une femme échevelée essuyant ses mains sur sa blouse. Grimbert voulut lui présenter la situation.

— Je suis au courant, coupa-t-elle. Je ne sais pas quand il va rentrer.

Le flic sourit.

— Ce n'est pas grave. Au fond, c'est vous que je venais voir.

La femme lui tourna le dos en soupirant. Considérant ce geste comme une invite, Grimbert lui emboîta le pas. Deux petits enfants serrés l'un contre l'autre jouaient avec une bobine sur une paillasse. Le logis grouillait d'emblèmes républicains, des fanions, des cocardes, des drapeaux tricolores mangés par des mites. Sur un mur trônait un portrait d'Adolphe Thiers. Le premier président de la III$^{e}$ République, mort plus de vingt ans auparavant, exprimait une détermination glaçante. À côté, un certificat militaire, sous verre. Le chiffonnier affichait fièrement ses bons états de service.

La femme occupait un emploi à la filature où elle travaillait le plus souvent de nuit. Pour preuve, elle montra ses mains ravagées par les teintures.

— Mes questions relèvent de la pure routine, dit Grimbert. À quelle heure votre époux a-t-il quitté la maison ce matin ?

— Les cloches de Fourvière sonnaient. Quatre heures trente. Pierre se lève tous les matins à la même heure depuis dix ans. Dans son métier, il faut passer le premier.

— Quel itinéraire emprunte-t-il ?

— Il prend le boulevard de la Croix-Rousse et la Grande-Rue de Cuire jusqu'au fort de Calluire. Puis il dépose ce qu'il a trouvé au *Salut public*.

— A-t-il des ennuis avec ses collègues ?

— Vous connaissez les hommes. Tout va pour le mieux tant qu'ils ne parlent pas de politique.

Le flic approuva en son for intérieur. Il y avait des idéologies irréconciliables. Silent, pour ne citer que lui, lançait ses réflexions à la cantonade, étalant ses idées partisanes pour qu'elles rampent dans les esprits. Et les flics hochaient la tête comme des santons.

— Avez-vous remarqué un changement quelconque dans les habitudes de votre époux ?

Elle secoua la tête, les yeux dans le vide.

— Se conduit-il en bon père de famille ?

— Je n'ai pas à me plaindre, répondit-elle d'un air morne.

— Des écarts conjugaux ?

Mal à l'aise, la femme le regarda d'un drôle d'air. Pourquoi ce flic la poussait-il dans ses retranchements ? Elle secoua la tête encore une fois.

— Il touche à la boisson ?

— Pas trop, Dieu merci.

— Se rend-il près des écoles, a-t-il du goût pour les enfants ?

La femme afficha un visage stupéfait.

— Absolument pas. Les enfants ne l'ont jamais intéressé.

Grimbert désigna les deux petits.

— Que font-ils dans la journée ?

— Ils jouent dans la rue avec leurs copains. Louis

va à l'école. Le reste du temps, il travaille chez un rémouleur pour apprendre le métier.

Rien ne sortait de l'ordinaire. Si on ajoutait à cela l'absence de notification au sommier et le certificat de démobilisation en bonne et due forme, aucune raison flagrante n'apparaissait de soupçonner le chiffonnier. Il ne restait plus à Grimbert qu'à poursuivre l'enquête de moralité. Rien de tel qu'un voisin pour apporter une touche discordante à un tableau idyllique. Dehors, le fils du chiffonnier jouait avec son chien.

— Allez, Bis, fais le beau !

Le cabot se dressa sur le train arrière et avança de quelques mètres avant de retomber à quatre pattes. Fier de lui, l'animal mendia une caresse.

— Il s'appelle Bis ? Drôle de nom !

— En réalité, c'est Bismarck. Mon père donne le même nom à tous ses chiens. Le mien, là, c'est au moins le troisième.

— Pourquoi Bismarck ?

— Papa l'a dressé pour faire des tours. On lui colle une casquette sur le crâne, une croix de fer autour du cou et hop ! le voilà prussien ! Les gens nous donnent la pièce. Regardez. Debout, Bismarck ! cria-t-il.

Parfaitement discipliné, le chien se dressa sur ses pattes arrière.

— Garde à vous !

Le chien aboya sur ses pattes un peu tremblantes. Aux dernières nouvelles, Otto von Bismarck se déplaçait en fauteuil roulant. On disait même qu'il avait la gangrène. Quel âge pouvait avoir le vieux salaud ? Cent ans, au moins.

— Bravo, Bis, bon chien.

Grimbert applaudit de bon cœur et fouilla ses poches

à la recherche d'un sou. Les yeux du gamin brillèrent. La piécette, si modeste fût-elle, offrait des perspectives.

— Dis-moi, Louis, ça te dirait d'en gagner d'autres ?

Le gamin hocha la tête.

— Comment ?

— Tu ouvres tes yeux et tes oreilles. Et si tu apprends quoi que ce soit à propos de l'enfant mort, tu viens m'en parler. Compris ?

Le gamin hésita.

— Je ne sais pas, dit-il en baissant les yeux.

— Personne ne le saura, dit Grimbert. Et puis, je vais te donner une avance.

Le flic sortit une pièce d'un franc de sa poche. Louis Demange ouvrit de grands yeux. Grimbert la lui fourra dans la main et le petit referma son poing dessus.

— Les yeux et les oreilles, compris ?

— À vos ordres, chef ! s'empressa de répondre le gamin, portant deux doigts à sa casquette.

— Et n'oublie pas de te découvrir devant la police !

Tout sourire, Grimbert regarda partir le môme. Si Lucienne apprenait combien il lui avait donné, elle serait furieuse ! Il se garderait bien de le lui avouer. Soudain, il se mit à rire. Et puis quoi ? Peut-être qu'il lui dirait, en fin de compte ! Juste pour la faire braire !

Au coin de la rue, le commissaire Soubielle observait les passants déambulant le nez dans leurs journaux. On ne mentait pas en disant que la presse et les Lyonnais vivaient une grande histoire d'amour car il voyait les gens se ruer sur les kiosques en partant au travail le matin.

Arrivé depuis peu, le commissaire s'habituait doucement à la ville, sa presqu'île cernée par le fleuve et son affluent, son défilé incessant de barques et de péniches, ses taxis-chevaux en rangs d'oignons sur les rues pavées et, au cœur de la cité, ses jolies boutiques avec leurs tentures rayées de vert et de blanc. Il avait craint surtout que son épouse éprouvât le mal du pays mais, à sa grande surprise, Marie-Thérèse s'acclimatait vite, enchantée à l'idée d'un nouveau départ.

— Comment s'est passée ta première journée de l'année, commissaire ? demanda-t-elle en l'étreignant.

Soubielle chassa d'un geste de la main les images délétères.

— La noirceur des affaires de police. Parlons d'autre chose.

— J'ai rencontré la voisine du dessus, enchaîna Marie-Thérèse qui ne se fit pas prier. Elle s'appelle

Madeleine Génor. C'est l'épouse d'un pharmacien. Au cours de la conversation, j'ai découvert que nous avions le même âge.

— Oh, c'est un signe, sourit-il.

Sans ajouter ce qu'il avait en tête. La nuit précédente, ce couple avait fêté le réveillon de manière bruyante, avec grincements de ressorts et cris d'extase. Marie-Thé avait fait semblant de ne rien entendre.

— Elle a déjà donné naissance à six enfants, ajouta-t-elle d'une voix où pointait l'admiration. Six ! Tu te rends compte ? Enfin, leur aîné n'est plus à la maison. À son âge, il vole de ses propres ailes. Mais leur petit dernier n'a pas encore deux ans.

Soubielle devina que sa femme avait vendu la mèche.

— Je n'ai pas pu résister, Jules, avoua-t-elle, comme si elle lisait dans ses pensées. Madeleine cause facilement. Après avoir accouché de son premier enfant, elle a passé cinq ans sans tomber enceinte. Elle avait perdu tout espoir et puis son ventre s'est remis en marche, sans qu'elle sache trop pourquoi. Alors, oui, je lui ai dit que j'attendais un enfant. J'ai besoin de partager mon bonheur, mes doutes et mes angoisses.

— Nous nous étions promis de garder le secret le plus longtemps possible, lui rappela-t-il.

— Finalement, quelle importance ? Je ne suis pas superstitieuse et toi non plus.

En réalité, le fond du problème était ailleurs, dans le fait qu'ils avaient vécu suffisamment de déceptions. Si les choses tournaient mal, il faudrait en plus subir l'apitoiement des voisins. Mais que faire à part s'en remettre à la chance ?

— C'est facile de se taire, pour un homme, ajouta-t-elle d'une voix aigre. La tragédie ne se déroule pas dans ton corps. Moi, ça me fait du bien d'en parler.

— Je n'ai pas voulu te froisser, s'excusa Soubielle, refusant de s'empêtrer dans ce débat.

Elle soupira, se couvrit le visage de ses mains.

— Honnêtement, cela peut-il changer quelque chose ?

— Non, assura-t-il. En aucune manière.

Et il le pensait sincèrement, mais il avait commis une bévue. Sa femme semblait inquiète, maintenant, tenaillée par la peur que tout aille de travers, une fois encore.

Le médecin les avait prévenus : après plusieurs fausses couches, il s'agissait là sans doute de leur dernière chance. Avant d'entamer les démarches, Soubielle ignorait que la lutte contre l'infertilité fût un tel chemin de croix. Leur intimité exposée sous une lumière crue, décortiquée, disséquée. Marie-Thérèse avait tenté tous les traitements, la pauvre : le repos absolu dans la position horizontale, les bains de siège, les cataplasmes vaginaux, le quinquina, le fer, et la manipulation la plus traumatisante, une tentative de remise en place des ovaires par des moyens dont elle refusait encore de parler. En désespoir de cause, un médecin lui avait conseillé d'accepter sa stérilité comme un mal irrémédiable. Elle était sortie dévastée de son cabinet. Soubielle aussi était passé au crible médical. Un spécialiste lui avait demandé s'il avait des habitudes de paresse ou de gloutonnerie car les excès de nourriture empâtaient les animalcules spermatiques. Si la situation n'avait pas été aussi humiliante, il lui aurait ri au nez.

Et alors qu'ils faisaient le deuil d'une progéniture, Marie-Thérèse était tombée enceinte. Un miracle, car elle n'était plus de la première jeunesse ; l'approche de la quarantaine faisait d'elle une femme âgée pour devenir mère. Mais, cette fois-ci, ils avaient dépassé le stade fatidique des trois mois, une grande première.

Il la conduisit au fauteuil où il l'aida à s'asseoir, tapotant les coussins avant de les lui disposer dans le dos en surjouant l'obséquiosité, ce qui la fit rire.

— Parle-moi de nos nouveaux voisins, lui demanda-t-il.

— Tu veux enquêter sur eux ?

— Exactement, déformation professionnelle.

À la satisfaction de Soubielle, un sourire pointa sur son visage.

— Ces gens appartiennent au même rang que nous. On devrait s'entendre. Son rôle de mère de famille ne laisse aucun répit à Madeleine, mais elle gouverne son petit monde de main de maître. Ses enfants sont bien élevés même si un petit agité lui donne du fil à retordre. Celui-là s'est montré incapable de tenir en place pendant que nous bavardions.

— Et le chef de famille ?

— Paul Génor possède son officine et, d'après sa femme, les affaires marchent bien. Leur photographie de mariage donne de lui l'image d'un homme de belle prestance.

Soubielle lâcha un sourire tant son épouse produisait son rapport avec zèle.

— Quoi d'autre ?

Elle prit son temps avant de répondre.

— Notre voisine a fait preuve d'une exquise attention à mon égard en m'offrant de délicieux biscuits roses. Elle m'a d'ailleurs encouragée à en manger plus que de raison. Quand on porte un enfant, m'a-t-elle dit, il faut se nourrir pour deux. C'est étonnant car malgré les grossesses elle est restée bien maigre.

Marie-Thérèse s'arrêta une seconde.

— Elle nous invite, dimanche, pour l'apéritif. Qu'en penses-tu ?

— C'est une bonne idée, dit-il à contrecœur, peu inspiré par le devoir social.

— Parfait. J'irai la voir pour confirmer. Tu me promets d'être sage, Jules ?

Il fit semblant de s'étonner :

— Que veux-tu dire ?

— Tu ne feras pas ton vieil ours renfrogné ?

— T'ai-je mise dans l'embarras, une seule fois dans ta vie ?

Un sourire apparut sur les lèvres de Marie-Thérèse en même temps qu'elle levait les yeux au ciel. La crispation qu'elle affichait au début de leur conversation s'était envolée. Elle quitta le fauteuil et, démonstrative, posa ses deux mains sur son ventre.

— Parlons d'autre chose, Jules. Et sérieusement.

— Tu me fais peur.

— J'ai une idée pour le prénom de notre enfant, si c'est un garçon. Mais je n'ai aucun doute là-dessus ! Les femmes sentent ce genre de choses.

— Ah, oui ? dit-il prudemment. À quoi as-tu pensé ?

— Devine, Jules !

Elle s'approcha de la fenêtre en sautillant, heureuse comme une gamine. Son regard se perdit sur les toits de Lyon et les façades colorées des immeubles le long du Rhône. À mi-chemin de la grossesse, Marie-Thérèse tissait sa vie future autour de cet enfant. Soubielle eut un pincement au cœur. Peut-être était-ce lié à son indéfectible pessimisme.

— Alors, as-tu deviné ?

Il secoua la tête, bien qu'il eût une petite idée, se refusant à gâcher son plaisir.

— Cet enfant s'appellera Jules, comme son père, annonça-t-elle.

— Et si tu portes une fille ?

— Si c'est une fille ? Ah, mon Dieu ! Je l'aimerai de tout mon cœur. Mais je t'imagine déjà, en face de ses prétendants, poser sur eux ton regard terrible jusqu'à trouver celui assez fort pour ne pas trembler devant toi. Il ne doit pas en exister beaucoup, des hommes de cette trempe.

Elle passa ses bras autour du cou de Soubielle.

— Il bouge, souffla-t-elle.

Le commissaire glissa une main sous les vêtements de sa femme et lui caressa le ventre en quête d'un frémissement. Il ne sentit rien mais, au fond de lui, malgré les assurances des médecins, il n'y croyait toujours pas. Seulement, en observant Marie-Thérèse, il voyait bien qu'elle avait changé. Depuis combien de temps n'avait-elle pas semblé aussi heureuse ? Ses yeux brillaient de lumières inconnues. Elle irradiait de bonheur.

Le soir, Grimbert trouva Lucienne en robe de chambre, avachie sur le lit. Vu son air, le flic se douta qu'elle avait passé la journée à pioncer. Elle se plaignit de son odeur en se pinçant le nez. Allons donc ! Des cadavres d'animaux, des rats, de la pourriture, il en avait brassé tout l'après-midi, sans aucun résultat. Il n'avait même pas eu la joie de buter sur une tête d'enfant. Sans lui prêter plus d'attention, il se déshabilla entièrement pour sa toilette et se contempla dans le miroir : il avait pris un peu de bedaine et ses yeux étaient rouges de fatigue dans son visage marqué. Ça commençait à se voir, qu'il buvait. Il lava son uniforme avec du savon à paillettes pour le suspendre à côté du poêle. Avec un peu de chance, l'habit serait sec le lendemain. Puis, dans son plus simple appareil, il se présenta devant Lucienne qui passait un pinceau sur ses ongles. Elle appliquait une poudre ou un autre truc de bonne femme.

— Qu'est-ce que tu veux ? demanda-t-elle en le reluquant.

Sans rien dire, il se jeta sur elle et tira la ceinture de sa robe de chambre ; en dessous, elle était nue, la garce, elle avait prévu son coup. Les mains en l'air pour préserver ses ongles, elle l'encouragea de mots salaces pendant tout le temps du rut. Une fois la besogne achevée, il se tourna sur le côté. Ses yeux se fermaient. Des vagues de sommeil le refoulaient loin de la conscience. Il sentit soudain des douleurs dans ses côtes : le coude anguleux de Lucienne le rappelait au monde.

— On sort ? demanda-t-elle. On va danser ?

Comme elle avait ce regard pervers et enfantin qui l'excitait, céder à ses caprices allait de soi. Tout de même, il dut se faire violence pour se relever, s'asperger le visage d'eau et enfiler des vêtements propres.

— Comment tu me trouves ?

Lucienne avait revêtu sa robe blanche ornée aux manches d'une mousse de dentelle. Quand elle avait repéré la pièce, dans le magasin, ses yeux s'étaient illuminés. « Tu la veux ? » avait-il demandé. La jeune femme ne croyait pas à sa chance. Grimbert avait aligné les billets sans ciller. Plus tard, à son tour, elle s'était montrée généreuse, d'une remarquable insatiabilité.

Elle jeta par-dessus la robe un grand châle noir et s'affubla d'un chapeau à voilette. À la guinguette, Grimbert paradait fièrement à ses côtés en la tenant par le coude. Cela faisait toujours plaisir de s'afficher avec une belle femme. Ils mangèrent un cornet de pommes frites à deux sous. Après quelques verres, le flic se sentit revigoré. La fatigue s'envola. Lucienne l'entraîna sur la piste. Elle attirait le regard par ses œillades et son énergie inépuisable. Les danses s'enchaînant, ils terminèrent étourdis, hors d'haleine. L'accordéoniste demanda aux spectateurs de les applaudir et le rouge monta aux joues de Lucienne.

Ils terminèrent la soirée accoudés à la buvette. Elle riait avec tout le monde pendant que, sous les lampions, Grimbert s'enfilait un verre après l'autre. Il lui arrivait de boire toute la nuit et d'enchaîner sur une journée de travail. Quand il descendit de son tabouret, il se cassa la gueule par terre et les clients de la guinguette le relevèrent en riant.

Le lendemain matin, il se réveilla dans son lit sans aucun souvenir de son retour à l'appartement. Lucienne ronflait, nue, à plat ventre sur le lit. Il but son café en gardant à l'œil ses rondeurs appétissantes et lui claqua les fesses avant de partir. Elle l'envoya se faire foutre, alors il s'installa à califourchon sur son dos et lui enfonça les doigts dans les côtes. Elle se tortilla en hurlant et, lorsqu'il la libéra, elle tomba du lit. Furieuse, elle lui envoya au visage la première chose qui lui tomba sous la main, son petit sac de bonne femme qu'il esquiva facilement. Il lui tordit le poignet et lui enfonça la langue dans la bouche. En représailles elle lui mordit la lèvre. Une petite goutte de sang perla. Requinqué par cette passe d'armes ménagère, il la traita de chienne et quitta l'appartement d'excellente humeur.

Soubielle fit le point. La tournée des commissariats de quartier avait donné les noms de quelques satyres dont Silent et Caron vérifieraient les emplois du temps. Quant à Grimbert, qui n'avait pas l'air en forme, il n'avait rien trouvé de particulier sur le chiffonnier, relégué maintenant au statut de simple témoin. Alors, le commissaire lui assigna d'interroger les gardés à vue de la nuit de l'an. Les trois enquêteurs se retrouvèrent dans le couloir et, tout de suite, la tension monta.

— Tu te tapes la tournée des ivrognes ? s'esclaffa Silent. Ça te va comme un gant !

— Tu dis quoi, là ? dit Grimbert en l'attrapant par le bras.

— Lâche-moi, tout le monde sait que tu picoles.

Grimbert le dévisagea, furieux tandis que son collègue lui renvoyait un regard sarcastique.

— Qu'est-ce que tu veux faire ? Te battre avec moi ?

Il lui tourna le dos et disparut au bout du couloir.

— Quel connard ! cracha Grimbert.

Aurélien Caron le regardait, mains dans les poches, un demi-sourire aux lèvres.

— Ce n'est pas joli de parler ainsi d'un futur candidat à la députation.

— Je l'emmerde, lui et sa ligue de trous du cul.

Caron ricana.

— Garde tes pensées pour toi. Les trois quarts du commissariat adorent la Ligue.

Il partit en sifflotant. Rouge d'humiliation, en sueur, Grimbert descendit au sous-sol du commissariat, là où s'alignaient les cellules. Il aboya sur le planton qui s'empressa de lui donner le registre.

— Vingt-sept ? Il y en a vingt-sept ?

— Le commissaire a donné l'ordre de ne pas les relâcher avant que vous les ayez tous entendus un par un, dit l'agent.

Grimbert le fusilla du regard. Une fois installé dans un bureau, il enchaîna les interrogatoires. Ces hommes avaient une liste d'antécédents longue comme le bras : jours de prison pour faits de grève, entrave à la liberté de travail, coups et blessures liés à un état d'ivresse, rapines diverses. Bon nombre des gardés à vue auraient été bien en peine de dire pourquoi ils s'étaient réveillés derrière les barreaux et juraient leurs grands dieux qu'ils n'avaient rien fait de mal. La police leur était tombée dessus comme la misère sur les pauvres gens. Grimbert pestait intérieurement. Tous ces discours le soûlaient.

Un dernier, pensa-t-il en s'étirant, le fameux Désiré Blovski, la célébrité de la liste. L'agent amena un homme sec, aux yeux furibonds derrière de petites lunettes déglinguées, qui traînait la jambe, mais sa boiterie ressemblait plus à un problème de hanche congénital qu'aux stigmates d'une blessure récente. En revanche, des hématomes constellaient son visage. Il s'était pris une raclée. Grimbert lut le procès-verbal : arrêté avec trois de ses compagnons alors qu'ils chantaient *L'Internationale*, tapage nocturne, outrage à agent à qui ils avaient montré leur cul. Rien de bien grave sauf que les faits s'étaient produits à quelques pas de la décharge.

— Quand est-ce que vous me relâchez ? commença Blovski.

— Ce n'est pas votre première incartade. Le juge décidera.

— Je vais encore subir la morale de ce vieux con ? fanfaronna l'homme. Ah non, pitié ! Je préfère rester au trou.

— Quelle est votre profession ?

— J'écris pour l'hebdomadaire dont je suis aussi le directeur de la publication.

— Comment s'appelle votre journal ?

— *À la soupe !* Cherchez pas, le titre est ironique.

— Je ne connais pas votre canard, dit Grimbert, trop las pour hurler sur ce type.

— C'est normal, je ne m'adresse pas aux flics mais aux braves gens. Je relate les positions de l'Internationale des travailleurs tout en dénonçant les crimes de la république bourgeoise dont vous êtes un molosse.

— Hum… et votre fond de commerce vous permet de vivre ?

— La réussite personnelle ne passe pas forcément par l'argent et l'ascension sociale. C'est une vision étriquée. Participer à l'éveil des consciences apporte des gratifications dont vous n'avez même pas idée.

Grimbert soupira.

— Venons-en à cette nuit du 1er janvier. Que faisiez-vous dans la rue, à cette heure-là ?

— Je raccompagnais chez eux des amis ayant trop bu.

— Donnez-moi leur identité.

L'homme hésita. Ça faisait mal de balancer des noms.

— Simon Letourneur, Jean-Jacques Mandel et Émilien Barragan.

— J'ai entendu leur version. Vos amis n'ont aucune idée de la raison pour laquelle ils se sont réveillés au commissariat.

— C'est la conséquence d'un abus de boisson. Personnellement, je considère l'alcool comme un fléau, un paradis artificiel faisant perdre de vue la Sociale.

— Dans le procès-verbal, deux agents assurent que vous leur avez montré votre fondement.

Blovski voulut croiser les bras sur sa poitrine mais les menottes gênèrent son mouvement.

— C'est faux, prétendit-il en reposant ses mains sur ses genoux. Je n'ai rien fait.

— Cette phrase, aujourd'hui, je l'ai entendue mille fois. J'en ai par-dessus la tête ! Et les insultes qu'on vous reproche ?

— On plaisantait, c'est tout.

— D'où veniez-vous ?

— Du grand bal de la salle Valentino.

— Des témoins pourront le confirmer ?

— Plusieurs centaines, je suppose, parce que des connaissances, des camarades, j'en ai plein. Des ennemis aussi, remarquez, mais nous ne fréquentons pas les mêmes maisons.

— Quelle heure était-il lorsque vous avez quitté la salle ?

— Autour de trois heures du matin.

— Les agents vous ont repéré vers trois heures et demie. Vous avez mis une demi-heure pour parcourir cinq cents mètres ?

— C'est-à-dire que nous nous arrêtions régulièrement sur le chemin, notamment pour des besoins physiologiques et puis nous bavardions, nous chantions. C'était quand même la nuit du Nouvel An, rien ne nous pressait.

— Avez-vous croisé des passants ?

— Plus ou moins. Les gens rentraient chez eux. Les rues n'étaient pas aussi vides qu'elles le sont en temps normal.

— Avez-vous remarqué des individus suspects à proximité de la décharge de la rue de Cuire, des comportements anormaux ?

L'homme comprit que le flic s'intéressait à lui comme témoin potentiel. Il réfléchit un instant.

— J'avais déjà fort à faire avec mes amis et la rue bruissait de festivités, les gens parlaient fort, des couples s'engueulaient. Non, je ne vois pas. Que s'est-il passé ?

Sans daigner lui répondre, Grimbert appela l'agent pour ramener Blovski en cellule. Ce dernier n'avançait pas assez vite aux yeux de l'homme en uniforme qui le poussa brutalement.

— Voyez le mépris avec lequel on me traite, lança-t-il.

— Oh, ta gueule ! rétorqua l'agent en lui donnant un coup vicieux dans les reins.

Soubielle patientait en observant les ouvriers harassés aux visages noirs, casquettes rabattues sur le front, qui enfonçaient leurs mains au fond de leurs poches à cause du froid. L'enquête avait progressé même si les recherches sur le chiffonnier s'étaient révélées vaines. L'avancée provenait du rapport médico-légal dans lequel le médecin évoquait désormais une mort par empoisonnement à l'éther. La victime avait sans doute absorbé ce produit pendant des semaines car, lors de l'autopsie, les organes avaient répandu une odeur caractéristique. L'examen avait également établi que la décapitation avait eu lieu *post mortem*. Par ailleurs, la description du corps livrait des éléments d'identification intéressants. Le dos portait les marques d'une varicelle carabinée. En reprenant les dossiers des enfants disparus, Soubielle avait trouvé celui de Maurice Allègre où il était fait état d'une description similaire. C'était devant la porte des parents de cet enfant que le commissaire attendait à présent, un voisin lui ayant indiqué qu'ils débauchaient tard. Un couple approcha. L'homme, de grande taille, aux cheveux blond cendré, se frottait les yeux à l'aide de ses poings fermés. Sa femme, défaite elle aussi, portait un enfant dans ses bras.

— Vous êtes là pour Maurice ? demanda-t-elle quand Soubielle se fut présenté. Vous l'avez retrouvé ?

La présence du commissaire ranimait l'espoir. Soubielle désigna la porte ; à l'intérieur, ils seraient mieux. Dans la pièce unique, la mère alluma une lampe dont les lueurs jaunâtres ballottées par les courants d'air se murent autour d'elle, plongeant son visage dans le clair-obscur. Épuisée, elle se laissa tomber sur une chaise. Son gamin dodelinait de la tête, les yeux perdus dans une brume intérieure. Soubielle resta debout.

— Je reprends l'enquête sur la disparition de Maurice. Dans votre déposition, vous avez parlé d'un signe particulier permettant de le reconnaître.

— Il a eu la varicelle, dit l'homme. À l'endroit où les langes frottaient contre la peau, la maladie a laissé des marques. Une cicatrice en forme de ceinture. Jeanne était enceinte. Elle aussi l'avait attrapée.

— Nous avons trouvé un corps présentant des marques identiques, dit doucement Soubielle.

Le visage de l'homme s'affaissa.

— C'est lui, souffla-t-il, notre enfant.

— Peut-être pas ! s'écria sa femme en bondissant de la chaise. Je veux le voir. Je vous le dirai, si c'est lui.

— Le corps est très abîmé, les prévint le commissaire.

— C'est l'enfant sans tête qu'on a retrouvé ? s'exclama-t-elle, d'une voix déraillant dans les aigus.

— Calme-toi, Jeanne, dit son mari en posant une main sur son épaule.

Elle se libéra de son étreinte, les yeux remplis d'effroi. Une plainte unique jaillit du fond de sa gorge, c'est tout ce qu'elle se permit avant de ravaler sa douleur. Le gamin, d'une singulière atonie, bavait sur ses genoux, alors elle lui essuya rudement la bouche sans déclencher de protestation, la force de l'habitude chez lui.

— Allons-y maintenant, qu'on en finisse, dit l'homme en lançant un regard à sa femme.

Ils se rendirent à l'Institut médico-légal. Le commissaire les laissa patienter cinq minutes dans un couloir pendant qu'il donnait ses consignes au légiste. Le corps recouvert d'un drap reposait sur une table faïencée. Les parents Allègre le regardaient fixement. Soubielle adressa un signe au légiste qui exposa le dos boursouflé et marbré de noir, impossible à rendre présentable. L'enfant, dans les bras de sa mère, agitait une main molle dans les airs, comme s'il essayait d'attraper une mouche qu'il était seul à voir.

— Ça ressemble à sa cicatrice, dit le père.

— Je ne vois rien ! protesta sa femme.

Elle se rattachait à une dernière chance. C'était pour repousser encore, tant qu'il était possible, la certitude du deuil. Soubielle lui demanda d'approcher. Incontestable, la ceinture blafarde et grêlée ressortait sur le dos du cadavre.

— C'est lui, dit l'homme, j'en suis sûr.

— Où est sa tête ? Oh, mon Dieu, qu'est-il arrivé ? Qui lui a fait ça ? explosa sa femme avant de s'effondrer et de pleurer un long moment dans les bras de son mari.

Ce jour d'octobre, Maurice jouait dans la rue avec des enfants de son âge. Ils formaient une chouette petite bande qui s'entendait bien. Quand Jeanne et lui étaient rentrés du travail, ce soir-là, leur fils n'était pas à la maison. Au début, ils ne s'étaient pas inquiétés car les enfants avaient l'habitude de traîner ; rien ne leur plaisait tant que de fouiner comme des chats.

Mais la soirée avançant, ils avaient commencé à se poser des questions et s'étaient renseignés chez les voisins. On demanda à ses copains. Personne ne savait où se trouvait Maurice. À ce moment-là, ils comprirent qu'il y avait un problème. La police fut prévenue le soir même et on ameuta le quartier pour organiser une battue, en vain.

— Maurice fréquentait Eugène Lelong et Pierre Jarreault, des camarades de classe. Eugène est mort, malheureusement, lorsqu'une charrette s'est renversée sur lui. Quant au petit Pierrot, il habite toujours en haut de la rue de Cuire.

— Que faisiez-vous le jour de la disparition de Maurice ?

— Vous nous soupçonnez ? se récria la femme.

— Laisse, Jeanne. Monsieur fait son métier. Je travaillais à l'usine de fer-blanc Leblanc, comme dit la réclame. Ma femme travaille au même endroit.

— Quand est-ce que vous nous rendrez le corps de Maurice ?

— Dès que le juge d'instruction l'autorisera, je vous préviendrai. Par ailleurs, j'ai une requête à vous faire. Est-ce que vous pourriez me fournir une photographie de Maurice, si vous en possédez une ?

La femme déglutit péniblement avant d'incliner la tête et sortit de son manteau une épreuve qu'elle tendit à regret. L'enfant, vêtu d'une aube blanche, un missel à la main, arborait l'air grave exigé des communiants.

— Merci. Je vous la rends dès que possible. Vous pouvez rentrer chez vous, dit Soubielle.

Le commissaire les raccompagna dans le couloir et les regarda s'éloigner devant lui quand, soudain, la femme déversa des grossièretés sur son gamin restant. Il ne pouvait pas se tenir droit, l'abruti ? Il ne pouvait pas faire attention ? Qu'est-ce qu'il était sale, dégoûtant et infect ! Maurice ne lui aurait jamais fait honte à ce point !

Le ventre d'Octave Plesnel débordait par-dessus son ceinturon et ses fesses, comprimées dans son pantalon, ressemblaient à d'énormes quartiers de viande. Les traits de son visage étaient plus délicats, cependant, et ses lèvres ornées de fines moustaches tout comme ses lunettes rondes lui donnaient le genre d'un intellectuel. Ne s'attendant pas à la visite des deux flics, il tressaillit à leur vue.

— Tu n'as aucune raison de t'inquiéter, annonça Gabriel Silent d'un ton aigre, c'est une visite de routine.

Plesnel grimaça. Le train-train des flics n'avait pas l'heur de lui plaire.

— Donne-nous ton emploi du temps le soir du réveillon, enchaîna Caron.

— Je travaillais, répondit le gros bonhomme. Je jouais dans un spectacle au *Lapin Agile*.

Les deux flics connaissaient l'établissement, un cabaret de médiocre qualité faisant office de maison de rendez-vous dont l'arrière-boutique, composée d'une enfilade de chambres, servait aux passes.

— C'est bizarre, je ne t'imagine pas attirer les foules, dit Caron.

— Détrompez-vous, le public m'apprécie.

— À quelle heure as-tu quitté le cabaret ? demanda Silent.

— J'en suis reparti au petit matin.

— Et les nuits précédentes ?

— Même chose, j'y ai travaillé toute la semaine.

Un sourire de soulagement éclairait son visage. L'homme était heureux de fournir un alibi à si peu de frais.

— Et à Noël, que faisais-tu ?

Il ferma les yeux, inclina la tête.

— Je fêtais la naissance de l'enfant Jésus.

— Tu te fous de ma gueule ?

— Absolument pas. J'ai assisté à la messe de minuit à l'église Saint-Denis. Le prêtre me connaît un peu, vérifiez auprès de lui. Je suis une ouaille parmi les ouailles, j'appartiens au troupeau.

— Et ensuite ?

— Je suis rentré chez moi. Qu'est-ce que vous cherchez ?

— Un individu attiré par les enfants sous forme de cadavres, répliqua Caron.

Le bonhomme agita ses deux mains pour montrer qu'il n'avait rien à faire dans cette histoire. Il rappelait vaguement quelqu'un à Caron sans qu'il arrive à mettre le doigt dessus.

— Un bon conseil, Plesnel, reste dans le coin, reprit Silent sur un ton menaçant. Je veux te trouver dans la minute. Compris ?

L'homme hocha la tête avec frénésie. Après un dernier regard aux flics, il s'empressa de s'enfermer chez lui.

— J'ai eu l'impression que tu connaissais ce type, dit Caron à son collègue.

— Ouais, nos chemins se croisent un peu trop à mon goût. J'ai assisté à une de ses représentations, d'ailleurs.

— Qu'est-ce que ça donne ?

— Ah, je te conseille de le voir au moins une fois ! s'écria Silent. Bien que moralement douteux, le divertissement est édifiant. Cela relève plus de la perversion sexuelle que de l'élévation des âmes. On pense connaître les bas-fonds et, finalement, on est toujours surpris. Qui est le suivant sur notre liste ?

Caron regarda son dossier.

— Pierre Rival, il habite à deux pas d'ici.

— Il a fait de la taule, lui, son nom me dit quelque chose.

— Il proposait des dragées aux fillettes pour les amadouer.

— Je me souviens. Je l'ai vu plusieurs fois au commissariat. Il est garçon boucher de profession. C'est un suspect de premier choix : il sait manier les lames.

Les deux hommes marchèrent cinq minutes avant de parvenir à l'adresse indiquée dans le dossier. La femme qui leur ouvrit avait emménagé dans cette maison deux mois auparavant et tout ce qu'elle savait de Pierre Rival, c'est qu'il avait laissé les lieux dans un état épouvantable. Elle n'avait jamais vu ça. Et le propriétaire n'avait pas levé le petit doigt pour l'aider. Silent désigna sa montre et les deux flics prirent congé alors que la femme récriminait encore sur son palier.

— J'ai une autre adresse pour Rival, dit Caron. Il travaillait à la boucherie Mélaze.

Les deux hommes prirent le tramway. La machine s'ébranla sur les nouveaux rails le long du fleuve.

— Si Plesnel ou Rival tournaient autour de mon gamin, dit Silent, je réglerais les choses à ma façon.

En général, Gabriel Silent y allait franco, débordant d'assurance et de certitude. En bon politicien, il savait vous passer un bras autour des épaules et vous faire croire que vous comptiez pour lui. Il vous mettait dans sa poche en dissertant sur l'absence de moralité des femmes. En sa compagnie, on se laissait facilement aller à cracher sa haine des Juifs, on était prêt à prendre les armes pour la rétrocession de l'Alsace et de la Lorraine et la peine de mort pour les criminels semblait parfois encore trop douce. Bref il avait un talent pour flatter les émotions viles au plus profond des individus tout en les faisant passer pour du simple bon sens.

— Il a quel âge, ton fils ?

— On vient de fêter le premier anniversaire d'Aristide.

— C'est ton seul enfant ?

— Pour l'instant, répondit Silent en souriant, mais je travaille dur pour remédier à cette anomalie. Mon épouse m'épuise. C'est quasiment de l'acharnement industriel. Et toi, une petite femme ?

Caron lui montra sa main dépourvue d'alliance.

— Pas encore. Je suis libre comme l'air. Je peux rentrer à la maison à pas d'heure, personne n'est là pour m'engueuler.

La rumeur le disait sensible à la veuve et à l'orphelin et les mauvaises langues prétendaient même qu'en sa compagnie les veuves ne restaient pas éplorées longtemps. Il laissait aller les bruits de couloir. Personne n'avait besoin de savoir pour quel genre de femme il grimpait aux rideaux. Et puis, il servait à tout le monde cette allusion à la servitude du boulot de flic qui se faisait aux dépens de la vie familiale. On pouvait ensuite bavasser sur la dureté du métier, un sacerdoce pour un salaire insignifiant.

— Entre les situations sordides et la paperasse au kilomètre, il faut des convictions pour tenir le coup, acquiesça Silent. Pour ma part, mon engagement politique prolonge ma conception du boulot. Je ne suis pas à la Ligue par hasard. Tous les amis se retrouvent là-bas. Viens à une réunion. C'est intéressant. Tu te rendras compte par toi-même.

Caron noya le poisson :

— Tu vas te présenter, alors ? C'est sûr ?

— Rien n'est encore officiel mais l'idée prend forme. Si je peux apporter un peu à la France, pourquoi m'en abstiendrais-je ? répondit-il avec un sourire trouble.

La boucherie Mélaze se situait à cinquante mètres de l'arrêt de tramway. Une tête de vache à la devanture foudroyait les clients du regard. La viande atteignait des prix exorbitants. Un homme grisonnant donnait des ordres à deux commis à peine sortis de l'enfance. Le boucher portait un quart de bœuf sur son épaule. C'était un costaud. Il valait mieux regarder à deux fois avant de le provoquer. D'un geste aguerri, il déposa la carcasse sur une table métallique.

— On cherche le patron, dit Silent.

— C'est moi, dit l'homme en essuyant ses mains sur son tablier.

— Nous nous intéressons à l'un de vos employés, Pierre Rival.

Le boucher les regarda longuement avant de se décider à répondre :

— Il ne travaille plus ici.

— Depuis quand ?

— Ça fait un peu plus de deux mois. On a eu un différend.

— De quel genre ?

L'homme tendit sa lame vers les flics, une belle feuille d'acier rectangulaire et sanglante.

— Il donnait une image déplorable de la boutique parce qu'il portait souvent des traces de coups. Comme il arrivait ivre la plupart du temps, il salopait la viande. Et puis il s'intéressait d'un peu trop près aux petites filles. L'une d'entre elles s'est plainte de ses doigts fouineurs.

Le boucher fronçait les sourcils, l'air fâché. Tout en parlant, il débitait la carcasse en gros quartiers. La feuille brisait les os avec aisance.

— Qui était cette gamine ?

— La mienne. Après l'avoir assise sur ses genoux, il a voulu qu'elle lui prenne son engin. Par chance, je l'ai surpris et je lui ai fait comprendre de ne jamais remettre les pieds dans ma boutique.

— Savez-vous où il se trouve ? demanda Silent.

— Aucune idée. Depuis ce jour-là, personne ne l'a revu dans le quartier. Peut-être bien que le message est passé.

— Et vous, les gars ? demanda Caron en s'adressant aux commis.

Ils n'osaient rien dire devant leur patron, alors le flic les entraîna à part. Tout de suite, les langues se délièrent. Rival, ce n'était pas une fréquentation convenable. Il racontait pas mal de trucs, des conneries la plupart du temps. Mais il connaissait bien le quartier de Vaise, il en parlait souvent.

— Vous étiez là lorsque votre patron l'a surpris avec sa fille ?

Les yeux des commis brillèrent.

— Non, mais j'aurais bien aimé, dit l'un d'entre eux. Je parie que Rival y a laissé des plumes.

Soudain, un grand fracas résonna dans la boucherie. Ils sursautèrent. Le boucher s'acharnait sur la carcasse comme s'il voulait réduire la viande et les os en bouillie. Les commis firent la grimace. Quand le patron avait ses humeurs, il valait mieux se faire tout petit.

— Oh, Jules, nous sommes en retard ! le pressa Marie-Thérèse en se tordant les mains d'impatience. Qu'est-ce que tu faisais ?

Soubielle changea rapidement de costume. Aussitôt, sa femme lui fourra le bouquet dans les mains, une belle composition d'un rose délicat achetée au fleuriste du coin.

— Je veux un époux d'une sociabilité exemplaire, lui recommanda-t-elle, plaisantant à moitié seulement.

Il la rassura d'un sourire.

— Au commissariat, les suspects me trouvent d'un commerce agréable, argua-t-il.

Elle soupira. Pourvu qu'il ne fasse pas d'humour, les gens ne comprendraient pas. Les Génor habitaient l'étage au-dessus du leur. En leur ouvrant, la bonne se fendit d'une courbette et les introduisit dans le salon meublé de produits manufacturés où des napperons gisaient çà et là.

— Quel bonheur de vous recevoir ! s'exclama Madeleine Génor. Enchantée, commissaire ! Marie-Thérèse me tresse vos louanges à longueur de temps.

Soubielle jeta un coup d'œil à sa femme dont les joues rivalisèrent de couleur avec le bouquet.

— Voici Paul, mon mari, poursuivit leur hôtesse.

Un sourire crispé aux lèvres, le pharmacien s'approcha en tendant une main molle et fuyante.

— Soyez les bienvenus… commença-t-il.

— Laissez-moi vous présenter les enfants, coupa son épouse. Le grand : Étienne, seize ans, un lycéen, rendez-vous compte ! Il adore la pharmacie. Son rêve le plus cher serait de travailler avec son père. Après lui, Maxime, une crème, l'enfant le plus gentil du monde. Voici Félix, mon rêveur à l'imagination débordante ! Petit Paul, notre agité, chaque famille a le sien ! Et mon chéri d'amour, Jacquot ! Marie, amenez Jacquot !

La bonne tendit l'enfant à Madeleine Génor. Écrasé contre la poitrine osseuse de sa mère, le chéri d'amour battait des bras, fort mécontent. Les autres, harnachés de vestons et de nœuds papillons au col de leurs chemises blanches, se tenaient en ordre décroissant de taille, selon un protocole bien établi.

— Saluez, les enfants ! ordonna-t-elle.

Ils s'inclinèrent, bien élevés, tous du même bois, du bois de leur père, dotés d'un visage émacié et d'un regard un peu flou. Ah ! l'air radieux de Madeleine Génor !

— C'est ce que nous souhaitions, dès le départ, une grande famille. N'est-ce pas, Paul, que nous sommes heureux ?

— Comblés ! répondit l'homme en tirant sur sa pipe.

— Et ce n'est pas tout. Notre aîné, Philippe, ne vit plus chez nous et gagne sa vie maintenant. Il a toujours fait preuve d'indépendance, ajouta-t-elle.

— Et vous ? demanda le pharmacien. Vos enfants sont grands, je suppose.

Le sourire de Marie-Thérèse se figea.

— Nous n'en avons pas, répondit Soubielle.

— Pas encore, ajouta rapidement Marie-Thérèse qui, d'un regard, intima à son époux l'ordre de la laisser faire, mais nous attendons un heureux événement.

— J'étais dans la confidence, reconnut Madeleine Génor, blême d'embarras. Je suis sûre de t'en avoir parlé, Paul.

Pris au dépourvu, ce dernier bredouilla un mot d'excuse vite écrasé par un nouvel élan de la maîtresse de maison.

— Fêtons ce petit agneau à venir, reprit-elle. Marie, l'apéritif, s'il vous plaît !

Ils trinquèrent à l'agrandissement de la famille, ainsi qu'à la nouvelle vie des Soubielle, à Lyon, ville dans laquelle Madeleine Génor se ferait un plaisir de guider Marie-Thérèse. Elle énuméra les beautés incontournables de la cité, les bâtiments à visiter absolument. Ils se plairaient ici, sans l'ombre d'un doute.

Au cours de la conversation, Soubielle retraça son parcours. Il n'avait pas toujours été policier. Après ses obligations militaires, cinq ans dans la marine, il avait occupé un emploi de caissier. Puis il avait réussi le concours d'entrée dans la police où il avait gravi les échelons, d'abord en étant nommé commissaire municipal dans plusieurs petites villes du Gard, puis à Valence, Nîmes et enfin Lyon.

— Vous étiez en poste à Valence lors des inondations ?

— Je m'occupais des opérations de sauvetage.

— Jules les organisait, précisa Marie-Thérèse avec orgueil.

Génor inclina la tête, admiratif.

— Vous avez beaucoup voyagé, remarqua sa femme.

— C'est la contrepartie d'avoir épousé un fonctionnaire, répondit Marie-Thérèse. Mais je suis heureuse de vivre ici, maintenant. Lyon a su me séduire en un temps record. J'espère que nous allons poser nos valises quelque temps, n'est-ce pas, Jules ?

— Je l'espère aussi, dit-il en écartant les mains. Mon épouse m'a appris que vous teniez une officine, Paul. Vous êtes donc un homme de science.

— Doublé d'un commerçant, précisa Génor. Ma pharmacie se situe à deux pas, en face de l'église Saint-Nizier. Il s'agit d'une échoppe modeste, mais il faut bien débuter quelque part. J'ai saisi l'opportunité de signer des contrats avec les meilleurs laboratoires et mon travail commence à porter ses fruits. La boutique ne désemplit pas. D'ailleurs, je suis bien placé pour entrer dans la commission d'hygiène et de salubrité de la Croix-Rousse.

— Nous sommes ravis de cette reconnaissance ! ajouta Madeleine Génor.

— La qualité d'un pharmacien réside dans le juste conseil. Les clients m'en savent gré. Bien sûr, comme tout commerçant, je ne compte pas mes heures. Mais le mérite est la vertu première. S'élever dans la société par son travail est la plus belle gratification qu'un homme puisse recevoir.

— À chacun son dû, ajouta Madeleine Génor tandis que son mari tirait sur sa pipe, c'est le fondement de notre philosophie.

— Exactement. Je m'évertue à transmettre l'importance du mérite à mes enfants et à les diriger dans la voie des grands principes de vérité, de justice et de morale qui font partie du bagage nécessaire à chacun.

Paul Génor assenait chaque mot en pointant le tuyau de sa pipe sur ses enfants. Vérité. Justice. Morale. Soubielle l'écoutait dérouler ses valeurs. L'homme se vantait de la bonne marche de ses affaires, soutenant implicitement qu'il gagnait de l'argent, juste rétribution de son mérite. Il employait une bonne, certes, un signe social d'importance, mais l'aménagement et la décoration de son appartement offraient un cadre médiocre à sa manière de vivre. Avait-il réellement de l'argent ? Peut-être, après tout, mais certainement pas assez pour prétendre s'élever à un rang supérieur. La marche, si infime fût-elle, était trop haute. Sa médiocrité se ressentait également dans son discours, la faible intonation, le manque de souffle. Il récitait un texte appris par cœur, jouant un rôle qui du moins convenait à sa femme car celle-ci hochait la tête à chacune de ses exclamations.

— Des principes pour lesquels il faut batailler, s'emballa-t-il. À propos de vérité, prenez cette affaire Dreyfus. Je suis malade rien que d'y penser. Le Juif a déjà été condamné pour sa trahison grâce à des preuves irréfutables, mais voilà que la youtrerie internationale sort un lapin de son chapeau, l'officier Esterhazy, et le désigne à la vindicte. Le malheureux passe en conseil de guerre. À travers cette pantalonnade, on veut discréditer l'institution militaire en l'accusant d'erreur judiciaire. Que des gradés se livrent à cette mascarade me dégoûte. Un bon coup de balai s'impose afin de se débarrasser de tous les traîtres. Ce Picquart, par exemple, fait beaucoup de mal à l'armée.

Perdu dans son discours filandreux, les yeux hagards, Génor s'arrêta et se tamponna le front. Soubielle se retint d'entrer dans la polémique. Les Juifs avaient toujours incarné de merveilleux coupables. L'ancienne maîtresse d'Esterhazy venait de publier dans *Le Figaro* des lettres de son amant dans lesquelles il crachait son mépris pour la république et pour l'armée. Le personnage avait tout du scélérat.

C'est alors qu'un enfant s'approcha de Soubielle, le

fameux Petit Paul, souriant de toutes ses dents. Par un curieux effet du hasard, les traits de son visage renvoyaient plus à sa mère qu'à son père. Soubielle agita la main. Les yeux du gamin s'illuminèrent. S'enhardissant, il entreprit d'escalader les jambes de son nouvel ami.

— Il vous colonise, s'esclaffa Madeleine Génor.

L'enfant, qui s'accrochait aux vêtements de Soubielle sans le quitter des yeux, dégageait une odeur fade de lait caillé. Une fois sur les genoux du commissaire, il renversa la tête en arrière pour lui lancer des regards furtifs. Sa mère était ravie.

— Il ne risque rien dans le giron d'un policier, s'amusa-t-elle.

Le visage de Paul Génor s'assombrit d'un seul coup. S'imposer sur les genoux d'un invité ne cadrait pas avec ses grands principes. Il ordonna à son fils de laisser leur hôte tranquille. Obéir à son père n'effleura pas l'enfant un seul instant, au contraire, il prit ses quartiers et, passé maître dans l'art de la provocation, se pelotonna contre la poitrine de son nouvel ami. Bondissant de sa chaise, Paul Génor arracha son fils des genoux du commissaire. La claque partit, touchant Petit Paul à la tempe. Soubielle afficha un air stupéfait. Quant à Marie-Thérèse, elle était livide. L'enfant rencogna sa tête entre ses épaules. Les yeux rivés sur leurs chaussures, ses frères ne bronchaient pas.

— Marie ! appela Madeleine Génor, la voix dérapant dans les aigus.

La bonne surgit comme un diable de sa boîte.

— Petit Paul a besoin de calme.

— Oui, madame.

Elle le saisit par la main. Il résistait, pour la forme, tout en dévisageant Soubielle.

— Il nous en fait voir de toutes les couleurs, tenta

sa mère, heureusement ses frères sont plus obéissants. N'est-ce pas, Paul ?

Le visage empourpré par l'affront de son propre fils, Génor demeura hébété jusqu'au moment où Soubielle se leva, ce geste réanimant le pharmacien.

— Je vais vous resservir, dit-il brusquement.

Il remplit le verre de son invité sans tenir compte de ses refus. L'homme tenait sa bouteille comme un paysan, le pouce en appui sur le goulot. La façon de manger et de boire révélait l'origine sociale et Paul Génor, clairement, était de basse extraction, tout comme Soubielle qui, longtemps, avait coupé son pain dans sa main, jusqu'à ce qu'un camarade plus au fait des usages du monde lui conseille d'arrêter de le faire. Ce geste-là, mal vu des officiers, aurait pu entraver son déroulement de carrière.

— C'est ce qu'on appelle le coup de l'étrier, dans la cavalerie ?

Soubielle venait de lui dire qu'il avait fait ses armes dans la marine et l'autre lui parlait de cavalerie. Madeleine prit les mains de Marie-Thérèse dans les siennes.

— N'hésitez pas à venir me demander conseil, j'ai une certaine expérience des grossesses, comme vous pouvez le constater.

Elle montra la troupe des enfants sages.

— Et depuis que nous avons trouvé Marie, je commence à souffler.

— Nous sommes très satisfaits de notre domestique, renchérit Paul Génor.

— Certains de nos amis ont connu des déconvenues avec leur personnel. Nous avons eu la chance de tomber sur la perle rare. Cette petite a grandi sur les collines de la ville. C'est une fille à la santé resplendissante, qui travaille dur, sans être sotte. Vous devriez embaucher une bonne, c'est un soulagement.

— Peut-être un petit peu plus tard, quand…

Marie-Thérèse posa une main sur son ventre.

— … quand le petit Jules descendra du ciel, poursuivit la maîtresse de maison.

Marie-Thérèse s'empourpra. Preuve était faite qu'elle avait lâché la confidence. Elle n'osa pas croiser le regard de Soubielle.

— Si l'on peut dire, oui, répondit-elle en un rire gêné, à ce moment-là, nous aviserons.

Madeleine Génor reprit les rênes de la conversation. Son mari ne disait rien. Il remâchait encore sa colère contre son fils. Soubielle s'impatientait, indisposé par les tristes occupants de ce médiocre salon. Au bout d'un moment, Marie-Thérèse prétexta une fatigue soudaine pour s'extirper de chez les Génor.

— Prenez bien soin de vous, dit Madeleine, un sourire plaqué sur le visage tandis que son mari vidait le fond de la bouteille dans son verre pour l'engloutir d'un coup.

Quand ils se retrouvèrent sur le palier, Marie-Thérèse faisait une mine navrée.

— Je suis désolée, Jules, pour cette soirée épouvantable. Je n'aurais jamais dû me confier à Madeleine. Je ne sais pas ce qui m'a pris. Ces gens m'ont fait froid dans le dos.

— Il ne nous reste plus qu'à les éviter, conclut-il en soupirant.

Le petit gars, Pierre Jarreault, était le dernier rescapé de la bande de copains, le seul à pouvoir donner des informations sur la disparition de Maurice Allègre, encore fallait-il qu'il se souvienne de ce jour-là. Il regardait Grimbert, les yeux émerveillés par le prestige de l'uniforme et les chaussures renforcées. Son père croisait les bras pour se donner une contenance mais une lueur d'effroi vacillait au fond de son regard, deux policiers en sa demeure ne pouvant qu'attirer des ennuis. Silencieux, le commissaire observait son lieutenant apprivoiser l'enfant avec succès. Il ôta son képi et le mit dans les mains du gamin qui le regarda sous toutes les coutures avant de demander l'autorisation de le poser sur sa tête.

— Vas-y, bonhomme, dit Grimbert en riant.

Le képi tomba sur les yeux du petit. Aveuglé, il arbora un sourire en trous et en travers. La plaisanterie ne dura pas longtemps. Jarreault ôta le képi de la tête de son gosse et le rendit à son propriétaire.

— J'ai deux trois questions à te poser, commença le flic. Tu te souviens de Maurice ?

Le gamin hocha la tête.

— C'était mon copain.

— Vous vous entendiez bien ?

— On jouait ensemble. Eugène venait aussi, mais il est mort.

À la pensée de ses copains disparus, le visage du petit se ferma.

— Vous jouiez à quoi ? demanda gentiment Grimbert.

— Aux soldats !

— Les gamins se mettaient au garde-à-vous et restaient immobiles en plein soleil, expliqua Jarreault, de vrais petits hommes, ou alors ils rejouaient la guerre de 70, mais des fois ça tournait mal.

— Personne ne voulait faire les Prussiens, dit Pierre, dont le visage s'éclaira à ce souvenir. Maurice refusait à chaque fois.

Grimbert pensa à Louis Demange, le fils du chiffonnier, et à leur chien Bismarck. Le conflit datait de presque trente ans mais la défaite encombrait encore les esprits.

— Il avait ses raisons, dit Jarreault, c'était le surnom du gamin, le Prussien.

— Pourquoi donc ?

— C'est aussi le surnom de son père, lui-même fils d'un Prussien, juste avant la guerre. Les surnoms, dans le quartier, se transmettent de génération en génération.

— Le Prussien… Pas facile à porter, dites donc.

L'homme haussa les épaules.

— Allègre ne sait même pas parler allemand, il s'agit d'un surnom, c'est tout.

— Avez-vous participé aux recherches, le jour de la disparition de Maurice ? demanda Soubielle.

— Oui, comme la plupart des habitants du quartier. On a frappé à toutes les portes, sans résultat.

— Et toi, Pierrot, tu te rappelles ? demanda Grimbert.

Le gamin hésita.

— Maurice était fâché qu'on l'oblige à faire le Prussien. Il a dit qu'il ne voulait plus jouer avec nous. Ça allait mal se passer quand il ferait son rapport au capitaine.

Le père fronça les sourcils.

— Quel capitaine ? demanda Soubielle.

— Je ne sais pas, répondit l'enfant.

— Je n'ai jamais entendu parler d'un capitaine, affirma Jarreault. C'est une invention ?

— J'avais oublié, répondit son fils, rougissant de sa faute.

— Le capitaine ? demanda Grimbert. Qui est-ce ? Un militaire ?

— Maurice parlait souvent de ce capitaine ? intervint Soubielle, d'une voix forte.

Effrayé par le ton autoritaire, le gamin se ferma comme une huître.

— As-tu vu un homme portant un uniforme comme le mien, mais bleu foncé, avec une double rangée de boutons ? tenta Grimbert. Ou coiffé d'un béret à pompon ?

Pierre Jarreault secoua la tête. Soubielle réfléchissait. Il n'était même pas sûr que l'individu existât vraiment. L'enfant aurait pu tout aussi bien imaginer cette histoire de capitaine après coup et se l'enfoncer dans la tête jusqu'à y croire lui-même. Cependant, même si la piste était maigre, la police ne pouvait l'ignorer. Le lieutenant passa une main dans les cheveux du gamin.

— Ce n'est pas grave, Pierrot. Tu nous as déjà beaucoup aidés.

— Vous allez le retrouver, Maurice ?

— Enfin, dit son père, agacé, tu n'as pas compris ? Maurice est mort, lui aussi.

Caron connaissait par cœur les différentes pièces du dossier Rival. À trente-sept ans, l'homme avait déjà subi deux condamnations pour atteinte à la pudeur, dont une au cours de son service militaire, en Afrique. Il était bien connu des services de police sans être considéré comme quelqu'un de véritablement dangereux. Ses méfaits se limitant à appâter des fillettes avec des friandises et à les emmener dans un coin pour leur montrer son sexe, les juges lui faisaient les gros yeux avant de le relâcher. L'affaire la plus récente concernait une gamine de dix ans un peu simplette, Esther Clément. Elle était rentrée chez elle, les cuisses ensanglantées, en accusant un gros bonhomme d'avoir joué à la petite bête qui monte avant de lui glisser sa chose entre les jambes. Devant le juge, Rival avait nié. La gamine n'étant pas fiable, le bonhomme avait été remis en liberté. La république avait du mal à protéger les petites filles. Seulement, ça ne collait pas avec leur affaire car Rival ne s'en était jamais pris aux garçons, mais comme le nom de ce salaud apparaissait en tête de liste, un rappel au bon souvenir de la police ne lui ferait pas de mal.

Le quartier de Vaise se situait au pied du plateau de la Duchère, dans le 5e arrondissement. À la fermeture des tanneries, les habitants s'étaient tournés vers les industries alimentaires et métallurgiques. On trouvait toujours à trimer quelque part. L'adresse refilée par les flics du quartier correspondait à une bicoque coincée dans une rue au bruit assourdissant. Comment la population pouvait dormir à proximité de ces usines tournant jour et nuit demeurait un mystère.

À force de travailler dans la boucherie, l'homme qui leur ouvrit la porte était devenu semblable aux bêtes qu'il abattait. Gras comme un cochon, il dégageait une odeur aigre de sueur. Son regard étrange, un peu gluant, traînait en longueur. Caron pensa aux salissures des mites écrasées du plat de la main.

— Qu'est-ce que vous voulez ? couina-t-il.

Décidément, le cousinage avec les porcs s'imposait. Silent lui colla sa carte de police sous le nez.

— Pourquoi as-tu déménagé ?

— C'est interdit ?

Les deux flics le regardèrent d'un air féroce. Le gros lard baissa les yeux, estimant préférable d'éviter les cabotinages. Soudain, Caron remarqua sa main droite à laquelle il manquait trois doigts, du pouce au majeur, trois moignons rosis bourgeonnant à leur place. Ce détail ne figurait dans aucun rapport de police.

— Qu'est-il arrivé à ta main ?

— Un accident du travail, dit Rival d'un air morne.

Caron se rappela l'air mauvais du boucher Mélaze, sa hargne à couper la viande, la lame pointée vers eux telle une sommation. La leçon reçue par Rival lui avait coûté trois doigts.

— Ça doit te gêner pour attraper des petites filles par le colback, dit Silent.

L'homme regarda sa main avec tristesse. Caron le repoussa dans son antre où régnait une odeur écœurante, irrespirable. Rival se laissa tomber sur une chaise. Combien pesait-il, ce garçon boucher ? Cent kilos ? Cent vingt ? La chaise allait céder sous son poids s'il continuait à s'agiter.

— Où étais-tu la nuit du premier de l'An ? demanda Caron.

— Ici.

— Tu faisais la fête chez toi ?

Pour la première fois l'homme ricana.

— La fête ? J'ai une tête à avoir des amis ?

— Quelqu'un peut confirmer ta présence ?

— Je ne vois pas, non.

— C'est dommage pour toi. La rue de Cuire, tu situes ?

— J'ai habité à côté pendant des années, mais ça, vous le savez.

— Regarde bien, dit Caron en lui mettant la photographie de Maurice Allègre sous le nez.

Soubielle avait fait tirer des reproductions du portrait de communion et, lorsqu'il les avait données à ses hommes, ils avaient tous été surpris par la beauté de l'enfant. Le Prussien était joli garçon. Silent avait même lâché que sa tête lui disait quelque chose. Il n'avait pas participé à l'enquête sur sa disparition à l'automne dernier, mais peut-être l'avait-il croisé une fois ou deux dans la rue. Rival, lui, regarda à peine le visage d'ange.

— Connais pas.

Les yeux porcins de l'homme allaient d'un flic à l'autre.

— On l'a retrouvé mort, ce petit garçon, dit Caron.

— C'est embêtant, cette absence d'alibi pour le réveillon, enchaîna Silent. Très embêtant.

— Attendez ! Attendez que je me souvienne ! Dans la soirée, j'ai acheté un pâté à la charcuterie du coin.

— Ce n'est pas suffisant. Et pour la nuit ?

— J'étais chez moi. Je me suis même mis à la fenêtre pour engueuler des jeunes qui faisaient du foin.

— Tu les as entendus malgré le vacarme des usines ?

— Justement ! Pour une fois, les boîtes tournaient au ralenti. Les machines ronronnaient que c'en était un plaisir. Mais ces salopards chantaient à tue-tête. Quand je leur ai demandé de se calmer, ils m'ont insulté.

— Tu les as reconnus ?

Rival secoua la tête. Soudain, son visage s'illumina.

— Par contre, j'ai parlé à un voisin, Rivoire, lui, il pourra témoigner. Votre gamin, ce n'est pas moi, je suis innocent.

— On connaît ton dossier par cœur, explosa Caron. Esther Clément, tu te souviens d'elle ?

— Une menteuse manipulée par ses parents qui voulaient m'extorquer du fric. C'est pour cela qu'ils ont porté plainte. Mais le juge a fait le bon choix en classant l'affaire.

— Ernestine Lefort ?

Rival grinça des dents.

— Là, c'est autre chose. La fille était grande et formée. Elle avait le feu au cul. Mais si j'avais su son âge, je ne me serais pas laissé corrompre.

— Elle avait dix ans, connard.

— Elle aurait pu tromper n'importe qui.

— Pendant ton service en Algérie, des Arabes ont déposé plainte contre toi. L'affaire Sarah Latoumi.

Rival se scandalisa.

— La parole d'une moricaude aurait plus de valeur que celle d'un appelé ? Ah ! elle est belle, la justice !

Caron plaqua une main sur le visage de Rival et d'un coup sec lui cogna le crâne contre le mur. Le gros poussa un cri de douleur. Puis le flic lui serra la gorge à deux mains, enfonçant les pouces dans la trachée. La chair palpitait délicieusement sous la pression de ses doigts. Le visage de l'homme prit une teinte écarlate.

La bouche ouverte en quête d'air, les yeux exorbités, Rival palpait les larges épaules du flic de ses mains molles. Le contact dégueulasse du vicieux décupla la rage de Caron qui raffermit sa prise. La langue de Rival pointa hors de sa bouche et son regard se voila.

Le flic sentit alors des bras se refermer autour de son ventre. On le tirait en arrière. Sa proie lui échappait. Il se retourna pour balancer un coup de poing à l'aveuglette.

— Il a son compte, dit Silent en levant les mains.

Caron essuya la salive sur son menton. Son cœur battait la chamade. La sueur dégoulinait dans son dos. Une boule sèche et piquante faisait l'ascenseur dans sa gorge. Étalé de tout son long, Rival respirait avec un bruit de machine à vapeur.

— Allons voir le témoin, reprit son collègue en brossant son costume du plat de la main.

Rivoire qui habitait la maison d'à côté accueillit les flics avec le sourire, trop content de leur filer un coup de main. Sa version correspondait à celle de Rival. Il avait parlé au gros tas à deux reprises au cours de la nuit du premier de l'An, une première fois un peu avant minuit, l'autre à trois heures du matin, le vacarme dans la rue les ayant réveillés. Ils avaient vu des jeunes en goguette, dont la seule vocation consistait à faire suer le monde. En son temps, les choses ne se seraient pas passées ainsi. Caron ne l'écoutait plus. Ce témoignage prouvait que Rival possédait un alibi. Les deux flics prirent congé du vieillard et traversèrent la Saône pour rentrer chez eux, passant à côté des lignes de tramway en travaux. La compagnie poursuivait l'électrification.

— Tu as failli tuer Rival, lâcha Silent.

Caron s'arrêta net, encore furieux.

— Tu pleures sur son compte ? Tu t'apitoies sur cette pourriture ? Il me semblait pourtant que l'idée d'une justice expéditive ne te déplaisait pas lorsqu'il s'agissait de ton fils.

— Oh là ! Ne t'excite pas. Je ne verserais pas une larme sur la mort du gros tas, mais je n'ai pas de temps à perdre en paperasse. Et puis il a déjà payé le prix fort pour la fille du boucher, alors la morale est sauve.

— Tu te fous de ma gueule ? Il ne paiera jamais assez pour ce qu'il a commis. Et Esther Clément ? Et les autres ?

— À mon avis, avec un prénom pareil, elle est juive, la poulette.

— Donc elle mérite son châtiment ? J'aurais dû me douter que tu me sortirais une connerie, vu ta réputation.

— Quelle réputation ?

— Celle de tueur de Juif.

Silent le regarda bizarrement.

— L'affaire Wittstein ? N'écoute pas les ragots.

— Des ragots ? La brigade de choc avec tes amis, Millard et Geslin. Le Juif qui se rebelle. Tout le monde sait que tu l'as abattu. Vous avez eu des ennuis avant que les Juifs se rétractent.

Silent s'apprêtait à dire quelque chose mais se ravisa. Il donna une tape sur l'épaule de Caron.

— Allez, je t'aime bien, Aurélien. Cette histoire de brigade, c'est de l'histoire ancienne alors je te conseille de passer à autre chose. J'habite à côté, je rentre. D'ailleurs, mon épouse a décrété qu'un père doit voir son fils tous les jours.

— C'est ta femme qui porte la culotte ?

Le visage de Silent se froissa. Comme beaucoup d'hommes, il tenait à sa place de commandeur du foyer. La remettre en cause portait atteinte à sa virilité. Il tourna le dos à Caron et, au bout de quelques mètres, lui adressa un bras d'honneur.

Grimbert aperçut Louis Demange devant un atelier de ferronnerie de la rue de Cuire. La casquette vissée sur la tête, le fils du chiffonnier aiguisait un couteau sur une meule, ravi par le son continu et coupant du passage de la lame sur la pierre. Le gamin regarda son œuvre à la lumière avant de la tendre au rémouleur qui fit glisser son doigt sur le fil et inclina la tête en signe d'approbation. La bénédiction du bon père. Le gamin sourit, puis il croisa le regard de Grimbert sans afficher de réaction. Normal, le petit tenait à sa réputation. Comme si de rien n'était, il se remit à l'ouvrage sur une demi-douzaine de couteaux. Louis Demange avait le coup de main, ce serait un bon ouvrier. Une fois qu'il eut achevé son travail, le rémouleur déposa un sou dans sa main, pour la peine, et lui tendit sa gourde en métal. Le gamin grimaça au goût infect du liquide, déclenchant les rires autour de lui. Il s'y ferait. Puis il remonta la rue en direction de son foyer.

Grimbert lui emboîta le pas tout en restant à bonne distance mais, une fois hors de vue de l'atelier, il courut pour le rejoindre. Louis faisait sauter sa pièce dans son poing. Les rues étaient pleines de ces gamins obsédés par l'idée de gagner leur croûte au plus tôt pour ne rien devoir à personne.

— Salut, chef, dit-il, l'œil en coin.

— Beau travail, tu m'impressionnes. Ton père va se réjouir de ce petit à-côté.

L'enfant ricana.

— Ce rapiat aimerait bien que je lui donne mon salaire, mais non ! Je vais m'offrir une limonade.

— Boire son salaire, c'est le grand drame des hommes, sermonna le flic. Garde ta pièce, c'est moi qui rince.

Ils s'approchèrent des marchands ambulants. Sur l'étal d'un vieil homme trônait une jatte de limonade. Grimbert commanda une louche au commerçant qui remplit la tasse à ras bord. Le flic remarqua les ongles noirs du type et les odeurs de suint et de cuisine à l'ail imprégnées dans ses vêtements. Louis but sa limonade d'un trait, les yeux plissés de plaisir, lâchant un rot sonore quand les gaz remontèrent dans sa gorge. La limonade exhalait des saveurs de liberté.

— Au rapport !

— Rien de neuf, chef ! répondit Louis du tac au tac.

Le fils du chiffonnier était hilare comme si le fait de n'avoir rien à troquer contre la limonade le ravissait. Grimbert retint un sourire. Décidément, le gamin lui plaisait de plus en plus.

— Un enfant du quartier a disparu en octobre dernier, Maurice Allègre, qu'on surnommait le Prussien, comme son père.

— Ah oui, je vois. On allait dans la même école.

— Qu'est-ce que tu sais sur lui ?

Louis hésita.

— C'était un benêt, le Prussien, on aimait bien se

foutre de lui. Quand on le croisait, on marchait au pas, comme ça.

Le gamin baissa la casquette sur son front et se mit à défiler, levant les jambes à l'équerre et laissant retomber ses pieds lourdement sur le sol. Grimbert pinça les lèvres, ne goûtant pas la moquerie. Penaud, Louis s'arrêta.

— Ça le mettait dans tous ses états, avoua-t-il. Que lui est-il arrivé ?

— Ton père a retrouvé son corps dans la décharge.

Louis ouvrit de grands yeux.

— C'était lui ?

— On recherche l'auteur du crime. As-tu entendu parler d'un capitaine traînant dans le quartier ?

— Un soldat ?

— Je ne sais pas. Peut-être s'agit-il d'un surnom. Si tu apprends quoi que ce soit, tu me fais signe.

— C'est le meurtrier de Maurice ?

Ce n'était plus le Prussien, maintenant. Mort, le gamin retrouvait son identité.

— La police aimerait lui poser des questions. Préviens-moi, c'est tout.

Louis Demange se mit au garde-à-vous. Ses talons claquèrent sur le sol.

— À vos ordres, chef ! Et maintenant, le devoir m'appelle. Papa donne un spectacle avec Bis. Il a besoin de moi pour faire la quête. Je vous conseille de venir, ça vaut le coup.

— Une autre fois, peut-être. Allez, ouste, du balai !

Le gamin ne se fit pas prier. Ses pas soulevèrent des gerbes d'eau boueuse lorsqu'il détala. Grimbert soupira. Pas de guinguette, ce soir, pas de conneries, son projet était simple, un poil récurrent : prendre Lucienne dans ses bras et la sauter à s'en péter la cervelle. Elle serait contente de voir qu'il n'arrivait pas trop tard. Mais, dans l'appartement, il eut une mauvaise surprise, les braises du poêle avaient rendu l'âme et la température était glaciale.

— Lulu ?

Personne. Bizarre qu'elle se dégourdisse les jambes à cette heure tardive, elle qui était du genre à traîner la journée entière. Toute seule, elle ne savait pas quoi faire de sa peau. C'est alors que l'évidence le frappa. Tout son fourbi égaré çà et là avait disparu, des produits pour se tartiner la gueule jusqu'aux culottes à sécher près du poêle et, dans la vieille armoire, il manquait ses vêtements et ses deux petites valises. Elle s'était barrée, la garce ! Pris de fureur, Grimbert tira sur un bout corné de tapisserie, arrachant un pan entier du mur, puis il leva la table de nuit à bout de bras et l'envoya se fracasser contre le plancher. Où avait-elle pu se rendre avec sa petite vie de merde bouclée dans ses deux valises ? L'idée d'un amant lui fit tourner les sangs. Il s'imagina la bourrer de coups avant de l'attraper par les cheveux pour la traîner par terre. Ensuite, il tuerait l'homme de ses mains. Grimbert se mit à tourner et virer, fouillant la pièce à la recherche d'un indice. Le tiroir de la table de nuit où il avait laissé de la monnaie pour dépanner était vide. Elle avait tout raflé. Il s'aspergea le visage d'eau froide. D'un coup, il se retrouva dans le couloir frappant chez la voisine qui lui ouvrit en tablier bleu, manches retroussées, poings sur les hanches.

— Tu as vu Lucienne ?

La femme saisit tout de suite les ressorts du drame.

— Non. Un problème ? demanda-t-elle d'une voix mielleuse.

Il la scruta pour déceler le mensonge mais ne voyait que lascivité. Elle ne serait pas contre une petite visite à domicile. D'un geste de la main, il lui indiqua de laisser tomber. Dévalant l'escalier, il se rendit chez le concierge et frappa bruyamment contre la porte vitrée jusqu'à ce qu'apparaisse un homme au visage inquiet, tenant à la main une assise de chaise à moitié paillée. Un panonceau à l'entrée de l'immeuble annonçait qu'il se livrait à des travaux de cannage.

— Ma fiancée, cria Grimbert, vous l'avez vue ?

L'homme déglutit avec difficulté.

— Je l'ai aidée à porter ses valises.

Grimbert sentit la foudre frapper sa colonne vertébrale.

— Elle était seule ?

Le concierge hocha la tête. Grimbert l'attrapa par le col.

— Vous êtes sûr ? Personne ne l'accompagnait ? Qu'est-ce qu'elle vous a dit ?

— Elle devait partir en urgence s'occuper de sa sœur tombée malade.

Tu parles ! Lucienne n'avait pas de sœur. Elle aussi venait de l'Assistance. D'ailleurs, cette expérience les avait rapprochés, tous deux ayant subi la tutelle des bonnes sœurs avec le lot de souvenirs cuisants laissés par ces vieilles salopes.

— Quoi d'autre ? demanda Grimbert.

— J'ai appelé un porteur pour emmener ses bagages à la gare de la Croix-Rousse.

Pour fuir, rien ne valait le train. De la Croix-Rousse, elle avait dû se rendre à la gare centrale et de là, adieu, Fernand ! Mais pour aller où ? Lucienne n'avait pas de point de chute ! D'avec ses parents adoptifs, elle ne s'était pas séparée en bons termes, c'était le moins qu'on puisse dire.

Le flic se rua dehors et sauta dans un taxi. La voiture

n'allant pas assez vite à son goût, il colla sa carte de police sous le nez du cocher qui ne desserra pas les lèvres jusqu'à l'arrivée. Grimbert fila sur les quais. Dans chaque train au départ, il croyait voir l'ombre de Lucienne. Des femmes seules encombrées de valises, il y en avait peu, et elles partageaient une contenance affectée afin de dissimuler le trouble d'être livrées à elles-mêmes. Il chercha parmi la foule l'éclat blanc de sa robe préférée ou son chapeau de feutrine rouge, parcourant les quais en long et en large sans la trouver.

Au bout d'un moment, il dut admettre qu'elle n'était plus dans la gare et en sortit, complètement abattu. C'était bizarre de perdre le nord aussi vite. Puis, en longeant le boulevard, il l'aperçut debout dans le renfoncement d'une porte cochère pour se protéger de la pluie fine, ses valises à ses pieds. Elle semblait si malheureuse. En le voyant, elle enfonça craintivement la tête dans ses épaules mais la colère de Grimbert se dégonflait déjà.

— Qu'est-ce qui se passe, Lucienne ? lui demanda-t-il, dépité.

Elle essuya ses larmes du dos de la main. En la prenant dans ses bras, il eut l'impression de serrer contre lui une planche de bois.

— Je ne sais pas, Fernand, souffla-t-elle.

— Où voulais-tu aller ? Chez tes parents ?

Elle rigola dans ses sanglots.

— Ah, non ! Ça, non ! Certainement pas !

— Alors ?

— J'étouffe, ici. Je ne sais pas quoi faire de mes dix doigts.

— Viens avec moi.

Il la débarrassa de ses bagages et lui tendit un coude auquel elle s'accrocha. Elles pesaient bien lourd, ces deux petites valises contenant l'histoire d'une vie, fût-elle la vie minuscule d'une fille de l'Assistance. Il ne savait jamais sur quel pied danser avec elle et c'était peut-être la raison pour laquelle sa présence lui était nécessaire. Les raisons d'aimer étaient nébuleuses. Devant les joailleries de la place Bellecour grouillaient les flics en uniforme. Il en fallait, des capelines et des képis, pour protéger les commerces. Ils passèrent un long moment à regarder les vitrines, en silence, et dans leurs yeux se reflétaient les bagues lumineuses serties de cailloux.

Le chiffonnier donnait des ordres à un chien noir affublé d'une croix de fer. Désireux de s'attirer les bonnes grâces de son maître, l'animal s'exécutait volontiers, s'aplatissant sur le sol, le museau entre les pattes, puis se redressant, tête haute et regard vide.

— C'est toujours aussi drôle, souffla Marian.

Le Capitaine, fasciné par le spectacle, ne répondit pas au vieil homme. C'était une ancienne blague resurgissant de temps à autre selon le degré d'antigermanisme ambiant. Marian connaissait de loin le maître du chien qui passait tous les jours avec sa charrette d'immondices. L'homme, persuadé de son talent de bonimenteur, plaisantait avec les passants. Il se trouvait toujours des gens pour cracher sur les boches. L'enfant tendait une timbale à leur bon cœur.

Après une série d'exercices, le cabot lassé de ces gesticulations préféra s'intéresser aux odeurs de viande frite d'un étal. Bismarck manquait de discipline. De colère, l'homme tapa à plusieurs reprises sur le crâne de son partenaire, entraînant la fin du numéro, et les spectateurs, dont faisait partie Marian, en profitèrent pour se disperser sans mettre un sou dans la timbale. La maigre obole déclencha l'ire du chiffonnier qui maugréa sur la radinerie du peuple.

Une fois rue Servant, le vieil homme ouvrit la porte de son domicile et descendit l'escalier. Peu gêné par la pénombre, le Capitaine le dépassa en se faufilant entre ses jambes. Marian s'appuya contre le mur en vieilles pierres pour assurer son équilibre. En bas, régnait un désordre indescriptible de caisses, de piles de vieux journaux maintenus par de la ficelle et d'objets en mauvais état ramassés dans la rue. Un faible trait de lumière parvenait par un soupirail. Il faisait presque aussi froid à l'intérieur que dehors. Marian avait colmaté les brèches dans les murs avec des boules de papier journal qui tombaient en bottes à cause de l'humidité.

Allongé sur sa paillasse, le vieil homme dériva dans un sommeil peuplé de soldats abattus d'un coup de feu dans la gorge qui, bien que trépassés, tenaient pourtant d'incompréhensibles conversations auxquelles se mêlait le murmure coulant de la vieille armoire. C'était un rêve qu'il faisait souvent et à chaque fois, les soldats morts tournaient leurs regards vers lui, dans l'attente de sa réaction. Soudain, des coups à la porte le tirèrent de sa torpeur.

— Marian ! Marian ! appelait-on.

Il fallut se lever, bouger les membres engourdis, faire jouer ses articulations raides au point qu'il ne parvenait plus à déplier ses doigts. Son corps lui faisait souffrir le martyre.

— Ouvre, Marian. C'est Désiré.

Blovski se tenait sur le seuil de la porte. Il reçut en plein visage une bouffée d'air émanant de la cave et poussa un cri de dégoût.

— Comment fais-tu pour supporter cette puanteur ?

— Je m'y suis fait.

— Je te crois, mon pauvre Marian, les hommes s'habituent à tout.

Il considéra un moment le vieil homme.

— Viens chez moi, on va manger un morceau.

— Je me couvre, dit Marian avant de siffler le Capitaine. Aussitôt, un trottinement dans l'escalier.

— Salut, petit gars ! dit Blovski en caressant la tête du chien galeux. Tu t'occupes bien de ton maître ?

Dehors, l'air était chargé d'un brouillard givrant que les becs de gaz perçaient de lueurs falotes, ici et là.

— Je me suis fait embarquer la nuit du réveillon. Deux jours au trou ! Ah, ils m'ont fait mariner, les cochons !

Sur le chemin, Marian, pressé d'arriver au chaud, écouta d'une oreille distraite son compagnon développer tout le mal qu'il pensait de la police et, sur le sujet, il était intarissable. L'internationaliste logeait dans un meublé aux murs tapissés de bouquins. Le vieil homme passa sa main calleuse contre leurs tranches, en prit un au hasard, fronça les sourcils en déchiffrant le titre abscons et le feuilleta par curiosité. Les mots n'avaient aucun sens. Quand il essaya de remettre l'ouvrage à sa place, curieusement, il ne rentrait plus dans son emplacement.

— Laisse-le sur le bureau, dit Blovski. Le principal intérêt de ces livres réside dans leur volume. Comme ils remplissent l'espace, je chauffe moins. C'est une autre vertu du matérialisme.

Puis il versa du charbon dans le poêle et, bientôt, une chaleur réconfortante se répandit. Il désigna une miche de pain à la croûte craquante, dorée, noircie par endroits, et tendit à Marian une tasse d'un café âcre et brûlant. Il ne fallait pas grand-chose pour relever un homme d'entre les morts, du pain et du café, rien de plus. Les bivouacs de temps de guerre lui revinrent en tête, alors Marian entonna une marche militaire dans laquelle les Prussiens se prenaient une raclée.

— Je n'ai pas entendu ce chant depuis des années, soupira Blovski. Tu te rappelles quand on marchait vers Sedan en gueulant ce refrain ? Les gradés nous filaient du pinard à longueur de temps. On manquait d'armes et de vivres, on n'avait aucune préparation, les généraux improvisaient mais nous tenaient par la piquette. On faisait la queue derrière les charrettes pour remplir nos gourdes. Dire qu'on n'a même pas eu le temps de se battre. À peine arrivés, nous étions faits prisonniers.

— Pas moi.

— Je sais, Marian.

— J'ai continué la guerre. J'étais jeune à l'époque.

— Nous étions tous dans la fleur de l'âge, Marian. Ce sont les gamins qu'on envoie crever sur les champs de bataille.

— J'ai rencontré une femme, dit soudain le vieil homme.

— Vraiment ?

— Elle travaille dans une bonne maison où elle s'occupe du linge. Je crois qu'elle m'a remarqué.

Marian souriait pour la première fois et ses yeux brillaient.

— Comment s'appelle-t-elle ?

— Jeanne. C'est la fille du tisserand.

Blovski le regarda tristement et lui servit encore un peu de café. Essayant d'amener la conversation sur un autre sujet, il confia à Marian son intention de se présenter aux élections pour se dresser contre les réactionnaires et les nostalgiques de l'Empire mais le vieil homme s'était perdu dans une longue rêverie. Il voyait la femme rousse appuyée sur le rebord de la fenêtre. Il entendait son rire franc. Peut-être pourrait-il lui acheter des fleurs ? Un bouquet, ça faisait toujours plaisir.

Quand Marian émergea de sa chimère, Blovski s'était endormi sur la table, un crayon coincé entre les doigts et un papier noirci de mots devant lui, une ébauche d'article pour son journal.

— Je rentre, dit le vieil homme.

Le Capitaine, aussitôt alerte, s'ébroua. Relié à son maître par des fils invisibles, il réagissait au moindre de ses frémissements.

— Prends du charbon, dit Blovski d'une voix ensommeillée.

Marian balbutia des remerciements que le rouge balaya d'un geste de la main.

— Tu peux compter sur moi, camarade, dit-il avant de replonger dans son coude.

Caron attendait Silent depuis une demi-heure et personne à l'horizon. Le collègue avait travaillé à son projet d'agrandissement familial avec tellement d'ardeur qu'il n'était pas parvenu à se lever, sans doute. Le flic se rendit donc seul au *Lapin Agile* pour vérifier l'alibi d'Octave Plesnel. Là-bas, il apprit que le gros tas avait bien travaillé chaque nuit de la semaine précédant la Saint-Sylvestre et que, le jour de l'An, les gardiens l'avaient mis à la porte, à l'aube, soûl comme un cochon. Un résultat décevant aux yeux du flic puisque cela confirmait les dires du bonhomme. Seule maigre compensation, la patronne lui avait fait du gringue. Son parfum épicé avait fait sur le flic l'effet d'une bourrasque sensuelle, voire d'une agression caractérisée. En outre, sa conversation était plaisante et il avait passé un bon moment en sa compagnie. C'est à regret qu'il l'avait quittée pour rentrer au commissariat où régnait une agitation fébrile. Dans la cour, les hommes faisaient la gueule en préparant des voitures.

— Tu as vu Silent ce matin ? lui demanda Soubielle.

— Je l'ai attendu mais il ne s'est pas montré.

— Le cadavre d'un homme a été repêché au sud

de la ville. Certains agents du quartier pensent avoir reconnu Gabriel.

Caron eut un temps de latence avant d'assimiler l'information, qui lui semblait irréelle. Une erreur d'identification pouvait arriver même si les flics se connaissaient entre eux. Et puis la veille, lorsque Silent l'avait quitté, il avait dit qu'il rentrait chez lui. Qu'avait-il pu se passer, alors ?

Quand ils arrivèrent sur place, non loin du barrage de la Mulatière, le port industriel tournait au ralenti. La circulation des péniches était interrompue et les caisses de marchandises attendaient le redémarrage des grues. Aux abords de l'écluse, des flics tenaient les ouvriers à distance du corps recouvert d'une bâche. Un agent la releva. Aucun doute, c'était bien Gabriel Silent, le visage livide et flétri d'avoir passé des heures dans l'eau. On lui avait tiré une balle en plein front. En voyant le corps entier, un détail déshonorant sauta aux yeux de Caron. Silent avait perdu une chaussure et le pied nu paraissait fragile et ridicule.

— Qui a trouvé le corps ? demanda Soubielle.

L'agent désigna un pêcheur en discussion avec deux policiers. La découverte du cadavre l'avait retourné. Pâle, les mains tremblantes, il répondait aux questions d'un air navré. L'une de ses lignes s'était prise au fond. Alors qu'il tirait pour libérer l'hameçon, un objet flottant avait attiré son regard. Quand il avait compris à quoi il avait affaire, il avait appelé au secours. À force de s'égosiller, des gens s'étaient approchés et, à l'aide d'un croc, avaient remonté le cadavre sur la berge. Soubielle demanda des précisions au pêcheur. Il était arrivé à cinq heures, avant l'embauche. Des ouvriers de sa connaissance pouvaient le confirmer. Sur place, il n'avait rien remarqué de particulier. L'homme, peu à peu, retrouvait ses esprits, mais cela ne changeait rien à sa maigre déposition et, comme les autres témoins confirmaient sa version, il apparaissait qu'il s'était trouvé au mauvais endroit au mauvais moment.

En s'approchant du fleuve, Caron et Soubielle constatèrent la force du courant en cet endroit. Tout un tas de cochonneries dérivaient. Quand les gens voulaient se débarrasser de leurs déchets, ils les balançaient à l'eau. Les usines, un peu plus haut, payaient des hommes pour faire ce travail toute la journée. Si le corps était tombé à la Mulatière, il aurait dérivé beaucoup plus au sud. La logique voulait qu'il ait été jeté en amont.

— Hier, vous avez travaillé ensemble, demanda Soubielle. Tu as remarqué quelque chose ?

— Gabriel était égal à lui-même, tranquille, sûr de lui. Après l'interrogatoire de Rival, il est rentré chez lui passer la soirée en famille.

— Que sais-tu d'autre ? Il avait des ennemis ?

— Un flic doublé d'un politicien, vous imaginez ? Sans oublier qu'il a mené une vie infernale à certains habitants des quartiers pauvres de la ville. N'importe lequel d'entre eux aurait une bonne raison de lui faire la peau. Pendant plusieurs années, Millard, Geslin et Silent ont formé une brigade qui faisait régner l'ordre avec zèle. Des Juifs s'en sont pris plein la gueule, des Allemands aussi, soit dit en passant. Puis il est monté en grade et s'est pris de passion pour la politique, domaine dans lequel il avait des ambitions. Il formait un ticket avec Antoine Bergeron pour les législatives.

— Il avait reçu des menaces, des intimidations ?

— Aucune idée. Si c'est le cas, il ne m'en a pas parlé.

Les deux hommes retournèrent près du corps. Le légiste venait de terminer son examen superficiel. La rigidité cadavérique indiquait une mort remontant à une douzaine d'heures, dont la cause était la blessure par balle, sans aucun doute. Comme les poumons contenaient de l'air, le corps n'avait pas coulé. L'homme s'arrêta brusquement de parler, l'œil attiré par un détail. Il s'agenouilla près du cadavre et pressa les joues pour agrandir l'orifice de la bouche. Un objet était fourré à l'intérieur. Il extirpa du bout des doigts une photographie roulée en boule que les deux flics reconnurent immédiatement ; ils en possédaient chacun un exemplaire dans la poche de leur manteau. Elle représentait le petit garçon disparu, Maurice Allègre, dans sa tenue de communiant.

Grimbert décida de procéder à des vérifications avant de se rendre au commissariat. À la mairie de la Croix-Rousse, il apprit que la salle Valentino, d'où étaient sortis Blovski et consorts, avait été réservée par la Bourse du travail le soir du réveillon pour y donner un bal. Les prolétaires aimaient ce lieu où on avait fusillé une poignée de traîtres lors de la Commune. En tout cas, le responsable avait rapporté les clés en temps et en heure et la salle rendue était en bon état.

La Bourse du travail se trouvant à deux pas, autant s'y arrêter. Grimbert ne fut pas surpris par la foule immense aux abords et à l'intérieur du bâtiment. Des ouvriers faisaient la queue devant des bureaux de placement et certains d'entre eux, ayant participé à des luttes syndicales, se retrouvaient sans espoir d'embauche quand leurs noms figuraient sur des listes noires. Prise par d'autres desseins, la république ne se souciait pas de la question sociale alors la Bourse devenait l'asile des misérables. Au bar, certains débattaient sur le meilleur moyen de faire rendre gorge aux exploiteurs. La question provoquait des discussions animées et des plans tous plus débiles les uns que les autres.

Grimbert parcourut différents services, du *viaticum*

au dispensaire, ne sachant à qui s'adresser dans ce dédale. On finit par l'orienter vers le syndicat de l'industrie. L'homme qu'il devait consulter se livrait à une conversation interminable constellée de gloussements et d'éclats de rire. La construction de la lutte syndicale ressemblait à une partie de rigolade. N'y tenant plus, le flic entra dans le bureau et plaça sa carte sous le nez de l'homme en question qui, blasé, expédia son interlocuteur.

— Je cherche des informations sur le bal du réveillon.

— Le conseil d'administration de la Bourse a validé cette manifestation. Tous les documents sont en ordre.

Grimbert leva la main.

— Ce n'est pas le problème. Il me faut les noms des participants.

L'homme hésita.

— Je possède la liste des inscrits pour le repas puisque la réservation était obligatoire mais la soirée s'est poursuivie en bal populaire avec entrée libre et là, c'est plus difficile, nous n'avions pas de cartons d'invitation.

— Désiré Blovski était-il présent ?

— Désiré ? Je l'ai vu, oui.

L'homme fut tout de suite sur le qui-vive. Avec le nom dc Blovski dans la balance, la visite d'un policier prenait une autre ampleur.

— Vers quelle heure est-il parti ? demanda Grimbert.

— Autour de trois heures du matin. Je m'en souviens parce qu'il est venu me remercier pour l'organisation de la soirée.

— Il était seul ?

— Des amis l'accompagnaient, me semble-t-il. J'ai

reconnu Simon Letourneur. Les autres l'attendaient près de la porte, je n'ai pas vraiment fait attention.

— Ils avaient passé toute la soirée à Valentino ?

— Désiré s'est fendu d'un magnifique discours sur le thème de l'État social. Je peux vous trouver des centaines de témoins.

C'était bien pratique d'avoir autant d'amis, comme disait Blovski. Apparemment, le rouge et ses acolytes avaient raconté la vérité. Grimbert poussa un papier devant le type.

— Regardez ces noms. Indiquez-moi les individus qui étaient présents.

L'homme se frotta les tempes. Cette discussion ressemblait clairement à une collaboration avec la police. D'un autre côté, il avait la possibilité de couvrir ses camarades. On ne pourrait pas le lui reprocher.

— Ce sont des gars de chez nous, dit-il en parcourant la liste. Ils étaient là.

— À la sortie du bal, ils ont tous été arrêtés par la police pour voie de fait ou tapage nocturne.

L'homme haussa les épaules.

— La Bourse n'est pas responsable.

— Je ne dis pas le contraire. Autre chose. Connaissez-vous un homme qu'on appelle le Capitaine ?

Il y eut un moment de flottement puis l'homme sourit.

— Oui, bien sûr, je peux vous le présenter. Suivez-moi.

Ils traversèrent de nouveau les couloirs sonores du bâtiment pour descendre dans le hall. L'homme se dirigea vers le bar.

— Voici le Capitaine, dit-il en désignant un homme infirme dont les deux jambes se terminaient au-dessus du genou.

Assis en équilibre précaire sur un tabouret de bar,

le visage rouge et les yeux injectés de sang, l'invalide n'en était pas à son premier verre.

— Tu me paies un coup ? tenta-t-il en dévoilant une dentition pitoyable.

Grimbert avait soif. Avant de s'en rendre compte, il faisait tourner son index. À boire ! Le Capitaine, calé sur son tabouret, décrivit par le menu les malheurs qui avaient jonché sa carrière comme des merdes de chien sur un trottoir. L'auditoire buvait en silence, ce n'était pas tous les jours qu'on se faisait rincer par un flic. Entre deux verres, l'estropié raconta son dernier séjour à l'hôpital, trois mois entiers, d'octobre à décembre, se procurant ainsi un alibi superflu, Grimbert ayant compris depuis un moment qu'il n'avait rien à voir avec leur enquête. Puis, alors que le flic allait partir, l'homme se mit à parler de la répression de Fourmies. En 1891, l'armée avait écrasé une manifestation du premier mai, provoquant la mort d'une dizaine de personnes. Juste à côté de lui, Maria Blondeau, une jeune fille de dix-huit ans, avait succombé, une branche d'aubépine à la main. À cette évocation, Grimbert sentit son sang se glacer. Lui-même y était, à Fourmies, lors de cette tragédie, mais dans l'autre camp, celui des militaires. Il avait tiré sur un rustre en blouse grise qui s'était effondré d'un coup, d'une balle en plein cœur. Le souvenir cuisant de l'assassinat – y avait-il un autre mot ? – lui donna envie de vomir. La répression avait créé un scandale national. Jaurès, Clemenceau, Drumont, tout le monde s'était emparé de l'événement. La république accusée de s'être comportée comme une chienne avait tangué. L'épisode le hantait depuis. L'armée lui en avait mis dans la cervelle, des ordures. L'alcool au moins émoussait le souvenir. Les tournées s'enchaînèrent. Quand

Grimbert quitta la Bourse du travail, il en avait un bon coup dans le cornet.

Au commissariat, les hommes faisaient leur tête des mauvais jours. Du travail supplémentaire avait dû leur tomber sur le paletot. Il héla un officier dont il se rappelait le nom : Geslin.

— C'est quoi, ces gueules d'enterrement ? Quelqu'un est mort ?

Sa question, posée d'une voix trop forte, fit se tourner vers lui une dizaine de visages.

— Soubielle vient d'annoncer le décès de Gabriel Silent.

Grimbert eut du mal à mettre du sens sur ces paroles.

— Silent ? C'est une plaisanterie ? rigola-t-il.

Au moment où il posait la question, il comprit son erreur. Jamais un flic ne se permettrait de faire une blague pareille. En prime, il avait mal évalué les distances et s'était penché un peu trop près de Geslin qui recula sous la puanteur de l'alcool. Se tournant en direction de ses collègues, l'officier posa son poing sur son nez et donna un quart de tour vers le haut. Bourré ! Les flics le fixaient, exhalant un bouquet glacial de mépris et de colère. Grimbert bafouilla une excuse en s'emberlificotant dans les mots. Il se conduisait comme une vraie merde. Alors il battit en retraite, incapable de soutenir les regards de ses collègues.

Le brigadier-chef Joseph Millard souhaitait organiser une cagnotte pour venir en aide à la veuve de Gabriel Silent. Les deux hommes s'appréciaient et s'invitaient à dîner de temps à autre ; de longues années passées à patrouiller ensemble avaient forgé leur amitié. Ils partageaient en outre les mêmes idées politiques, ce qui n'était un secret pour personne.

— Quelqu'un a-t-il prévenu sa femme ? demanda-t-il, le visage plein d'amertume.

— En tant que supérieur hiérarchique, je m'en charge, répondit Soubielle. Autre chose : notre groupe d'enquête travaillait sur le dossier Maurice Allègre mais le meurtre de notre collègue change la donne, bien évidemment. Trouver le responsable est la priorité absolue. Ta connaissance du terrain et des hommes fait de toi un renfort essentiel en ces circonstances. J'ai donc décidé de t'affecter à notre groupe.

Millard se redressa légèrement, surpris par la nouvelle. Il se caressa les moustaches, dont il prenait grand soin, sans doute les plus belles du commissariat.

— Je ferai tout pour rendre justice à Gabriel, promit-il.

— Sonde les gars pour savoir qui l'a vu hier soir. Mets tout le monde sur le pont.

Partant mener sa mission au pas de charge, le brigadier-chef disparut dans les couloirs tandis que Soubielle se rendait dans le bureau de Silent au sein de l'hôtel de police, une petite pièce sans fenêtre, meublée d'étagères pleines de dossiers et d'un secrétaire à la surface impeccable. Les machines à écrire n'étant pas arrivées jusque-là, tous les rapports étaient rédigés à la plume. Soubielle trouva le registre des activités quotidiennes, les procès-verbaux des enquêtes en cours, les rapports, les synthèses. Le travail de routine alternait avec des enquêtes plus poussées, mais rien qui éveillât une alerte. Au fond, Gabriel Silent avait une âme de gratte-papier, la qualité première du flic moderne. Les tiroirs recelaient un fouillis innommable, du matériel de papeterie, des plumes métalliques, un flacon d'encre, des tickets de tramway, quelques reçus et une pochette d'allumettes aux couleurs d'un bistrot, *L'Olympe*, devenu depuis des années le quartier général des flics de la Croix-Rousse. Tous les agents bourraient leurs poches avec ce genre de grattoirs.

Un manteau était suspendu au crochet derrière la porte. Soubielle avait déjà vu Silent le porter de temps à autre. Le vêtement sentait le tabac froid, rien d'étonnant, mais le commissaire renifla aussi une note fleurie, la persistance d'un parfum de femme. En fouillant les poches, il trouva un paquet de tabac, une autre pochette d'allumettes du même établissement ainsi qu'une banale clé d'appartement, mais surtout un petit calepin à la couverture ornée de roses rouges maintenue par un élastique, ressemblant plus à une babiole de femme qu'au carnet d'un flic et pourtant Silent y jetait des notes : nombres, symboles, initiales, croquis du quartier, mots reliés par des flèches, le tout rédigé dans un langage proche de la sténo. L'ensemble paraissait organisé, cohérent. Une mine d'informations à gratter. À la fin du carnet, sur la troisième de couverture, un visage de femme plutôt réussi était dessiné à la main. Une douceur mélancolique apparaissait sous le coup de plume. Les hommes gardaient souvent une photographie de leur famille sur eux, en guise de porte-bonheur, pourquoi pas un dessin ?

Mais quand Soubielle, un peu plus tard, arriva chez la veuve, il dut se rendre à l'évidence : la femme dessinée dans le carnet ne représentait pas Geneviève Silent. Rien à voir, ni dans les traits du visage ni dans la chevelure brune rassemblée en chignon. Elle portait un jeune enfant dans les bras. En voyant le commissaire, la mine grave et le chapeau à la main, elle comprit tout de suite qu'il venait annoncer un malheur. Son visage s'affaissa. Le môme se tordait le cou pour regarder le visiteur mais, comme ce dernier lui flanquait la frousse, il abritait son visage dans le corsage de la mère.

— Il est arrivé quelque chose à mon époux ?

— J'apporte malheureusement une terrible nouvelle. Ce matin, nous avons trouvé le corps sans vie de Gabriel. Je vous présente toutes mes condoléances.

Elle poussa un cri, trouva la force de déposer son fils dans le lit à barreaux mais aussitôt le petit se mit à bondir et babiller tandis qu'elle se laissait tomber sur une chaise.

— Que s'est-il passé ? demanda-t-elle.

— Gabriel a été victime d'un meurtre. La préfecture met tous les moyens disponibles pour trouver le coupable. Avez-vous de la famille pour vous venir en aide ? Je peux prévenir un proche si vous le souhaitez.

— Ma mère habite aux Brotteaux, dit-elle les yeux emplis de larmes.

Soubielle nota l'adresse.

— J'envoie quelqu'un. En ces circonstances dramatiques, je tiens à vous assurer du soutien sans faille de la police. Nous mettrons tout en œuvre pour trouver le coupable. Avez-vous la force de répondre à des questions ? Je peux revenir une autre fois.

Elle essuya rageusement les larmes sur son visage.

— Non, maintenant ! s'écria-t-elle en plaquant ses mains sur ses genoux pour réprimer ses tremblements. Ne perdons pas de temps.

— Je vais faire le plus vite possible. À quelle heure Gabriel est-il revenu hier soir ?

— Je ne l'ai pas vu. Il n'est pas rentré de la nuit.

Aussitôt Soubielle fut en alerte. Ça ne collait pas avec le témoignage de Caron.

— Vous avait-il prévenue ?

— Il m'a dit qu'il était d'astreinte.

— Quand l'avez-vous vu pour la dernière fois ?

— Hier matin, il a quitté la maison à l'aube, comme d'habitude, après avoir embrassé Aristide.

— Vous ne l'avez pas revu au cours de la journée ?

— Non. Son travail lui prenait beaucoup de temps. Et depuis qu'il avait décidé de se lancer en politique, celui qu'il nous accordait était réduit à la portion congrue. Alors, des soucis, il en avait sans doute, mais il ne voulait pas les ramener à la maison.

— Il ne vous parlait jamais de son travail ?

— Si, forcément, surtout de ces pauvres filles. Il éprouvait de la compassion à leur égard. Écoutez, je devine le fond de votre pensée. Dans son métier, les hommes doivent résister à la tentation, mais l'honnêteté et la droiture comptaient pour Gabriel. Ne baissez pas les yeux, commissaire, vous me prenez pour une gourde parce que je vous peins un tableau angélique de mon mari, n'est-ce pas ?

Soubielle ne répondit pas. Chacun réagissait à sa manière en face du deuil et l'agressivité était bien souvent présente lorsqu'on apprenait une mort violente. À cet instant, tenaillé par la faim, Aristide se mit à geindre. Sans se soucier de la présence du commissaire, Geneviève Silent descendit la bretelle de son corsage pour lui donner la tétée.

— Vous a-t-il un jour confié une crainte particulière ? reprit Soubielle en détournant les yeux. Se sentait-il menacé ? Depuis qu'il était entré en politique, par exemple ?

— Gabriel n'avait peur de rien. L'idée que la politique soit un combat de tous les instants le ravissait. Il répétait qu'il voulait rendre à la France sa grandeur, sa pureté originelle.

— Avez-vous entendu parler de Maurice Allègre ?

— Ce nom ne me dit rien.

— Me permettez-vous de passer à des questions plus personnelles ? Je vous répète que ce n'est pas urgent. Nous pouvons toujours remettre cette partie de l'entretien à plus tard si vous le désirez.

— Vous allez fouiller dans notre vie ?

— Je suis désolé.

Elle soupira. Aristide s'était assoupi sur son sein. Elle le reposa dans son lit. Assommé par le lait, il dormait les deux poings serrés sur sa poitrine. Soubielle observa Geneviève Silent, de dos, remettre son corsage en place puis s'appuyer une poignée de secondes sur le rebord du lit, les yeux fixés sur son enfant, avant de se retourner.

— Allez-y, souffla-t-elle.

— Aviez-vous des difficultés financières ?

— Nous faisions attention, comme tout le monde, répondit-elle, sur la défensive. Nous mettions de côté pour devenir propriétaires, c'était notre projet. L'héritage des parents de Gabriel nous a fait du bien.

Et soudain l'émotion la submergea :

— Nous devions partir deux jours dans l'arrière-pays. Gabriel avait acheté les billets de train. Les premiers congés de notre vie avant le début de la campagne électorale.

— M'autorisez-vous à consulter les documents relatifs à votre situation financière ?

— Je peux déjà vous en confier un certain nombre. Vous pensez qu'ils auraient un lien avec sa mort ?

— Nous ne voulons négliger aucune piste, s'excusa-t-il.

Elle se dirigea vers l'entrée et, du fond d'un petit meuble, dénicha deux classeurs qu'elle posa devant le commissaire.

— Voilà. Toute notre vie.

Les larmes revenaient, bien qu'elle essayât de les refouler. Soubielle, gêné, se leva à son tour. Soudainement, elle s'effondra contre lui en sanglotant. Il resta silencieux, les mots n'ayant aucun pouvoir de consolation.

— Pardonnez-moi, souffla-t-elle en s'arrachant du commissaire aussi vite qu'elle était tombée dans ses bras.

— Ce n'est rien, voyons.

Les classeurs à la main, Soubielle se dirigea vers la porte. Elle le suivit. Se retournant pour la saluer, il vit qu'une bretelle de son corsage avait glissé, dévoilant la naissance de sa poitrine. Il éprouva un picotement au creux du ventre.

— Je préviens votre mère, balbutia-t-il.

Puis il se retrouva sur le seuil, comme un idiot, le parfum de cette femme encore présent autour de lui, sachant d'instinct qu'il n'en avait pas fini avec elle. Il n'avait pas éprouvé cette émotion depuis bien longtemps et il fallait que ce soit au bénéfice de la veuve du collègue. Du couloir, il entendit Geneviève Silent s'adresser à son enfant :

— Nous ne sommes plus que tous les deux, maintenant, mon pauvre Aristide.

Par acquit de conscience, Caron reprit les procès-verbaux d'octobre concernant la disparition de Maurice Allègre, mais le nom de Gabriel Silent n'apparaissait nulle part, confirmant ce qu'avait dit ce dernier en voyant la photographie du môme. Aucun lien ne sautait aux yeux. Si Gabriel avait obtenu des informations sur l'enfant supplicié, c'était par un autre biais. Joseph Millard arriva sur ces entrefaites. Il avait décidé de creuser dans les archives pour récupérer des noms et des adresses parce qu'il s'était rappelé plusieurs affaires ayant provoqué des rancunes tenaces, des affaires mettant en cause des Juifs le plus souvent, à l'époque où Silent, Geslin et lui faisaient régner la loi dans les quartiers. Oh, comme ils avaient toujours agi dans l'intérêt de l'ordre et de la justice, ils n'avaient rien à se reprocher, même dans l'affaire Daniel Wittstein, où un jeune homme de vingt ans avait été abattu par Silent, en état de légitime défense. La vengeance personnelle était un mobile sérieux et ces Juifs allaient recevoir une convocation.

Quand ils remontèrent dans le hall, un agent leur apprit qu'un témoin racontant avoir vu deux hommes jeter un corps dans la Saône la veille venait de se présenter spontanément. Dans la salle d'audition, affalé sur une chaise, l'individu, qui ressemblait à un vieil hibou à cause de ses mèches de cheveux dressées comme des plumets, frémit à la vue de Millard, dont le visage se durcit. Sa chaise racla sur le carrelage lorsqu'il se leva, tendant une main sale que les flics ignorèrent.

Ouvrier en imprimerie, marié et père de trois enfants, Michel Dessien raconta les faits en peu de mots. Vers onze heures, la veille, il se trouvait près du fleuve, du côté des entrepôts de Serin, lorsqu'il avait entendu une détonation. Peu après, il avait vu deux hommes jeter un corps à l'eau.

— Qu'avez-vous fait ensuite ?

— J'ai attendu leur départ car je ne voulais pas me prendre un pruneau à mon tour. Puis je me suis approché du bord pour secourir l'homme mais il avait coulé à pic.

— Ces hommes, demanda Millard, pourriez-vous les décrire ?

Dessien avala sa salive. Il frottait ses mains sales sur son pantalon.

— Je les ai vus de loin.

— À quoi ressemblaient-ils ? insista Caron.

— Des hommes de taille moyenne portant des casquettes et des cols remontés pour dissimuler leurs visages. L'un des deux portait des lunettes, je crois, il me semble avoir vu un reflet. Celui-là traînait la patte.

— Il boitait ?

— Ouais, en se dandinant comme un canard, vous voyez ?

Caron fit signe à Millard de le suivre. Les deux flics s'isolèrent dans le couloir.

— Tu connais ce type ? demanda Caron.

— Plus ou moins, avoua Millard, il fréquente un

comité de la Ligue. Honnêtement, ce n'est pas une lumière. On sent bien que les conversations le dépassent.

— Des lunettes, des vêtements d'ouvrier, un dandinement de canard, ça te rappelle quelqu'un ?

— Tout le monde connaît Blovski puisqu'il essaie de vendre son torchon à chaque coin de rue. Il passe son temps à vomir sur la Ligue et il détestait Silent. C'est un suspect crédible.

— C'est tout de même un peu gros, dit Caron, ce témoin tombé du ciel mérite une petite secousse.

Les deux policiers retournèrent dans la salle d'audition.

— Quelque chose m'échappe, reprit le lieutenant. Tu nous décris une scène terrible, après laquelle tu rentres tranquillement chez toi. Pourquoi ne pas appeler la police ?

Dessien se redressa brutalement, surpris par le tutoiement du flic aussi soudain que de mauvais augure.

— Tout s'est passé tellement vite que j'avais l'impression de faire un mauvais rêve. Je m'en veux, maintenant, j'aurais dû appeler un agent.

— La nuit t'a porté conseil, en quelque sorte. Connais-tu Désiré Blovski ?

— Le nom me dit quelque chose, répondit l'homme en se grattant le menton.

— Blovski pourrait-il être l'homme dont tu nous as fait le portrait ? Le boiteux ?

— C'est bien possible.

Caron éprouva l'envie de taper sur le témoin pour lui rentrer son sourire faussement contrit dans la gorge.

— On reprend tout au début, dit-il.

— Quoi ?

Michel Dessien jeta un bref coup d'œil à Millard, comme s'il espérait un soutien de ce dernier, mais le brigadier-chef faisait franchement la gueule.

— Que faisais-tu à onze heures du soir près du fleuve ? demanda-t-il. Tu allais voir les filles ?

Dessien le regarda, les yeux ronds.

— Non ! De toute façon, elles ne tapinent pas dans ce coin-là. En venant vous voir, j'accomplis mon devoir de citoyen. Je ne m'attendais pas à avoir des ennuis.

— Tu en auras si tu nous mens, dit Caron.

— Je me promenais ! répéta l'homme en désespoir de cause.

— Quelles foutaises ! explosa Caron. Se promener, à onze heures du soir, par ce temps indigne ! À d'autres ! Fais bien attention à ce que tu racontes, Dessien, un faux témoignage peut te conduire en taule !

— Je faisais une ronde, avoua-t-il en se rongeant l'ongle du pouce, je surveillais les abords de la rivière.

— Pour quelle raison ?

— Ils se réunissent là-bas, eux aussi.

— Qui donc ?

— Les salauds de l'Anti-France, lâcha Dessien.

— Ah, l'ennemi intérieur ! soupira le flic.

— Les Juifs, oui, mais pas seulement, les protestants, les étrangers aussi et les internationalistes, tout le syndicat de la trahison acharné à détruire la France. Je pensais la police informée de la situation.

Le brigadier-chef lui lança un regard meurtrier.

— Fais-tu partie d'une milice ? demanda Caron.

L'homme le regarda, sans trop comprendre. Il se passa la langue sur les lèvres.

— Vous connaissez Bergeron ?

À ce nom, Millard se figea.

— Antoine Bergeron ? demanda Caron. Le politicien ?

— Qui d'autre ? rétorqua l'homme en haussant les épaules.

— Que vient-il faire dans cette histoire ?

— Une manifestation organisée par Bergeron va bientôt se tenir aux abords de la Saône. En tant que membre du service d'ordre, je dois m'assurer de la sécurité des lieux, en signalant la présence d'individus louches, par exemple. Bergeron refuse de recevoir une bombe sur le crâne.

— Seule la police assure l'ordre, dit Caron. Bergeron t'a donné des consignes ? Nous lui poserons des questions, si nécessaire. Mais je m'interroge, que se passe-t-il lorsque des ennemis intérieurs baguenaudent sur la berge ? Vous vous entretuez ?

— On leur fait comprendre qu'ils ne sont pas les bienvenus, dit Dessien en croisant les bras.

— Mais tu étais seul, hier soir ? Ce n'est pas prudent.

— Je sais me défendre.

— Tu étais armé ?

Dessien le regarda, les yeux dans les yeux. Il se força à soutenir le regard du flic.

— Absolument pas, assura-t-il.

Pas dupe, Caron se leva.

— Viens, Dessien, on va faire un tour.

La voiture cahotait. Coincé entre les deux flics, ballotté d'une épaule à l'autre, le témoin n'en menait pas large. Aux abords des entrepôts, il leur indiqua l'endroit où les suspects avaient jeté le corps à l'eau, une zone d'une cinquantaine de mètres.

— L'endroit n'a pas l'air bien éclairé, dit Caron.

— Oui, mais un bec de gaz se dresse là-bas, répondit Dessien. Les deux hommes sont passés sous la lumière.

— Et donc l'un d'eux boitait ?

— Je crois.

— Comment ça ? Tu n'en es plus sûr ?

— Non. Si. Il boitait.

— Je te le répète, Dessien, ça peut aller loin, de mentir à la police.

— Il boitait et il portait une veste d'ouvrier, je le jure.

— Et les lunettes ?

— J'ai vu un reflet de lumière sur son visage. J'ai pensé à des lunettes.

— C'était Désiré Blovski ?

Ce coup-ci, Dessien ne sourit pas.

— Peut-être, je ne sais pas.

— Et l'autre homme, comment était-il ?

— Je ne l'ai pas bien distingué, malheureusement.

Caron fit quelques pas. Tout à coup, un objet à demi enseveli dans la boue attira son attention.

— Millard, viens voir !

Caron lui désigna la chose : une godasse dont il était pratiquement sûr qu'elle avait appartenu à Silent.

— Ramasse-la. Si c'est la sienne, nous tenons la preuve qu'il a été jeté à l'eau ici.

— Ça fait un bout, d'ici à la Mulatière.

— Le courant est faible et la végétation fournie. Le corps a pu rester coincé un moment dans des feuillages avant de dériver. Dessien a entendu un coup de feu. Nous sommes sur les lieux du crime.

Les hommes regardèrent les immeubles, les industries et le tas de bicoques à moitié effondrées les unes sur les autres. Dessien baissait les yeux, il n'osait plus rien dire de peur que ça lui retombe dessus.

— La chaussure conforte son témoignage, reprit Caron, si bancal soit-il. En attendant, et faute de mieux, Blovski redevient notre principal suspect.

La réunion avec le préfet de police avait porté sur l'assassinat de Silent, l'enquête afférente et la façon dont la préfecture rendrait hommage au mort. Le nom de Bergeron fit tiquer le représentant de l'État. Le candidat avait autant d'influence que de relations haut placées dans différents cénacles, particulièrement chez les déçus de la république et, à ce titre, méritait des égards. Connu pour son passé dans la Ligue des patriotes, il se situait dans une frange politique nouvelle où s'étaient cristallisés, après l'épisode Boulanger, des valeurs d'ordre et de sécurité ainsi qu'un penchant indéniable pour l'antisémitisme. Beaucoup d'agents l'aimaient bien. Ce n'était un secret pour personne que grandissait à l'intérieur de l'institution policière la haine de la république parlementaire et libérale, alors la présence d'un représentant de la loi aux côtés de Bergeron, en vue de la bataille électorale, était pensée pour lui donner de vraies chances d'accéder au pouvoir. Cela dit, la mort de Silent ne changeait pas la donne. Un véritable animal politique savait tirer profit d'une émotion légitime. Il fallait jouer de prudence. Cette histoire ne valait pas grand-chose, finalement. Des règlements de comptes en pleine rue, cela arrivait fréquemment. Les élections législatives avaient lieu dans quelques mois et il serait bon que Soubielle résolve le crime avant cette échéance. L'État avait besoin de montrer sa faculté à rétablir la sécurité dans les plus brefs délais, sinon les électeurs, guidés par la peur, seraient tentés par des choix douteux.

Sous une apparente cordialité, le préfet restait froid, inflexible, incarnant le type même de l'administratif attaché à l'efficacité de la république. Soubielle avait l'habitude de ces supérieurs vous fusillant du regard pour vous jauger. Le préfet ressemblait à tous les gens de pouvoir, maniant la brosse à reluire et l'obligation de résultat, le savant mélange pour presser ses subordonnés comme des citrons.

Au cours de la matinée, le commissaire avait décortiqué les finances de la famille Silent. Geneviève s'occupait des papiers de la maison avec un sens de l'ordre à toute épreuve. Quittances de loyer, factures, relevés bancaires, actes juridiques étaient classés par ordre chronologique et toutes les dépenses, scrupuleusement notées. Il s'agissait en l'occurrence d'une comptabilité exemplaire, un cas d'école. Financièrement, le couple était à l'aise. Aucune trace de difficultés financières, ne serait-ce que passagères. Gabriel plaçait une partie de son salaire sur son compte d'épargne et gardait le reste pour les dépenses courantes. Difficile de penser qu'il pût jouer. Les sorties d'argent auraient été chaotiques et bien plus importantes. Le seul point d'interrogation concernait l'héritage dont Geneviève Silent avait brièvement parlé. Et il s'agissait en l'occurrence d'un détail mineur.

D'après l'acte notarié, Gabriel, en tant que fils unique, s'était retrouvé le seul héritier de ses parents. À leur mort, les sommes présentes sur leur compte avaient basculé sur le sien, Soubielle en retrouva facilement les écritures. La valeur des biens fonciers, en revanche, n'apparaissait pas, ce qui était normal. Il avait sans doute eu la possibilité de les vendre mais aucun acte officiel ne venait confirmer cette théorie, alors qu'une somme importante apparaissait sur son compte quelques semaines après la date inscrite sur les documents de succession.

Soudain, Paul Génor surgit devant le commissaire. Il titubait en tenant une petite cage dans laquelle une poule était emprisonnée. À croire qu'il observait la rue, caché derrière les rideaux du débit de boisson.

— Qui voilà ! s'esclaffa-t-il. Le futur père ! Ah, quel bonheur !

— Bonsoir, Paul ! maugréa Soubielle, contrarié que le pharmacien s'adressât à lui dans cet état d'ébriété avancée. Vous transportez une belle bête.

— Une vieille poule fatiguée d'avoir pondu des œufs par milliers au cours de sa vie. Bonne à rien, maintenant. L'usine est morte. Elle va passer à la casserole pour le bouillon dont les mômes raffolent.

Il trébucha et faillit perdre l'équilibre mais, après quelques pas maladroits, il se retourna, l'index pointé sur son interlocuteur.

— Votre premier ! s'exclama-t-il, avide de transmettre son expérience. Ça compte, dans la vie d'un homme. Moi, j'ai pleuré quand Philippe est sorti du ventre de mon épouse. Les accoucheuses m'avait cantonné dans la pièce d'à côté : « Fumez votre pipe, qu'elles disaient, laissez-nous faire ! » Madeleine poussait des cris de rage. Je ne pensais pas que ma chère épouse connût tant d'insanités ; elle aurait tenu la dragée haute à une fille des rues. Croyez-moi, une femme en travail révèle sa vraie nature.

Génor s'arrêta un instant, pensif.

— Et du travail, elle en a eu, par la suite. Nous avons bien besogné, n'est-ce pas, commissaire ? Vous avez rencontré mon abondante progéniture. De beaux petits mâles ! Toute une brochette ! Une goutte de liqueur séminale et *paf !* un chiard !

Soubielle n'en croyait pas ses oreilles.

— Prenez mon bras, Paul, soupira-t-il, je vous raccompagne.

L'homme, décontenancé, hésita une seconde avant de s'accrocher au commissaire. Sur le chemin, il s'arrêta près d'une fontaine pour s'asperger le visage et se rincer la bouche, se gargarisant et crachant à plusieurs reprises sur les pavés de la place. Une fois dans l'immeuble, Génor monta à l'étage supérieur, s'agrippant à la rambarde. Contrariée par les cahots, la poule protestait.

Quand Soubielle rentra chez lui, Marie-Thérèse était couchée. Elle l'appela d'une voix plaintive. Le commissaire, pris d'angoisse à l'idée que le cauchemar recommence, avança sur le palier de la chambre plongée dans l'obscurité et s'enquit de sa santé.

— J'ai une migraine épouvantable, Jules. Apporte-moi un médicament, s'il te plaît.

L'armoire à pharmacie contenait de la poudre à cataplasme, de la quinine, des sachets d'herboristerie, mais rien pour soulager les douleurs cérébrales. Il s'excusa, désolé de revenir les mains vides.

— Va chez Madeleine. Son mari doit posséder toutes sortes de drogues.

— Tu as raison, répondit-il sans conviction.

À l'étage, une bouffée fade et écœurante le frappa, l'odeur de déjections et de lait caillé des enfants en bas âge.

— Je vais chercher Madame, dit la bonne d'une voix lente.

Elle faisait visiblement office de nourrice puisqu'une tache d'humidité auréolait le corsage contenant sa poitrine ample et gonflée. Soubielle entendit le caquètement inquiet de la poule en provenance de la cuisine.

Il faisait froid dans l'appartement des Génor. Ce n'était pas le cas lorsqu'il leur avait rendu visite. Un signe de difficultés financières ? Petit Paul apparut comme par enchantement. En reconnaissant le commissaire, son visage s'épanouit et il se précipita sur lui, le percutant à l'entrejambe. La douleur coupa net le souffle de Soubielle et les larmes lui montèrent aux yeux.

— Police ! cria le gamin, enchanté, en montrant une carte imaginaire. Tout le monde en prison !

Le commissaire appuya une main contre le mur, esquissant un mouvement de recul quand le gamin revint à la charge. Ce geste de défiance attira l'œil de Petit Paul, dont le sourire se fissura et les yeux se troublèrent.

— Madame vous prie d'entrer, dit la bonne, interloquée.

Soubielle sourit d'un air crispé. Dans le salon, Madeleine Génor nourrissait le petit Jacquot, mais sa poitrine bien moins appétissante que celle de sa bonne faisait pitié. L'enfant se décrocha de son sein en gémissant. Jaloux comme une teigne, Petit Paul se colla à sa mère, qui le repoussa d'un petit geste de la main.

— L'allaitement maternel permet de garder les enfants en bonne santé, expliqua-t-elle. Paul a assisté à un colloque de M. Pasteur sur le sujet.

— Comment se porte votre époux ?

— Oh ! Il est couché. Après ses journées qui n'en finissent pas, il a besoin de se reposer. Mon mari se tue à la tâche. Mais pardonnez-moi, en quoi puis-je vous aider ?

Soubielle expliqua la situation.

— Bien sûr ! s'exclama Mme Génor. Nous avons tout ce qu'il faut contre les petits bobos et les douleurs de femme. Épouser un pharmacien présente des avantages. La maison est devenue une parfaite succursale de sa boutique.

Elle rit de son mot et disparut du salon. Profitant de l'absence de sa mère, Petit Paul tâta la mamelle de la bonne, qui le repoussa mollement. Les autres enfants étaient présents, Étienne, Maxime, Félix, tous en costume et nœud papillon, regardant ailleurs, peu concernés par les événements. Soubielle leur adressa un faible signe de la main, impatient de quitter ces lieux et leurs étranges occupants.

La présence de Millard dans le groupe crispait Grimbert. Certes, le brigadier-chef était attentif aux moindres détails et souvent pertinent dans ses remarques, mais son assurance et sa manie de jouer la camaraderie excessive avec les autres flics, sans parler de ses moustaches impressionnantes, le rendaient malade. Et au-delà de ces détails, son appartenance à la Ligue constituait un vice rédhibitoire.

Grimbert introduisit ses doigts dans une lézarde du mur et en retira un morceau salpêtré qui s'effrita entre ses doigts. Il ne laissait pas deux ans à l'immeuble de Blovski avant de s'effondrer et, comme d'habitude, les locataires seraient priés de s'installer dans les communes voisines, à Vaise ou ailleurs, pour laisser place à la réalisation de programmes immobiliers de prestige. Millard donna des coups martiaux contre la porte du rouge, qui leur ouvrit, stupéfait de découvrir le brigadier-chef devant lui. Une ombre de peur lui passa sur le visage, la certitude de vrais ennuis à venir. Les flics le repoussèrent à l'intérieur, déclenchant ses protestations. En passant près du bureau, Millard renversa volontairement une pile de papiers tandis que Caron se campait devant la porte pour couper toute retraite. Grimbert, lui, fit mine de s'intéresser aux titres de la bibliothèque, des ouvrages d'économie et de politique, de la philosophie, Marx, Hegel, Proudhon, aux idées passées de mode, le catéchisme rouge, autoritaire ou anarchiste, au choix, le tout et son contraire, la totale. Sur le pupitre, des plumes et de l'encre, des pages griffonnées.

— Mes invités s'intéressent à mes rayonnages, en ce moment. Je ne peux que souscrire à cette soif de savoir.

— La police t'adore, dit Grimbert, tu devrais en être flatté.

— Vous avez besoin de venir à trois ? Vous êtes commissaires spéciaux ?

— De simples enquêteurs. Tu tiens des meetings ?

— Vous parlez bien l'angliche, se moqua Blovski. On dit des *mitinges*, dans le coin. Oui, je participe à des réunions où l'on traite des questions les plus diverses. Avec des amis, je démarche les citoyens à la sortie des usines. Nous organisons des soupes populaires. Mais vous vous intéressez réellement à ces choses-là, lieutenant ?

— Je suis curieux de nature. Qu'est-ce qui t'a amené au socialisme ?

— Quand j'étais petit, mon père avait accroché des drapeaux rouges dans les arbres, répondit-il du tac au tac. Les flics étaient montés aux branches pour les enlever et, comble de malchance, l'un d'eux avait chuté, la tête contre le trottoir. Une ambulance est venue le chercher mais personne ne donnait cher de sa peau. On ne l'a jamais revu dans le quartier. Honnêtement, c'était le plus beau jour de ma vie et sans doute l'origine de ma vocation.

D'un coup, Millard expédia au sol toute une rangée de livres. Blovski ouvrit la bouche, scandalisé, mais jugea préférable de garder pour lui ses protestations.

— Nous avons repêché un corps du côté du barrage de la Mulatière, reprit Grimbert.

— Quel rapport avec moi ?

— Un témoin affirme avoir vu deux hommes jeter un corps dans la Saône du côté des entrepôts. Je te donne la description de l'un deux : veste d'ouvrier, petites lunettes, patte folle. Ça te rappelle quelqu'un ?

Blovski pâlit soudain.

— Qu'est-ce que vous me chantez là ? Je n'y suis pour rien ! On vous a donné mon nom ? Qui ?

— Je ne t'accuse pas. Donne-moi un alibi solide et c'est réglé. Que faisais-tu, hier soir, entre huit heures et minuit ?

— Je suis passé à la Bourse du travail où j'ai assisté à plusieurs réunions qui se sont terminées tard, au moins à deux heures du matin, répliqua victorieusement Blovski.

Les flics se regardèrent, surpris par cette réponse aussi nette.

— Encore la Bourse du travail ? C'est bien pratique comme alibi. Des témoins peuvent confirmer tes dires ?

— Les dizaines de membres du bureau de placement.

La description donnée par Dessien laissant peu de doute, elle puait le faux témoignage pour mettre Blovski dans la panade.

— Nous vérifierons, grommela Grimbert.

Blovski afficha un sourire triomphant.

— Vérifiez, mes amis, enquêtez tout votre soûl.

— Ta gueule, Blovski ! cracha Millard qui piétina les feuilles tombées à terre, les réduisant consciencieusement en bouillie.

— Est-ce que tu traînes sur les bords de la Saône ? demanda Grimbert.

— La rivière traverse la ville, rien que de très normal. Beaucoup d'ouvriers empruntent la promenade des berges, alors nous organisons régulièrement des distributions de tracts là-bas.

— Pas de problème avec les ligues ?

Blovski haussa les épaules.

— Antoine Bergeron, tu connais ?

— Bien sûr. Qui ne connaît pas cette raclure ?

— Surveille ton langage, dit Millard d'une voix excédée.

— J'ai ouï dire que Bergeron recrutait une bonne part de ses fidèles chez les prolétaires, poursuivit Grimbert.

— Certains hommes peu éduqués ont une fâcheuse tendance à lutter contre leurs propres intérêts.

— On raconte qu'il va se présenter aux élections.

— C'est plus qu'une rumeur, ne faites pas les ignorants. Son suppléant est un de vos collègues, le charmant lieutenant Silent.

— Ne parle pas de Silent ! hurla Millard, le visage écarlate.

Le brigadier-chef propulsa une autre rangée de livres au milieu de la pièce. Un ouvrage à la belle reliure en cuir attira son regard, *Le Capital*, dont il déchira les pages avec frénésie.

Blovski comprit soudain.

— C'est lui, l'homme mort retrouvé ce matin ? C'est Silent ?

Un sourire radieux illumina son visage un très court instant car Millard le frappait déjà. Ses lunettes s'envolèrent et il tomba à la renverse. Pour faire bonne mesure, le brigadier-chef le bourra de coups de pied.

— C'est bon, dit Grimbert, on l'embarque. Calme-toi, Millard !

— Eh, quoi ! répondit le brigadier-chef. Ça te choque ?

— Ce n'est pas ma façon de concevoir le travail de police.

Millard s'approcha de Grimbert.

— Tu oses me faire la morale ? Alors laisse-moi te dire ce qui a choqué tout le commissariat : ta réaction en apprenant la mort de Gabriel. Quand Geslin et les autres m'en ont parlé, les yeux leur sortaient de la tête. Tu étais bourré. Tu gloussais. Tu t'es mis tout le commissariat à dos !

Non seulement le mépris que le brigadier-chef éprouvait à son égard restait en travers de la gorge de Grimbert, mais surtout l'enquête prenait une direction qui ne lui plaisait pas. Les ficelles étaient un peu grosses. Que le suspect principal dans le meurtre d'un flic soit un révolutionnaire tombait à pic. Heureusement, l'alibi de Blovski vérifié dans la foulée de son arrestation tenait la route, plusieurs permanents de la Bourse du travail attestant de sa présence en ce lieu le soir du crime. Jamais l'accusation ne tiendrait devant un tribunal, alors Soubielle s'était vu contraint de le relâcher. Blovski avait quitté le commissariat en boitant plus bas qu'à son habitude, le visage couvert d'hématomes.

En remontant la rue de Cuire, Grimbert aperçut Louis Demange, qui faisait grise mine.

— Comment va, chef ? lança le flic.

Surpris, le gamin sursauta et rabattit sa casquette sur ses yeux pour dissimuler ses larmes.

— Du nouveau sur Maurice ?

— À part les deux zigotos dont vous m'avez parlé, il n'avait pas de copains. Et personne ne connaît de capitaine louche.

— Qu'est-ce qui te chagrine ? Raconte-moi tout.

Bien qu'il en eût gros sur la patate, Louis hésitait à se confier à un flic. Grimbert comprenait. À sa place, lui aussi aurait réfléchi à deux fois.

— C'est à cause d'Esther Clément, avoua le gamin.

— Qui est-ce ?

— Une fille de mon âge qui ne parle presque pas. À l'école, l'instituteur avait beau lui taper dessus, ça ne faisait pas de miracle, elle ne travaillait pas mieux. Ce matin, elle portait des marques sur le cou.

— Tu sais ce qui s'est passé ?

— Elle cachait des dragées dans une poche de sa robe, comme si elle avait participé à un baptême ou à une communion. Je lui ai demandé où elle les avait eues. Elle m'a fait comprendre qu'elle se frotte contre un homme pour les obtenir.

— Elle habite où, ton Esther ?

Ils remontèrent la rue de Cuire et bifurquèrent vers la chapelle Saint-Denis. Louis montra une maison dont le rez-de-chaussée abritait une cordonnerie. La fillette logeait à l'étage avec ses parents.

— Tiens, pour la peine, dit Grimbert en donnant un sou au gamin.

— Ce tuyau-là, je l'aurais filé gratis, dit-il en empochant la pièce.

Aucune importance, signifia le flic d'un geste de la main, avant d'entrer par un couloir adjacent à la boutique et de monter les escaliers jusqu'à l'étage. Sur le palier se dressait une seule porte, que lui ouvrit une femme aux yeux et à la peau jaunâtres, rongée de l'intérieur par un sale truc.

— Je cherche Esther Clément, annonça Grimbert en agitant sa carte de police.

La femme n'eut pas le temps de répondre que la gamine se matérialisa à côté d'elle. Esther portait une robe incolore à force d'usage, des traces noires sillonnaient son visage et des cohortes de poux s'affairaient dans sa chevelure. Par contre, une vérité se dressait, éclatante, indéniable : sous la couche de crasse sommeillait la véritable beauté car Esther était jolie comme un cœur. Le flic s'accroupit face à elle, repérant aussitôt un chapelet d'empreintes bleutées autour de son cou.

— Que lui est-il arrivé ? demanda Grimbert. D'où viennent ces marques ?

— Aucune idée, Esther ne parle pas. D'autres enfants se sont amusés à la rudoyer, sans doute. Vous savez comment ils sont entre eux.

— Tu as rencontré un homme, Esther ? Il t'a demandé de le suivre pour t'emmener quelque part ? Dans une maison, peut-être ?

Trop de questions d'un coup perdirent la fillette.

— Tu aimes les dragées, ma puce ?

Ses yeux s'illuminèrent au mot magique. De la poche de sa robe, elle sortit une perle argentée crasseuse, la tenant dans le creux de sa main tel un trésor.

— Qui te l'a donnée ? demanda gentiment Grimbert.

Esther rassembla ses pensées en un effort intense puis elle leva la main en repliant maladroitement ses doigts.

— Trois hommes ?

La conversation fatiguait la fillette dont le regard s'envola ailleurs. Elle porta délicatement la dragée à sa bouche et ferma les yeux, savourant le sucre qui lui ravissait les papilles. Pris d'une brusque inspiration, Grimbert lui demanda :

— Un homme qu'on appelle le Capitaine, ça te dit quelque chose ?

— Ouaf ! Ouaf ! s'écria-t-elle en riant.

C'étaient les premiers mots qu'elle prononçait.

Sa mère rit à son tour, trouvant la réponse d'Esther absolument désopilante.

— On ne peut plus en tirer grand-chose depuis qu'elle fait ses crises de haut mal.

— Je n'en ai pas fini avec vous, répliqua Grimbert en pointant un doigt menaçant sur elle.

Il retrouva la rue en pestant contre l'humanité entière. Louis Demange ne l'avait pas attendu, préférant s'envoler vers des cieux plus hospitaliers, un stand de limonade, peut-être, où lui aussi s'enfilerait une bonne dose de sucre pour faire passer l'amertume.

Au commissariat, il arriva juste à temps pour la synthèse. Soubielle commença par évoquer le rapport du légiste. Au vu des mesures balistiques effectuées, Silent avait été tué à bout portant par une balle provenant d'un revolver d'ordonnance modèle 1892, l'arme la plus répandue dans le pays. L'absence de traces de lutte était troublante, car ainsi le meurtre ressemblait à une exécution. D'ailleurs, à propos de l'idée de vengeance, des agents passaient les quartiers juifs au peigne fin, sans résultat et les Wittstein étaient attendus incessamment pour déposer. Quant au portrait de femme dans le carnet, personne au commissariat n'avait idée de qui il s'agissait.

— J'ai du mal à croire qu'il avait trouvé une piste sur Maurice Allègre sans nous en faire part, enchaîna Caron. J'ai passé son dernier jour avec lui et il n'a rien laissé paraître. S'il avait une idée, il ne m'en a pas parlé. C'est vrai qu'il a réagi en voyant la photographie du môme, il pensait l'avoir déjà croisé, mais c'est tout. Ensuite nous sommes allés chez Plesnel et Rival, qui ont tous deux des alibis. D'ailleurs, le gros boucher est diminué. Un accident du travail, paraît-il, trois doigts lui manquent à la main droite, du pouce au majeur.

Caron leva la main pour illustrer son propos.

— Trois doigts en moins, c'est lui ! s'exclama Grimbert, comprenant soudain. J'ai reçu des informations à propos d'une petite fille faible d'esprit, apparemment violée par un homme qui l'a attirée en lui donnant des dragées. Elle s'appelle Esther Clément, du quartier de l'église Saint-Denis. Elle m'a montré sa main en essayant de replier ses doigts, comme ça.

— C'est Rival ! hurla Caron en bondissant de sa chaise. Il utilise ce procédé pour attirer ses proies, c'est dans son dossier. Il a déjà eu affaire à Esther. Cette ordure a abusé d'elle encore une fois.

— Caron, Millard, mettez la gamine en sécurité puis ramenez Rival, ordonna Soubielle. Toi, Grimbert, tu restes ici.

Le lieutenant se figea sur sa chaise tandis que les deux autres sortaient de la pièce au pas de course.

— Des rumeurs courent sur ton compte, dit Soubielle, concernant des problèmes d'alcool.

— Quoi ?

— Pas la peine de nier, ça se voit sur ton visage. Je n'ai pas l'impression que tes facultés intellectuelles en aient pris un coup mais ça ne saurait tarder. Les gars prétendent que tu as ricané en apprenant la mort de Silent. Ils se sont plaints de tes yeux brillants, de ta grande gueule, de ton haleine. C'est mon seul avertissement avant la mesure disciplinaire. En attendant que les choses se tassent, tu reprends l'enquête de voisinage dans le quartier de Silent. Pour la suite, on avisera.

Grimbert était blême. Il quitta le bureau de Soubielle sans dire un mot.

Le père Clément, un homme corpulent aux paupières lourdes, ouvrit à toute volée, visiblement fâché que des individus tambourinent à sa porte.

— Quoi ?

Il affichait la couleur : agressif, rustre, mauvais.

— On vient chercher Esther, dit Caron. Ta fille est devenue un témoin important dans une affaire d'atteinte à la pudeur.

— Qu'est-ce que c'est que ce tissu de conneries !

— Pour commencer, elle devra subir la visite médicale afin d'établir sa virginité ou l'existence de relations sexuelles récentes. Dans ce dernier cas, et en l'absence de plainte de ta part, le procureur se retournera contre toi. On t'accusera. Déchéance de parentalité et direction le bagne.

L'homme tirait une gueule longue comme ça.

— Esther ! aboya-t-il.

La petite déboula, escortée par sa mère. Des uniformes, chouette !

— Arrête de rigoler, toi, cracha Clément en lui collant une torgnole.

— Oh là ! Pas touche ! s'exclama Caron.

— J'élève ma fille comme je veux. La république ne va pas s'immiscer dans mes affaires !

Caron prit une longue inspiration pour se calmer puis il déplia la photographie anthropométrique de Rival.

— Regarde, Esther, reconnais-tu cet homme ?

Elle montra sa main, pouce et index repliés.

— Il t'a donné des dragées ?

Elle hocha la tête avec frénésie. Caron sentit un frisson lui traverser le corps.

— Millard, accompagne-les au commissariat. Inscris la petite à la visite médicale. Prends la déposition des parents.

— Maintenant ?

— Tu fais ce que je te dis, dit Caron d'une voix glaciale, avant de vider les lieux.

Le flic sentait ses poings le démanger au fond de ses poches. La tension retomba un peu pendant le trajet jusqu'à Vaise, mais pas autant qu'il aurait cru : quand il arriva devant la maison de Rival, son cœur turbinait à nouveau.

— Encore ! s'exclama l'homme à la vue du flic.

Caron lui envoya un coup de pied dans l'entrejambe. Rival tomba à genoux, la bouche ouverte, les yeux écarquillés. D'un coup de semelle, le flic le repoussa dans sa maison où il tomba cul par-dessus tête, puis il referma la porte derrière lui.

— Je te passe le bonjour d'Esther Clément.

Rival se recroquevilla, les genoux contre la poitrine. Pour faire bonne mesure, Caron lui martela les côtes à grands coups de pied, déclenchant des cris de douleur.

— Une grosse baleine à moignons attirant des gamines avec un sachet de dragées, ça ne court pas les rues. À peine étions-nous partis que tu t'es rué sur elle !

L'homme essayait de se protéger le visage à l'aide de ses bras mais le flic transperçait sa garde. Des larmes de douleur coulaient sur ses joues. Il haletait.

— Je la connais, Esther, c'est vrai, avoua-t-il. (Un rictus amer déformait ses traits.) Je l'ai croisée, rue de Cuire. Elle est toujours aussi jolie. Je lui ai montré le sachet de dragées pour qu'elle s'approche de moi, ça marche à tous les coups. Elle s'est mise à me suivre.

— Où êtes-vous allés ?

— Sur un terrain vague, derrière les fabriques. On y est au calme. Elle s'est assise sur mes genoux pour déguster ses bonbons. C'est sa faute, lieutenant, elle m'a allumé.

Caron avait envie de vomir.

— Son cou portait des marques d'étranglement.

— Ce n'est pas moi. Que voulez-vous que je fasse avec une seule main ?

Pour preuve, il leva la sienne. Manque de chance, elle était assez grosse pour s'enrouler autour du cou d'Esther

— C'est vous qui m'avez parlé des poulettes, se plaignit-il. Je les avais presque oubliées. Une fois l'idée en tête, c'était foutu, je n'arrivais pas à m'en débarrasser. Une poulette, c'est comme un pot de confiture dans lequel on plonge les doigts avant de les lécher. C'est irrésistible.

Le nez de Rival explosa sous le coup de godillot, faisant jaillir un flot de sang. Puis Caron le traîna par les épaules jusqu'à la cantine militaire dans laquelle il entassait son barda. Le flic avait beau être costaud, il soufflait comme un bœuf, jamais il n'avait traîné un homme aussi lourd.

— Tu te lèches les doigts ? C'est ce que tu viens de dire, hein ?

Il s'assit à califourchon sur le dos de Rival, ouvrit le couvercle de la cantine et posa la main valide du boucher sur le rebord aux armature métalliques. Épouvanté, l'homme se débattait mais Caron l'assomma de coups vicieux sur la nuque avant de rabattre le lourd couvercle à plusieurs reprises. Rival poussa un hurlement. Les os des doigts brisés. Le sang. La chair tuméfiée. La belle confiture. Sa plainte s'émietta en râles. Rival, en état de choc, tremblait de tous ses membres. Il ramena ses mains en lambeaux sous son menton et ferma enfin sa gueule.

Les hommes sur la berge arboraient l'équipement complet du pêcheur, gaules, musettes, vêtements imperméables, le tout saupoudré de savoir immémorial car ils s'étaient transmis les astuces de pêche de génération en génération et, du plus profond des âges, le fleuve et son affluent les avaient toujours nourris. Soubielle s'approcha du groupe. Aussitôt vint à sa rencontre un initié, un costaud à la sale gueule qu'on imaginait plus volontiers s'attaquer à des passants qu'à des goujons. L'arrière-plan d'une photographie anthropométrique avec ses lignes de mesure lui serait allé comme un gant.

— Ça mord ? demanda benoîtement le commissaire.

L'homme le dévisagea sans répondre.

— Qu'est-ce qui se passe, là-bas ?

— Une discussion entre amis.

Soubielle aperçut Antoine Bergeron dans le groupe. Il le connaissait pour avoir vu sa tête dans les journaux. Quand il voulut passer, le costaud dressa ses deux mains devant lui.

— Un problème ?

— Je ne vous connais pas.

— Commissaire Soubielle, de la police de Lyon. Je désire parler à M. Bergeron.

L'attitude de l'homme changea du tout au tout.

— Je suis navré, monsieur le commissaire, laissez-moi vous accompagner.

Des hommes regardèrent approcher Soubielle avec une curiosité teintée de méfiance. Bergeron, dont le visage avenant était empreint de gravité, lui donna une franche poignée de main.

— Bienvenue, monsieur le commissaire, dit-il une fois les présentations faites, désolé de vous rencontrer en d'aussi tristes circonstances. Le lieutenant Silent était un compagnon fidèle, une étoile montante, comme on dit, qui nous manquera à tous.

L'homme avait l'air sincèrement affecté. Quant à ses compagnons, impossible de lire quoi que ce soit sur leurs traits, à part qu'ils n'avaient pas l'air de beaucoup compatir.

— Pourrais-je vous parler en particulier ?

Bergeron indiqua à ses hommes de vaquer à leurs occupations puis se mit à marcher le long de la Saône en compagnie de Soubielle

— Mes hommes et moi-même nous tenons à votre entière disposition pour vous aider et faire justice à Gabriel.

— Je vous en suis reconnaissant. Vous le fréquentiez depuis longtemps ?

— Il nous a rejoints il y a un peu plus d'un an, mais je le connaissais déjà de réputation. Son implication dans la Ligue coulait de source, ce n'était qu'une affaire de temps. Nous avions l'un pour l'autre une grande considération sans être pour autant des intimes.

— Quand avez-vous vu le lieutenant Silent pour la dernière fois ?

— C'était le 30 décembre. Ce jour-là, nous avons tenu une réunion du bureau politique pour élaborer la stratégie électorale, compter nos forces, cibler les quartiers où le vote nous est favorable, ce genre de choses. Je vous fournirai la liste des personnes présentes. Nous devions nous revoir hier soir pour une nouvelle réunion, mais il n'est jamais venu. Sachant que son travail lui prenait beaucoup de temps et que s'imposaient souvent à lui des interventions de dernière minute, nous ne nous sommes pas inquiétés outre mesure. La nouvelle de sa mort nous a dévastés. En discutant, nous avons appris qu'un de nos membres, Michel Dessien, avait assisté à une scène dramatique le soir de notre réunion.

— Il a déposé son témoignage au commissariat. Vous lui avez parlé ?

— Michel s'est confessé auprès de moi. Quand j'ai compris qu'à ce moment-là il n'avait pas encore informé la police, je suis tombé des nues. J'ai exigé de lui qu'il fasse son devoir dans les meilleurs délais. Ce compagnon a parfois besoin qu'on l'aide à prendre les bonnes décisions. Ses tergiversations vont-elles lui causer des problèmes ?

— Le juge tranchera sur ce point. Il vaut mieux pour lui qu'il ne nous ait pas caché sciemment des éléments.

Bergeron inclina la tête.

— C'est ce que je lui ai dit, mot pour mot.

— Que vous a-t-il raconté ?

— Il aurait vu deux hommes jeter un corps dans la Saône.

— Que faisait-il, à une heure aussi tardive, auprès du fleuve ?

Bergeron haussa les épaules.

— C'est un fidèle compagnon de la Ligue mais son zèle n'a d'égal que son manque de discernement. Ce soir, j'organise un rassemblement de soutien à l'officier Esterhazy, avec l'espoir que l'armée le lave de tout soupçon. Comme les Juifs ne lâchent rien, cette affaire Dreyfus n'en finit pas de rebondir. Et Michel étant persuadé que nos ennemis préparent un attentat contre nous, il s'est mis en tête de patrouiller le long de la rivière.

— Pourquoi vous réunissez-vous à cet endroit ?

— C'est un lieu historique, chargé de symboles. De nombreux soldats fidèles à l'Empire ont été exécutés ici-même mais aucune stèle ne leur rend véritablement hommage. Leurs noms sont noyés parmi ceux des morts pour la république. À mes yeux, détourner le sens du sacrifice d'un homme relève de l'infamie. Nous nous réapproprions les berges et, à travers elles, la vérité historique.

— Vous avez besoin d'un service d'ordre ?

— Vous pensez à l'homme qui vous a accueilli ? J'espère que mon ami ne s'est pas montré trop rustre. Les abords de la Saône ont déjà connu plusieurs échauffourées, alors, comme dit l'adage, prudence est mère de sûreté.

— Avez-vous porté plainte ?

— Allons, commissaire, nous n'en sommes pas là mais c'est vrai que nous avons de nombreux amis dans la police pour nous donner un coup de main. Vous aimez pêcher ?

À dire vrai, c'était l'inverse. Bergeron lançait sa ligne et, qui sait, peut-être rêvait-il de ramener un commissaire dans ses filets, alors autant établir tout de suite la réalité de connivences idéologiques. Un haut gradé pesait son poids dans un mouvement politique.

Les deux hommes regagnèrent l'attroupement. Bergeron reprit sa gaule et se fit disert. Il était lyonnais de naissance, amateur de terroir, de gastronomie et de bon vin. Sa ligne se mit à vibrer, un mouvement rapide, saccadé. Il fatigua le poisson et, délicatement, le ramena sur le bord. Plusieurs pêcheurs à côté regardaient l'artiste. On tendit une gaffe pour accrocher le poisson, un joli brochet.

— Qu'est-ce qu'il fabrique, celui-là ? s'écria Bergeron, heureux comme un enfant. Il s'est perdu ?

Il tenait le poisson en riant et le plaça délicatement dans son sac de transport.

— C'est une belle prise, dit-il en regardant Soubielle droit dans les yeux.

En procédant à l'examen d'Esther Clément, le médecin avait répertorié différentes traces de sévices, des marques de coups sur la poitrine et le ventre ainsi que des hématomes autour du cou, mais ce n'était pas tout : la petite n'était plus vierge et ses tissus contusionnés dans la région du périnée témoignaient d'une pénétration récente. En revanche, impossible de dater la défloration, même si le médecin pensait qu'elle était bien antérieure. Une fille de ce milieu perdait son pucelage au berceau. Accessoirement, il constatait la présence de la gale et de poux. Un traitement médicamenteux ainsi qu'une tonte s'imposaient pour repartir sur de bonnes bases.

Caron referma le dossier.

— La gamine n'a pratiquement pas parlé au toubib, compléta Millard. Elle a passé l'essentiel de l'examen à regarder dans le vague.

— Et ses parents ?

— Ils se sont offusqués, jurant leurs grands dieux ne rien comprendre à ce qu'on leur voulait.

— Ouais, bien sûr ! Ils ont déjà eu maille à partir avec Rival, c'est plus que louche, cette histoire. Viens avec moi, on va dire deux mots au boucher.

Le gros tas donnait l'impression d'occuper tout l'espace de la minuscule cellule où il était enfermé. Un bandage lui recouvrait le visage et sa main gauche disparaissait sous d'énormes pansements. Après lui avoir administré sa correction, Caron avait appelé des agents pour le conduire au commissariat où un médecin lui avait posé des attelles, prédisant qu'il ne retrouverait pas l'entière mobilité de ses doigts. Tenir un outil relèverait de la gageure.

— Je vais porter plainte, couina Rival.

— Toi, tu fermes ta gueule, dit Millard. Encore une menace et on te retrouve pendu dans ta cellule.

L'homme écarquilla les yeux.

— D'abord, il y a tes aveux, enchaîna Caron. Tu as reconnu toi-même avoir embarqué la gamine. Ensuite, pendant que le médecin te rabibochait, j'ai mené ma petite enquête. Une voisine des Clément a vu Esther partir avec un homme corpulent et, lorsque je lui ai montré ton portrait, oh, surprise ! elle t'a reconnu !

— Ça ne change rien, maugréa Rival.

— Un médecin a examiné Esther Clément. Elle n'est plus vierge.

— Vous allez vite en besogne. Ce n'est pas moi le responsable. D'ailleurs, ça doit remonter, cette histoire. Ce n'était vraiment pas la peine de me cogner car j'aurais répondu à vos questions. Esther Clément, je la connaissais d'avant, lorsque j'habitais à la Croix-Rousse. Elle traînait dans la rue. C'était facile de l'embobiner.

— Je m'en doute, encore faut-il le vouloir.

Les épaules de Rival s'affaissèrent. Ses yeux partirent au loin. Les aveux affleuraient dans ce regard. Il n'arrivait pas à oublier la petite.

— Son père la mettait sur le trottoir, poursuivit le gros

tas, vexé. Oh, tout le monde connaît Esther Clément, la plus jeune vendeuse de charmes de la Croix-Rousse, la plus idiote, aussi, du pain bénit pour les enfants du quartier. Ils deviennent des hommes en un claquement de doigts. Moi, j'ai pris ma place dans la file, comme tout le monde. Un jour, j'ai oublié de le payer et cet abruti n'a rien trouvé de mieux à faire que de porter plainte contre moi.

— Et maintenant tu le balances à ton tour, dit Caron. Le problème, c'est que tu ne vaux rien, comme témoin.

— Mettez la pression sur sa femme. C'est la plus grande hypocrite de la planète. Elle le lâchera tout de suite pour sauver son cul. Et puis je peux vous donner le nom d'au moins un autre de ses souteneurs.

— Qui ça ? Tu me mets l'eau à la bouche, là, donne-moi son nom !

Rival afficha un sourire perfide. Il reprenait du poil de la bête. C'était toujours plaisant de trouver un individu pire que soi.

— Cet homme et moi avons des goûts communs. Il s'appelle Octave Plesnel.

— Ouais, je le connais.

— C'était un ami de votre collègue, celui qui s'est fait buter.

Caron jeta un coup d'œil à Millard dont toute l'attention était fixée sur Rival.

— Qu'est-ce que tu veux dire par « ami » ? Plesnel donnait des informations au lieutenant Silent ?

— Peut-être. Moi, je sais juste qu'ils se connaissaient bien. Je les ai vus ensemble, de nombreuses fois. Ils se serraient la main comme le font les gens de bonne compagnie.

Caron remonta quelques jours en arrière. Silent avait admis avoir croisé l'acteur sans aller plus loin dans les confidences. Si Plesnel était un de ses indicateurs, il avait tenu l'information secrète. Ce n'était pas suspect en soi. Beaucoup de policiers gardaient jalousement le nom de leurs mouchards. Mais, en y repensant, Caron se souvint du tressaillement de Plesnel devant Silent. Il avait pris cela pour la réaction normale d'une crapule à la vue d'un flic. À moins qu'il n'y eût autre chose. L'homme possédait un alibi pour la nuit du réveillon, soit ; la patronne du *Lapin Agile* avait confirmé. Mais, à l'instar de Blovski, son nom revenait dans le jeu.

— J'ai mieux, ajouta Rival.

— Vas-y.

— La dernière fois que j'ai vu Plesnel et Silent ensemble, c'était le soir où votre collègue s'est fait tuer. Ils marchaient côte à côte et avaient l'air de s'occuper d'une affaire sérieuse. Ils tiraient des têtes longues comme ça.

— Tu es sûr de ce que tu dis ?

Rival leva sa main dont le bandage suintait déjà.

— Je le jure.

Sur le pas de la porte, Geneviève Silent regardait Soubielle avec circonspection. Le commissaire tenait son chapeau à la main.

— Bonjour, Geneviève. Je suis navré de vous importuner mais j'ai de nouvelles questions à vous poser.

Elle l'invita à entrer chez elle, où Aristide, encagé dans son lit à barreaux, sauta sur ses pieds à la vue du commissaire.

— Votre mère a-t-elle pu venir ?

— Oui. Je vous remercie de l'avoir prévenue. Elle habite avec moi, maintenant. Elle vient juste de sortir faire des courses.

— Vous tenez le coup ?

— À peu près. Aristide se réveille la nuit en hurlant. Son père lui manque.

L'enfant se mit à babiller tous azimuts. Il en avait, des choses à raconter. Soubielle posa une enveloppe sur la table de la cuisine.

— Une avance, de la part des œuvres de la police.

Geneviève Silent remercia Soubielle d'un hochement de tête.

— La préfecture prend en charge les obsèques de

votre époux. Le préfet sera là, ainsi que de nombreux policiers. Gabriel était très apprécié de ses collègues.

Un pli amer apparut sur le visage de Geneviève Silent.

— C'est gentil, dit-elle, des amis, nous en avions à ne plus savoir qu'en faire. Au moins, l'église sera pleine.

Le cynisme de la veuve frappa Soubielle.

— Veuillez me pardonner, dit-elle, mais depuis que Gabriel s'était lancé en politique, nous avions des amis à foison. C'était les amis par-ci, les amis par-là. Le mot en perdait de son sens.

— Vous étiez entourés.

— C'est le moins qu'on puisse dire. Tous les cinq minutes on frappe à ma porte pour me présenter des condoléances. Entre les policiers et la Ligue, ça n'arrête pas. Ce sont souvent les mêmes, d'ailleurs. Geslin, Joseph Millard, eux au moins, leur tristesse n'est pas feinte. M. Bergeron est passé, lui aussi. Il dira un mot à l'église. (Elle leva les yeux au ciel.) Gabriel aimait parler et qu'on l'écoute exposer ses idées. Enfin, ses idées… C'est un bien grand mot. C'étaient des idées qu'il avait pêchées ici et là, et qu'il faisait siennes.

Geneviève Silent dépeignait son mari comme un opportuniste. Les rondeurs des convenances disparaissaient au profit d'une vérité crue.

— Que vouliez-vous me demander ?

— Tout d'abord, nous avons trouvé cette clé dans les affaires de Gabriel. La reconnaissez-vous ?

En la prenant, ses doigts effleurèrent ceux de Soubielle. Le commissaire essaya de garder un visage neutre.

— Je ne sais pas. En tout cas, elle n'ouvre pas notre appartement.

— Gabriel louait-il une chambre à quelqu'un ? Possédait-il un local pour entreposer des affaires ?

Elle secoua la tête.

— Ne vous en faites pas, vous n'y pouvez rien. Au commissariat, nous avons découvert un petit carnet appartenant à Gabriel.

Il se tut un instant.

— Votre mari dessinait-il ?

Elle le regarda bizarrement.

— Mon Dieu, non ! Il dessinait comme un pied. Un enfant de cinq ans possède plus de talent. Pourquoi cette question ?

— Une page de ce carnet contient un dessin, dit-il prudemment. Je posais la question pour savoir s'il en était l'auteur.

— Que représente ce dessin ?

Soubielle sortit le carnet de sa poche, observant avec attention le visage de Geneviève Silent pendant qu'elle découvrait le portrait. Il y vit passer de la fatigue mais pas l'ombre d'une surprise.

— Qui est-ce ? demanda-t-il

— Je ne sais pas. Peut-être que l'auteur du dessin pourrait vous le dire.

— Vous avez raison. Seulement, nous ignorons son identité.

Il n'y avait aucun indice, ni signature ni dédicace, pas le moindre mot doux.

— Vous m'avez dit que le comportement de votre mari n'avait pas changé.

— Non, il était égal à lui-même.

— Aucun détail, même le plus petit, ne vous revient en mémoire ?

— Enfin, commissaire, pourquoi insistez-vous ?

— Gabriel a-t-il fait allusion à l'enquête sur l'enfant mort de la décharge ?

— Je n'ai pas entendu parler de cette affaire.

— Nous avons trouvé un indice susceptible de lier sa mort à celle de cet enfant. Le petit s'appelait Maurice Allègre. Si quelque chose vous revenait, n'hésitez pas.

Désarmée, Geneviève Silent secoua la tête. Soubielle se leva.

— Je crois que c'est tout. Ah oui ! Je voulais également vous remercier de m'avoir donné accès à vos documents bancaires.

— Tout était en ordre ?

— Je le pense, oui, à un détail près. Je ne retrouve pas l'origine d'une grosse somme d'argent déposée sur son compte, au moment de l'héritage.

— Je vous ai donné tout ce que j'avais. L'absence de ce document est-elle gênante ?

— Pour l'instant, non. Ce sont des vérifications d'usage.

— Gabriel avait instauré une coupure nette entre sa vie d'avant et la nôtre. Il était en froid avec ses parents, des personnes très âgées. Quand il a appris leur mort, je l'ai vu pleurer. Il est allé seul à leur enterrement et en est revenu bouleversé. Je crois qu'il éprouvait des remords à leur égard.

Elle se tut un instant.

— Je ne les avais jamais vus, reprit-elle. Il avait refusé de les inviter à notre mariage.

En voilà une position radicale. Ce n'était pas à la portée du premier venu.

— Quelle était l'origine de leur brouille ?

— Gabriel m'a parlé de moments difficiles passés en leur compagnie, sans m'en dire plus. Je pensais qu'il finirait par leur présenter Aristide mais ça ne s'est jamais fait. Vous croyez que cette histoire a un rapport avec sa mort ?

— Nous n'écartons aucune piste. Lors d'une enquête, la moindre information peut se révéler décisive. Je vous remercie de votre aide.

Dans le petit lit, l'enfant s'était assoupi en position assise, les mains accrochées aux barreaux.

— J'ai cru qu'il ne s'endormirait jamais, soupira Geneviève Silent. Votre voix a dû le bercer.

— Ce n'est pas la première fois qu'on me trouve des vertus soporifiques.

Un instant fugace, Geneviève Silent se permit de sourire à son tour. Malgré le deuil, elle irradiait de beauté. Soubielle en fut confondu.

Aussitôt qu'il ouvrit la porte de l'appartement, Marie-Thérèse, épouvantée, lui tomba dans les bras.

— Que se passe-t-il ? s'inquiéta le commissaire. Le bébé ?

— Non, les Génor… commença-t-elle.

— Encore !

— Écoute-moi, Jules, c'est affreux. Cet après-midi, je faisais la sieste lorsque des cris épouvantables m'ont réveillée, des pleurs, des hurlements en provenance de chez eux et, d'un seul coup, le silence est retombé. J'ai eu peur qu'il soit arrivé un malheur, un crime, je ne sais pas.

— Tu as appelé les agents ?

Marie-Thérèse détourna les yeux.

— Je suis montée voir, avoua-t-elle. Ne me regarde pas avec ces yeux-là, Jules. Je n'étais pas sans défense. J'avais pris le grand couteau de cuisine.

— Quoi ?

Soubielle était frappé de stupeur. Cela dépassait l'entendement. Il repoussa l'image de Marie-Thérèse aux aguets dans l'escalier, un couteau à la main.

— J'ai frappé chez eux, mais personne ne m'a répondu et leur porte était verrouillée. Alors j'ai regagné notre appartement, où j'ai surveillé l'escalier par le judas. Un peu plus tard, leur bonne est revenue de promenade avec les enfants. Quand je lui ai fait part de mon inquiétude, elle a eu très peur. Nous sommes remontées toutes les deux.

— Tu avais le couteau ?

Elle se racla la gorge.

— Dans la poche de mon manteau. La bonne a frappé à la porte et là, nous avons entendu des pas traînants. Madeleine a ouvert, en robe de chambre. Elle n'avait pas bonne mine et c'est peu de le dire. Ses yeux étaient profondément cernés.

— Elle présentait des marques de coups ?

— Je n'en ai pas remarqué, répondit Marie-Thérèse. Lorsque je lui ai parlé des cris, elle m'a regardée bizarrement, comme si j'avais inventé cette histoire de fous. Elle a prétendu avoir dormi une bonne partie de l'après-midi d'un sommeil de plomb et m'a remerciée de ma sollicitude. Notre conversation s'est arrêtée là. Qu'est-ce que tu en penses ?

— Peut-être a-t-elle fait un cauchemar ? proposa Soubielle. Ou bien elle consomme un stupéfiant quelconque. Avec son mari, ce serait facile. D'ailleurs, est-il rentré chez lui ?

— Je ne crois pas.

— Je monte m'assurer que tout va bien.

À l'étage supérieur, des tintements de casseroles résonnaient sur les fourneaux et une odeur de soupe prenait peu à peu possession du couloir, rien que de très normal. La bonne ouvrit dès qu'il frappa.

— Je viens prendre des nouvelles de Mme Génor, dit-il aimablement.

— Madame est malade. Elle a dû attraper une mauvaise grippe.

Petit Paul apparut derrière elle. Sa main remonta jusqu'au sein de la bonne dont il tira le corsage. Aussitôt, elle lui donna une tape sur les doigts. L'enfant pouffa de rire, aucunement chagriné par cette rebuffade.

— M. Génor est-il arrivé ?

— Pas encore, répondit-elle. Le jeudi soir, il reste tard à la boutique pour faire les comptes.

Additionner des nombres, dans le froid, à la faible lueur de l'électricité, ou alors s'enivrer dans un débit de boisson, boire vite et beaucoup avant de rentrer à la maison.

— Si l'état de Mme Génor ne s'améliore pas, n'hésitez pas à nous demander de l'aide.

La bonne hocha la tête et, de nouveau harcelée par l'enfant suspendu à ses jupons, s'empressa de refermer la porte. Le commissaire, sceptique, retourna chez lui.

— Alors ? demanda Marie-Thérèse. Qu'en dis-tu ?

Soubielle haussa les épaules.

— Je ne sais pas mais j'ai pris une décision : nous allons déménager. Génor boit comme un trou, sa femme n'est pas nette, pas question de te laisser seule une journée de plus en cette compagnie. Dès demain, je t'installe dans un hôtel, en attendant mieux.

Marie-Thérèse hésita. Elle regarda l'appartement. Les lieux lui plaisaient bien, pourtant.

— Tu as besoin de sérénité, insista gentiment Soubielle. Pense au bébé.

L'argument était facile, hypocrite, mais suffisant pour faire pencher la balance.

Grimbert se tapa une journée fastidieuse de porte-à-porte pour arriver à la conclusion que les voisins de Silent ne savaient rien, la plupart ignorant même qu'il travaillait dans la police. L'homme, à la recherche de discrétion, ne prenait pas le risque de rentrer en uniforme chez lui. Le flic retourna alors rédiger ses procès-verbaux au commissariat où on l'informa de la présence de la famille Wittstein, qui attendait son interrogatoire.

En guise de suspects potentiels, de Juifs assoiffés de sang tels que Millard les avait dépeints, le planton fit entrer dans le bureau un couple de personnes âgées et une petite fille. Qu'ils étaient juifs, cela crevait les yeux : vêtus de noir des pieds à la tête ; chapeau, barbe et papillotes pour le chef de famille. La fillette, parcourue d'irrépressibles tremblements, avait la trouille au ventre. Depuis des années, Wittstein tenait une mercerie dans le quartier juif. Il expliqua que le soir du 3 janvier, toute la famille assistait à une cérémonie funéraire à la grande synagogue du quai Tilsitt. Grimbert gribouilla quelques notes, puis croisa les bras.

— Vous avez perdu un fils, il y a deux ans. Que s'est-il passé ?

— Un accident, dit Wittstein qui se décomposa.

Il n'avait pas envie d'en dire plus mais Grimbert le relança :

— Des policiers sont venus chez vous pour arrêter votre fils… ensuite ?

— Je vais vous dire la vérité, monsieur, puisque vous insistez pour l'entendre. Daniel ne comprenait pas ce qu'il lui arrivait. Il clamait son innocence en prétendant qu'il y avait erreur sur la personne. Un policier tenait son arme à la main. Le coup est parti tout seul. Daniel est mort.

La version de Wittstein n'avait rien à voir avec celle qui était dans le dossier.

— Il est écrit que votre fils s'est rebellé.

— C'est ce que les policiers nous ont obligés à dire, monsieur, sous la menace. Mais ça nous est égal. Nous voulons oublier cette histoire, c'est tout.

— Vraiment ? Il me semble pourtant que vous priez un dieu de vengeance.

Apeurés et stupéfaits, ils préférèrent ne rien répondre. Grimbert leur mit sous le nez une photographie de Silent.

— Vous le reconnaissez ?

Wittstein hocha la tête.

— Que savez-vous sur cet homme ?

— C'est lui qui a tiré. Il était en état de choc, complètement dépassé par les événements. Les deux autres ont tout arrangé à sa place.

Grimbert leur demanda s'ils voulaient porter plainte. Ce n'était pas encore trop tard et il se ferait un plaisir de la prendre lui-même, mais ils s'y refusèrent, alors le flic les renvoya chez eux. Finalement, la rencontre avait été instructive. La réputation de tueur de juifs qui collait à la peau de Gabriel reposait sur du vent. Millard, Geslin et Silent avaient conclu un pacte pour éviter les ennuis. Sur le chemin qui le ramenait chez lui, Grimbert réfléchit à la façon dont il pourrait tirer profit de cette information.

Avant de rentrer, il fit un détour par la place Bellecour, où il eut l'impression d'agir comme un somnambule. Ce n'était pas sa main qui sortait les billets de son portefeuille. Une fois chez lui, il proposa à Lucienne une promenade le long du fleuve. Elle rechigna un peu, se balader ne l'intéressait pas, elle préférait danser.

— On s'arrêtera à la guinguette, si tu veux, lui proposa-t-il. Mets donc ta robe blanche. Un peu de romantisme nous fera du bien.

Les hommes se retournaient sur son passage tandis qu'une pointe lancinante de jalousie piquait le cœur de Grimbert. Eh quoi ! la jalousie, n'était-ce pas le revers de la médaille ? Il s'accrocha à son coude, faisant d'elle sa petite prisonnière, afin de montrer au monde, et surtout aux hommes, qu'elle lui appartenait, l'embrassant en public et barbotant dans cette outrance sans qu'elle pût résister. Elle faisait la moue. Un froid de canard, de la boue dégueulasse, des flaques grises et puantes : ce n'était pas ainsi qu'elle envisageait le romantisme.

— J'ai un cadeau pour toi, lui annonça-t-il soudain.

Il tomba à genoux sur le sol détrempé et sortit le paquet de sa poche. Toute retournée, elle déchira le papier et ouvrit l'écrin dans lequel l'alliance en or jaune et pierre de lune contemplée deux jours plus tôt resplendissait de son éclat.

La surprise, d'abord, laissa Lucienne bouche bée, puis ses joues rosirent de plaisir alors que devant elle, à genoux et grelottant, Grimbert la demandait en fiançailles.

— Fernand, c'est de la folie !

Tout à son émotion, elle lâcha la bague qui se noya dans la neige sale.

— Oh non ! s'exclama-t-elle, collant ses mains sur sa bouche, ce n'est pas vrai !

Grimbert n'en crut pas ses yeux. Sa fortune roulait dans le caniveau. Il chercha la bague à tâtons, ravalant sa colère pendant que Lucienne, en larmes, maudissait sa maladresse. Il avait envie de lui dire de la fermer. Coup de pot, il l'aperçut, la saisissant entre le pouce et l'index. Pâle, inquiète, Lucienne le regardait d'un drôle d'air. Elle avait vu le bourbier d'émotions sur son visage. Il lui passa la bague au doigt tandis qu'elle se répandait en excuses.

— Je ne crois pas aux mauvais présages, la coupa-t-il avec un rire forcé.

Alors, elle lui mordilla le cou, ce qui lui faisait de l'effet à chaque fois. Ils se promenèrent, ensuite, bras dessus bras dessous, digérant tous deux la dimension nouvelle de leur relation. Au bout du quai, Grimbert aperçut un rassemblement, des bourgeois, des étudiants, quelques ouvriers. La foule faisait cercle autour d'Antoine Bergeron. Grimbert avait déjà vu cette ordure en photo dans le journal. Lucienne ancrée à son bras, il s'approcha pour écouter. L'auditoire, acquis à la cause, buvait les paroles du tribun qui se présentait comme un amoureux de la nation. La république était bien faible ! La corruption des parlementaires, leur je m'en-foutisme n'étaient plus à démontrer. Sans véritable unité, la France se délitait. Heureusement, de véritables patriotes comme Vaugeois et Pujo voyaient leurs idées se répandre et gagner peu à peu toutes les couches de la société. Cependant, le danger de voir la France s'effondrer était immense. Différentes gangrènes la rongeaient : le protestantisme, les métèques, le complot franc-maçonnique et, au-dessus du lot, le judaïsme incarnant la plus dangereuse des menaces.

Les gens applaudirent et poussèrent des vivats tandis que Bergeron enchaînait sur la machination Dreyfus. Grimbert aperçut des collègues du commissariat et un frisson lui traversa l'échine à la vue de Millard. Le brigadier-chef sembla hésiter avant de franchir les quelques pas qui les séparaient. À contre-cœur, Grimbert fit les présentations. Millard se fendit d'un baisemain et lâcha une bordée de compliments à la jeune femme qui n'en demandait pas tant. Ensuite, les deux hommes parlèrent vaguement de l'enquête. Dessien était partiellement revenu sur sa déposition. Il maintenait que deux hommes avaient jeté un corps dans la Saône non loin des entrepôts. En revanche, il n'était plus du tout sûr de la description qu'il avait donnée. Le bec de gaz se trouvait trop loin pour qu'il pût identifier les individus. L'imbécile avait lancé la police sur la piste de Blovski pour l'emmerder. Il allait ramasser un sacré retour de manivelle. Lucienne s'ennuyait. Elle saisit le prétexte de laisser parler les hommes pour disparaître dans la foule. Aussitôt, Millard en profita :

— Qu'est-ce que tu fais là, au juste ? demanda-t-il froidement.

— Je suis venu écouter Bergeron.

— Tu as bien raison. C'est dommage que tu aies raté l'hommage à Silent. C'était émouvant, toute cette foule respectueuse.

— Attends une seconde, lui dit Grimbert, alors que Millard lui tournait déjà le dos.

Le brigadier-chef se figea, avant de se retourner, les yeux brillants, croyant peut-être que Grimbert voulait en découdre.

— J'ai pris la déposition des Wittstein, tout à l'heure. Ils ont un alibi.

— Ah ? Dommage.

— En prime, ils m'ont raconté une drôle d'histoire à propos de leur fils, celui abattu par Silent.

— Un tissu de mensonges, sans aucun doute.

— Je pense que je vais garder ça pour moi. Considère cela comme un gage de ma bonne volonté.

Millard haussa les sourcils, ne cachant pas sa surprise. Il s'attendait plutôt à ce que Grimbert fouille dans la merde. Il lui tapa sur l'épaule avant de retourner voir ses amis.

Perchée sur le pied d'un lampadaire, grisée par l'ambiance cocardière, Lucienne promenait son regard autour d'elle, curieuse des militaires arborant des médailles à l'effigie de Boulanger qui lançaient les sempiternels slogans : « Vive l'armée ! Vive la France ! À bas les Juifs ! » Elle battait des mains, ravie d'appartenir à cette masse ardente. Sa posture en témoignait : elle paradait, bassin en avant, poitrine tendue, sans écouter un traître mot des discours.

— Mademoiselle, cria un photographe à son adresse, approchez !

Lucienne posa une main sur sa gorge, sa jolie main ornée d'une bague laiteuse. C'était à elle qu'on s'adressait ?

— Mademoiselle, s'il vous plaît ! La France entière vous désire ! Faites preuve de compassion !

Le photographe désigna un mouvant drapeau de femmes munies de parapluies rouges, blancs, bleus. Aux ordres, toute frétillante, Lucienne se posta en première ligne afin d'exposer au monde son joli minois. Le tableau était charmant, l'homme de l'art inspiré. Lucienne décochait des sourires envoûtants dans le cœur des hommes, chacun d'eux persuadé que ces risettes s'adressaient à lui seul. Ravie, elle salua de la main ses nouveaux admirateurs. Des jeunes hommes s'enhardissaient jusqu'à lui parler à l'oreille. Lucienne étouffa un rire, les doigts posés sur les lèvres. Millard avait tout vu. Il se régalait. La jolie chatte, c'était la femme du collègue. Grimbert n'en pouvait plus. Ces salopards tournaient autour d'elle comme des chiens en chaleur. Il avança sur Lucienne, lui prit le bras un peu fort. Elle poussa un cri de douleur. Une centaine de regards se dirigèrent sur lui.

— C'est l'heure de rentrer, bredouilla-t-il en guise d'explication.

Lucienne quitta la scène à regret. Elle jetait des regards en arrière, la jolie chatte.

Le Capitaine, bien mal en point, se blottissait dans les bras de Marian. Au cours de la nuit, il avait vomi du sang et passé de longues heures à gémir, les yeux mi-clos. Cinq minutes de promenade avaient suffi pour exténuer l'animal et le vieil homme se retrouva obligé de le porter. Surgissant de nulle part, la fillette au crâne tondu se présenta devant lui pour lui prodiguer un festival de caresses. En général, le cabot y trouvait son compte et lui rendait la pareille, câlins et sautillements, mais là, il se contenta de lui lécher la main avant de reposer sa tête contre son maître.

— Esther !

Louis Demange agitait le bras. La gamine, folle de joie, gambada en direction de son copain, tandis que sur la place, le chiffonnier faisait son numéro, inaugurant la nouvelle idée qui avait germé dans son esprit : le passage à tabac de Bismarck. Les spectateurs se renvoyaient le chien à coups de pieds. Lessivé, désorienté, incapable de prévoir l'origine de la secousse suivante, l'animal chut devant Marian, décidé à ne plus bouger quoi qu'il arrive. Les hommes pouvaient bien le tuer, il ne s'en porterait pas plus mal.

— Allez, le vieux, cria un homme en uniforme

défraîchi, fous-lui un coup ! Souviens-toi des Prussiens, nom de Dieu !

Les regards pointèrent sur Marian qui, gêné, repoussa mollement le chien du bout de sa godasse. L'autre teigne enfonça son pouce dans sa poitrine.

— Je vais te montrer un Français, un vrai !

L'orgueilleux prit un pas d'élan pour savater le chien mais Bismarck, finalement doté de quelques réflexes, esquiva le coup. Son agresseur se cassa la gueule par terre, vision déclenchant la liesse des spectateurs : « Un vrai Français ! Un vrai Français ! » Les hommes se serraient la main en pleurant de rire même si, au bout du compte, de bonnes âmes aidèrent le troufion à se relever.

Louis Demange profita de ce moment de bonne humeur pour faire la quête. À côté, son père dénonçait la signature à venir du contrat pour la ligne de chemin de fer Berlin-Bagdad. En bavant sur les Allemoches, il espérait réveiller un sentiment communautaire et, par effet de causalité, une petite pièce dans la timbale.

— *Danke*, souffla le gamin. *Danke für Bismarck*.

Marian sentit une chape de glace se refermer sur son cœur. Les spectres à la gorge trouée surgirent de son passé. Parmi eux, le gamin parlait et ses mots s'envolaient dans les courants ascendants, pour remonter vers le nord, de l'autre côté du Rhin, portant des informations sur les casernes de la cité, les caches d'armes et les ruelles dans lesquelles s'engouffrer pour mettre la ville à sac. Pris de court, Marian porta sa main à sa tête et toucha son front nu, dépourvu de protection alors qu'il venait de rencontrer un espion déguisé en enfant.

— *Wie geht's*, monsieur ? demanda Louis Demange, inquiet devant l'air hagard du vieil homme.

Soudain, des cris explosèrent :

— Esther, bordel de merde ! Rapplique !

Le père Clément, fou de rage, secouait sa gamine comme un prunier et l'assommait de gifles.

— Tu vas obéir, une fois dans ta vie, ma fille !

Le regard trouble de la fillette se révulsa, ses lèvres articulèrent des mots inconnus, et elle poussa un cri rauque en s'effondrant au sol, arc-boutée, tendue à se rompre, ses jambes et ses bras frappant le vide avec une violence inouïe. Son père, peu impressionné, la traînait à même le sol en l'engueulant. Les spectateurs déguerpirent. On disait suffisamment que le haut mal était contagieux. Louis Demange regardait la scène en pleurant. Marian s'enfuit lui aussi, des voix allemandes ricanant dans ses oreilles, mais bien vite il s'arrêta, à bout de forces, des douleurs dans la poitrine. Une fois qu'il eut retrouvé son souffle, il marcha longuement, s'enfonçant dans des petites rues et changeant de direction pour tromper les filatures. Il était tard quand il rentra chez lui. Enfin à l'abri, il se frotta longuement le visage, enfonçant ses doigts dans ses oreilles aussi profondément que possible. Rien à faire. Les voix allemandes continuaient à couler comme un mince filet d'eau à l'intérieur de son crâne. Il ramassa sur le sol son vieux ruban de fer piqueté de rouille et s'en ceignit le front. L'objet, muni d'un mécanisme de serrage, lui comprimait les tempes. C'était efficace puisque les voix se turent. Alors, le vieil homme s'assit à côté de son chien et le cajola pendant un temps indéterminé. Il faudrait qu'il s'occupe de l'espion. Personne ne ferait ce travail à sa place. Puis ses pensées se portèrent sur la jolie jeune femme en tablier bleu qu'il n'avait jamais osé aborder. Ses bras étaient constellés de taches rousses et ses longs cheveux brillaient comme un automne entier. Quand il passait devant sa fenêtre, elle lui souriait. Il était à peu près sûr qu'elle l'aimait bien.

Les témoignages des voisins concordaient. Après la visite des flics, Octave Plesnel s'était rué hors de son logement en abandonnant tous ses meubles et, bien sûr, le gredin n'avait pas payé son terme, déclenchant la fureur de son propriétaire.

— Une idée de l'endroit où il pourrait se trouver ?

— Si je le savais, j'en aurais informé la police, éructa l'homme. Je loue mes toits pour arranger les gens et je tombe sur des crapules dépourvues de sens moral. Je veux récupérer mon argent, moi. La philanthropie n'a jamais nourri personne.

Caron l'écouta maugréer d'une oreille distraite. Il aurait peut-être plus de chance au *Lapin Agile*, maintenant qu'il avait ses entrées. Le cabaret se situait dans une rue passante de Lyon et, en dépit des recommandations préfectorales, une lanterne rouge pendouillait sur la façade. L'établissement portait le même nom que son illustre confrère parisien, mais dans un domaine d'activité légèrement différent. Là-bas, le maître d'hôtel lui adressa un petit geste de la main. La patronne avait dû donner des consignes. D'ailleurs, elle eut l'air ravie de sa présence, le prenant par le coude et l'entraînant dans un salon adjacent garni de fauteuils en velours.

Une fois assise, elle posa ses mains aux ongles peints en rouge sang sur ses genoux nus et lui adressa un sourire radieux. Caron apprécia le rentre-dedans, même si ce n'était pas le moment de batifoler.

— Je cherche Octave Plesnel.

— Décidément, tu t'intéresses beaucoup à ce pauvre bougre. Il a dû se fourrer dans un sacré merdier. En tout cas, je ne l'ai pas revu depuis le réveillon, je te l'ai déjà dit.

— Je veux tout savoir sur lui.

— Le portrait risque d'être à son désavantage, s'esclaffa-t-elle. M. Plesnel entretient une haute idée de lui-même, ce qui est un peu fatigant, à la longue. Entre autres vantardises, il se targue d'être un acteur et, à dire vrai, il ne joue pas si mal, même si son créneau reste confidentiel, raison pour laquelle il fait des numéros dans des établissements comme le mien. Octave bosse en indépendant. Il se pointe avec son texte et ses idées, explique en deux mots le rôle de chacun et c'est tout ! Place à la joyeuse improvisation.

— Une femme, une fiancée ?

— Octave fricote comme il veut, ce n'est pas mon affaire.

Elle devenait pudique soudainement, mais un système de vases communicants fit qu'elle se pencha, exposant son décolleté à la vue du flic.

— Octave est connu de nos services pour ses goûts particuliers.

— Il a toujours plaidé l'erreur judiciaire.

— Mmh. As-tu déjà vu Plesnel en compagnie de policiers ?

La femme plissa les yeux.

— Quels policiers ?

— Le lieutenant Silent, par exemple.

— Bien sûr qu'ils se fréquentaient, je les ai déjà vus se parler ici-même.

— À quelle occasion ?

— C'était en octobre. Plesnel donnait un spectacle dans la lignée de sa production. Il courait tout nu après des petits enfants déguisés en Juifs : chapeaux noirs, barbes postiches et tout le tralala. Oh, ne prends pas cet air-là, les petits Juifs finissaient par le rosser donc la morale était sauve. Silent se trouvait dans le public et semblait apprécier le spectacle car il riait comme un fou. Quand Plesnel eut fini de se faire botter le cul, il est rentré dans les coulisses où le lieutenant l'a rejoint peu après pour boire un verre. Plesnel n'avait pas l'air enchanté de la conversation. À mesure que Silent lui parlait, son visage se décomposait et la transpiration qui ruisselait sur son visage n'était pas due à sa performance d'artiste.

— Tu as omis de me parler de cette rencontre, lors de ma première visite.

La femme joua la bonne foi.

— Ce n'est pas ce que tu cherchais à savoir.

— Une de tes employées a pu laisser traîner une oreille ?

— Les filles sont bavardes. Si elles avaient appris un détail croustillant, j'en aurais été informée.

— Comment se comportait Silent professionnellement ? Touchait-il à la marchandise ?

La femme éclata de rire.

— Cela lui arrivait, oui, comme tout le monde.

— Il payait ?

— On n'est pas dans un bordel, ici, les filles font ce qu'elles veulent. Mais je me renseignerai.

Caron se leva.

— Tu veux boire un verre ? l'arrêta la patronne. C'est la maison qui offre.

Elle le regardait intensément. Du bout de ses ongles effilés, elle lui caressa la main. Un éclair de désir lui traversa la colonne vertébrale. De par sa posture, son regard, le timbre de sa voix, elle dégageait quelque chose d'indéfinissable et sexuel. Dans son jeune temps, elle avait dû en rendre fou plus d'un et elle restait bien faite pour son âge. Caron adorait cette assurance, en dépit de tout ce qui pouvait se cacher derrière.

— Juste un verre. Qu'en dis-tu, beau gosse ?

Une foule serrée attendait le corbillard devant l'église Saint-Polycarpe. Les policiers avaient répondu en masse pour rendre hommage à leur collègue et l'ambiance était au recueillement, même si certains agents faisaient des messes basses, perturbant ainsi la solennité du moment.

— Qu'est-ce qui leur prend ? grogna Soubielle.

— Autant que je vous montre, chef.

Caron sortit *Le Courrier de Lyon* de sa poche intérieure. Un article flatteur rapportait la réunion patriotique de la veille, sur les quais. Le récit journalistique, agrémenté de plusieurs photographies, mettait en exergue l'attente fébrile du jugement d'Esterhazy.

— Comme beaucoup d'agents ont participé au meeting, j'ai eu des ragots de première main. Regardez cette brochette de femmes. La jolie fille au centre a éveillé les passions, sa présence ayant déclenché moult sifflements, invites et quolibets flatteurs. Il se trouve que c'est la fiancée de Grimbert.

— Le lieutenant assistait au discours de Bergeron ?

— On le distingue sur une autre photographie. Tenez, juste ici. Il n'est pas à son avantage.

En effet, le flic avait une tête de crétin : la bouche

tordue, le regard bigle. Tout à fait le genre à fréquenter un asile.

— Grimbert sympathise avec les ligues ?

— J'en doute. Ça ne colle pas avec ses opinions politiques.

La foule se figea soudain lorsque des chevaux noirs amenèrent le corbillard devant l'église. Des agents portaient une gigantesque couronne mortuaire achetée grâce à l'argent recueilli par les bons soins de Millard ; le brigadier-chef était allé voir personnellement chaque homme du commissariat pour l'inciter à mettre la main à la poche. Près de Geneviève Silent, se tenait une vieille femme lui ressemblant, sa mère. Les deux éplorées allumèrent des cierges. Une fois le cercueil à la place d'honneur, Soubielle s'installa au premier rang, à côté du préfet de police. Caron, lui, demeura au fond de l'église, écoutant distraitement la lecture du livre de Job. Geneviève lut son hommage d'une voix tremblante. Bergeron, à son tour, prit la parole, déroulant l'éloge qu'il avait rodé la veille, au cours du rassemblement. La mort de Gabriel Silent était une épouvantable tragédie. Il laissait derrière lui une veuve et un orphelin. Il laissait derrière lui des collègues effondrés et des amis qui se battraient jusqu'au dernier souffle pour honorer sa mémoire. Puis le politicien se fendit d'une anecdote abracadabrante où le défunt, se comportant tel saint Martin, incarnation absolue de la compassion, de la générosité et du désintéressement, avait donné son manteau à un ancien combattant grelottant de froid. On n'était pas loin de la canonisation. Même les plus fidèles zélotes du lieutenant savaient que c'était un brin exagéré. Aristide s'agitant dans les bras de sa grand-mère, la vieille plaqua une main sur sa bouche pour étouffer ses protestations. Le prêtre consacra les hosties et demanda aux clients de prendre place pour la communion. En observant la foule, Caron aperçut Grimbert, resté dans les rangs. Aucun policier n'avait daigné s'asseoir à côté de lui. Il avait l'air accablé et glissait un doigt dans le col de sa chemise pour mieux respirer. Puis son regard tomba sur une femme coiffée d'un chapeau à voilette, assise au dernier rang, un enfant accroché à son bras. Quand elle releva la soie mouchetée pour sécher ses larmes, le flic reconnut aussitôt la femme du portrait anonyme : les traits fins, les grands yeux, la mélancolie. Elle profita de la cohue de la communion pour se glisser hors de l'église. Caron lui emboîta le pas, la suivant à distance dans la rue de l'Hôpital-des-Collinettes.

Sur le chemin, la femme acheta une pomme à son enfant, qui la grignota en regardant sa mère s'essuyer les yeux à l'aide d'un mouchoir. Docile, il attendait qu'elle eût fini ses affaires. Ils poursuivirent leur chemin jusqu'au moment où ils s'engouffrèrent sous un porche. Alors, Caron se mit à courir.

— Police de Lyon ! Attendez !

Elle se figea, croisant les bras autour du cou de son fils en un geste protecteur. De près, il étudia les traits de son visage. En dépit de ses yeux mouillés de larmes, elle était encore plus jolie que son portrait ne le laissait supposer et les attributs de deuil, lui allant à merveille, instillaient une gravité supplémentaire dans sa beauté.

— Vous assistiez à l'enterrement de mon collègue. Seriez-vous une amie de la famille ?

Elle serra l'enfant un peu plus fort avant de partir d'un rire amer qui s'éteignit d'un coup.

— On peut dire cela. Comment m'avez-vous reconnue ?

— Le lieutenant Silent gardait votre portrait dans ses affaires. Quel est votre lien avec lui ?

Elle désigna le gamin d'un coup de menton. Stupéfait par la présence du policier, il tenait sa pomme devant sa bouche ouverte.

— Gabriel était le père de Simon, avoua-t-elle spontanément.

Caron chercha un air de famille avec Silent, mais rien d'évident n'apparaissait. En revanche, le garçon ressemblait vaguement à la femme, le même visage allongé, la blondeur vénitienne des cheveux.

— Comment vous appelez-vous ?

— Albertine Champlain. Je loge dans cet immeuble.

— Avec votre enfant ?

— Et Gabriel aussi, dès qu'il pouvait.

— Pardon ?

— Il me retrouvait ici-même, trois fois par semaine.

Caron n'en croyait pas ses oreilles.

— Nous nous apprêtions à quitter la France et à refaire notre vie en Algérie. Gabriel avait acheté les billets de bateau. Il nous aimait, Simon et moi.

Elle leva le menton de l'enfant vers Caron qui n'en revenait pas. Tout abandonner pour l'Algérie ?

— Dis-lui, Simon, qu'il t'aimait !

L'enfant, effaré, clignait des yeux, son regard cherchant inexorablement la sécurité du sol.

— J'ai appris la mort de Gabriel en lisant les journaux. Que lui est-il arrivé ?

— Attendez un peu. Vous revendiquez une liaison avec Gabriel Silent, soit, mais avez-vous des preuves de ce que vous avancez ?

Le visage de la femme se froissa de colère.

— Suivez-moi, lâcha-t-elle en entrant dans la cour de l'immeuble.

Aussitôt, la concierge surgit de sa loge comme un diable de sa boîte.

— Je peux vous aider ?

Caron lui fourra sa carte de police sous le nez et la femme prit un air patelin. Elle avait assez de jugeote pour savoir que se mettre la police à dos offrait la perspective d'ennuis interminables, alors elle rentra prudemment dans son trou.

Caron put observer la jolie silhouette de la jeune femme comme elle montait les escaliers devant lui. Au dernier étage, l'air s'engouffrait par les fentes du toit. On attrapait la mort rien qu'en traversant le couloir. Elle sortit une clé de son sac à main pour ouvrir la porte et Caron nota qu'elle était semblable à celle trouvée dans les affaires de Silent.

La petite chambre sentait les fleurs séchées de lavande et de romarin. Un couvre-pied lie-de-vin, aux ourlets satinés, habillait le lit. Sur la table de nuit trônait une photographie d'Albertine Champlain, dans une pose identique à celle du dessin.

— Je m'en suis servie comme modèle, expliqua-t-elle. C'est moi qui ai réalisé le dessin du carnet, à la demande de Gabriel. Il voulait m'avoir à ses côtés.

— Vous êtes douée, dit Caron.

La femme esquissa un sourire. Elle était jeune et s'enorgueillissait facilement. Caron calma ses ardeurs :

— Vous savez qu'il venait de faire un enfant à son épouse ? demanda-t-il sur le ton de la conversation.

Le rouge lui monta aux joues. Son fils la regardait, un peu perdu, sans bien saisir ce qui se passait.

— Vous allez me faire la morale, lieutenant ? Que savez-vous de notre vie ?

— J'attends vos explications, mademoiselle Champlain.

Elle le regarda avec amertume. Le *mademoiselle*,

alors qu'elle élevait un enfant de huit ans, ressemblait fort à un coup bas.

— Gabriel et moi nous sommes connus à La Chapelle-Quincieux il y a des années. Il m'a mise enceinte avant de disparaître du jour au lendemain. J'ai gardé Simon, que j'ai élevé envers et contre tout. La vie d'une fille-mère dans un village de campagne est épouvantable. Des voisins m'ayant connue toute petite me traitaient de prostituée.

— Pourquoi êtes-vous restée ?

— Mes parents me faisaient la morale, mais au moins ils me donnaient de l'argent. C'étaient de bons petits vieux, je l'ai compris maintenant.

Caron supposa qu'ils avaient calanché, les petits vieux, et que leur fille, une fois orpheline, s'était trouvée dans le besoin.

— J'ai vécu un moment sur ce qu'ils m'avaient laissé. Ensuite, j'ai trouvé un travail de bonne dans une maison bourgeoise. Mes émoluments m'ont permis de garder mon fils. Mais le temps passe et on n'oublie rien, les premières amours restent dans un coin de la tête. Plusieurs années plus tard, nous nous sommes revus, par hasard, et nous avons éprouvé tous les deux un coup de foudre à retardement. Gabriel a pleuré en voyant Simon. Il m'a demandé pardon. Il était revenu à La Chapelle-Quincieux pour assister à l'enterrement de ses parents. Une fois ses affaires d'héritage réglées, il est reparti à Lyon en m'emmenant avec lui, pour de bon.

— Gabriel vous a installée dans cette chambre ?

— Il louait ce logement où nous nous retrouvions tous les trois, pour dîner et passer nos soirées à jouer aux cartes. Nous étions bien ensemble. Simon adorait ces moments passés avec son père.

Assis sur une chaise cannée, l'enfant étouffa un

bâillement. Albertine Champlain sortit d'un secrétaire une pochette de documents et montra au flic deux actes de naissance, le premier la concernant : elle avait vingt-quatre ans. Le second était celui de son enfant : Simon Champlain, né le 2 avril 1890 de père inconnu. L'enfant portait le nom de sa mère.

— Rien n'indique que le lieutenant Silent soit le père de cet enfant, dit Caron. Il vous a laissé autre chose ? Des lettres, par exemple, où il parlerait de Simon comme de son fils ?

— Non, Gabriel n'était pas un grand écrivassier.

— Quelle est votre profession ?

— Gabriel ne voulait pas que je travaille. Il exigeait que je me consacre à Simon.

— Comment faites-vous pour vivre ?

Elle hésita.

— Il me donnait de l'argent, souffla-t-elle. Il payait la chambre et subvenait aux frais de notre ménage en me donnant trente francs par semaine.

Ce n'était pas énorme, mais cela permettait de vivre. Une ouvrière gagnait moins. Seulement, le salaire d'un officier de police n'était pas assez important pour en retrancher une si grosse part sans que les traces de ces opérations n'apparaissent. La provenance de l'argent posait question. Un couple de paysans pouvait-il laisser en héritage à son enfant, fût-il unique, une somme à ce point conséquente ?

— Avez-vous vu Gabriel le soir du 3 janvier ?

— Je l'ai attendu en vain toute la soirée. Cela lui arrivait d'annuler, parfois, quand le travail nécessitait sa présence.

— Avez-vous une idée de l'endroit où il était ?

— Il ne me parlait jamais de son travail. Ressasser des horreurs ne l'intéressait pas. C'était la phrase qu'il m'opposait sans cesse quand je faisais preuve de curiosité.

— Vous étiez au courant de son engagement politique ?

— Il s'impliquait dans une ligue, je ne sais plus laquelle, mais en dilettante. Ce n'était pas vraiment sérieux. Il le faisait pour gagner des points dans la police.

Intéressant. La femme de Silent, elle aussi, avait parlé de conversion politique superficielle. Cela sentait l'entourloupe à plein nez.

— Connaissez-vous des endroits qu'il fréquentait ?

Elle secoua la tête.

— Je sais ce que vous allez dire. Finalement, je ne connaissais rien de sa vie. Qu'importe, au fond ? C'était notre façon de nous aimer. Cette chambre, c'était notre îlot. Nous y étions seuls au monde.

— Avez-vous remarqué chez lui un comportement inhabituel, ces derniers temps ?

Elle réfléchit un instant.

— Je ne sais pas ce que ça vaut, mais oui, il était préoccupé. Je lui ai demandé s'il avait des ennuis. « Pas plus que d'habitude », m'a-t-il répondu.

— C'était quand ?

— La veille de sa mort. Il pensait à autre chose. Même Simon a remarqué que son papa jouait aux cartes sans entrain. J'ai pensé à des soucis liés à son travail, avec le meurtre de ce gamin.

— Il vous a parlé de cette affaire ?

— Très rapidement, pour dire que c'était affreux.

— Le nom de Maurice Allègre vous dit quelque chose ?

— Absolument pas.

— Et le Prussien ? Ou le Capitaine ?

— Non. Qui sont ces gens ?

Caron se tut un instant. Un détail le chiffonnait. Le flic était curieux de savoir comment Silent se justifiait auprès de son épouse qui n'était pas naïve au point d'accepter que son mari découche autant, sans se douter de quelque chose.

— Qu'allez-vous faire, maintenant ? demanda Albertine Champlain.

— Vérifier vos informations, répondit le lieutenant. Je vous demande de ne pas quitter la ville, dans un premier temps.

— Je n'ai nulle part où aller. Dans mon village, on me considérera comme une débauchée jusqu'à la fin de ma vie. Ma fuite avec Gabriel n'a sûrement pas arrangé les choses. Comment vais-je faire pour vivre ?

La perspective des difficultés matérielles lui donna le tournis.

— Lève-toi, Simon, ordonna-t-elle à son fils. Dis au revoir au lieutenant. Il connaissait bien ton père.

Le gamin se força à regarder Caron dans les yeux en lui tendant une main poisseuse de la pomme qu'il venait de manger. Une fois dans la cour, Caron se dirigea vers la loge de la gardienne. La vieille essuyait ses mains sales à son tablier. Le flic lui montra la photo de Silent.

— Vous le reconnaissez ?

— Oui. C'est M. Champlain. Qu'a-t-il fait ?

— Rien du tout. C'est un policier, lui aussi.

— Je n'aurais jamais deviné.

— Et pourquoi donc ?

— Il est toujours élégant et il n'a pas ce port un peu rigide que vous avez.

Caron se retint de la traiter de vieille vache.

— Quand l'avez-vous vu pour la dernière fois ?

— Le 2, dit-elle après un instant de réflexion. Il

n'est pas venu depuis ce jour-là. Ce n'est pas dans ses habitudes.

— Le lendemain, Albertine Champlain a-t-elle passé la soirée chez elle ?

La concierge hocha vigoureusement la tête, fournissant sans en avoir conscience un alibi à la jeune femme.

— Est-ce vous qui vous occupez des loyers ?

— Elle paie ses termes rubis sur l'ongle. Sa logeuse s'en félicite.

Le lieutenant lui demanda l'identité et l'adresse de la propriétaire. La vieille alla chercher des papiers.

— Que lui est-il arrivé, à ce policier ? insista-t-elle.

— Il s'est fait assassiner.

La vieille échoua à dissimuler derrière une grimace un sourire de joie mauvaise.

Marie-Thérèse demanda aux déménageurs de redoubler de prudence avec la comtoise, un héritage de famille auquel elle tenait comme à la prunelle de ses yeux. Nerveuse, excitée, elle regardait avec appréhension les hommes descendre l'escalier, les bras chargés de caisses d'objets fragiles. À son grand soulagement, deux heures suffirent pour transporter leurs possessions au dépôt sans le moindre accroc.

— Ce n'était pas si compliqué ! s'exclama-t-elle, ravie.

— Avec un tel donneur d'ordres, s'amusa le commissaire, on n'en attendait pas moins.

Elle lui fit les gros yeux tandis que les employés riaient sous cape.

— Je dois repasser à l'appartement pour faire l'état des lieux, reprit-il. As-tu vu les Génor ?

Marie-Thérèse grimaça.

— Notre départ a fait un choc à Madeleine. Elle souhaite continuer à nous fréquenter. J'ai cédé à son insistance en lui donnant le nom de notre hôtel.

— C'était l'occasion rêvée de couper les ponts, soupira Soubielle, tant pis. Ménage-toi, Marie-Thé, rentre à l'hôtel.

Elle s'approcha de lui et l'embrassa.

— Bien, commissaire, souffla-t-elle, les yeux brillants de désir. Quand tu auras terminé l'état des lieux, tu pourrais venir te reposer avec moi ?

— Je ne te promets rien, s'excusa-t-il, du travail m'attend au poste.

Il posa un baiser sur le front de sa femme avant de se détacher d'elle.

Dans leur ancien immeuble, l'appartement vide lui procura un effet bizarre, comme si les quelques mois passés en ce lieu avaient perdu toute consistance. Il accomplit les formalités de fin de bail et rendit sans regret la clé au propriétaire. De l'étage au-dessus ne provenait aucun bruit. Morne plaine. Il remonta la rue en pensant à Geneviève Silent, mais de grands cris le tirèrent de sa rêverie. Sur le chemin, il y avait du grabuge, une bagarre de rue ponctuée de cris d'ivrognes. Deux hommes roulaient au sol alors que des agents tentaient de s'interposer. Soubielle reconnut Paul Génor, en mauvaise posture, se protégeant le visage de ses mains tout en poussant un rire étrange.

— Mon pauvre Philippe, riait Génor, mais tu ne comprends donc rien ! Tu n'as jamais rien compris ! Tu tiens vraiment de ta mère !

Madeleine avait parlé d'un fils aîné, se souvint Soubielle, comprenant qu'un violent règlement de comptes familial se déroulait sous ses yeux.

— Encore une bagarre d'ivrognes, pesta un agent.

— Pas du tout, bredouilla le pharmacien, assis par terre : un différend familial.

— Taisez-vous, coupa le commissaire.

Puis, se tournant vers le jeune homme :

— Comment vous appelez-vous ?

— Philippe Génor, répondit-il de mauvaise grâce. Je suis le fils de ce monsieur.

— Vous sentez-vous capable de rentrer chez vous sans faire de grabuge ?

Il hocha la tête, jeta un regard mauvais à son père et s'en alla sans demander son reste. La situation revenant à la normale, Soubielle enjoignit aux agents de disposer.

— Comment vous sentez-vous ? demanda-t-il à son ancien voisin.

Assis par terre, un vague sourire accroché aux lèvres, le pharmacien dodelinait de la tête.

— Très bien, ma foi.

— Relevez-vous, Paul, je vous raccompagne.

L'homme se mit d'abord sur un genou avant de se redresser péniblement en prenant appui sur ses deux mains. Sa chemise déchirée laissait voir sa poitrine nue. Il suivit Soubielle comme un chien suit son maître, à une distance respectueuse. Devant l'immeuble, il s'arrêta.

— Laissez-moi, commissaire. Je ne veux pas rentrer.

— Vous avez besoin de dormir.

— Oh que non ! répondit Génor en riant, je ne dors plus depuis des années.

— Où voulez-vous aller ?

— J'ai du travail à mon officine.

Le pharmacien se lissa les cheveux et sortit de sa poche une boîte de pastilles qu'il vida dans sa bouche. Une écume noirâtre moussa autour de ses lèvres. Puis il fit demi-tour et s'éloigna en écartant légèrement les bras de son corps afin d'assurer son équilibre.

Des hommes descendaient la rue, bruyants de leurs certitudes. Si le tribunal militaire n'acquittait pas Esterhazy, des émeutes se déclencheraient partout en France, opposant les patriotes à ces mollasses de républicains libéraux.

— Mais c'est le soldat Berkowitz ! lança une voix dans son dos.

Marian, saisi par la surprise, lâcha les bras de sa brouette et se retourna.

— Devant vous se tient un véritable ancien combattant, clama Michel Dessien, un héros de la nation française qui, une fois la reddition signée, a servi en tant que franc-tireur. Il a dévasté les Ardennes. C'était la terreur des Allemoches. Allez, raconte-nous, Marian, combien de Prussiens as-tu abattus ?

Le vieil homme porta la main à son chapeau sous lequel était dissimulée la couronne de fer, puis il caressa la tête de son petit chien pour se rassurer, mais le souvenir ravivé par Dessien gardait son atrocité sanglante. Après la débâcle, il avait arpenté la campagne, se cachant dans les bois. À plusieurs reprises, il avait aperçu des patrouilles de soldats prussiens. Il leur tirait dessus avec son chassepot, visant toujours au même endroit et leurs gorges s'ouvraient comme des fleurs au printemps. Un instant, il fut incapable de respirer, alors il se frappa la poitrine. Dessien le regarda avec circonspection.

— Que transportes-tu dans ta brouette ? demanda-t-il.

Marian souleva un coin de la couverture graisseuse sous laquelle apparut une cage aux barreaux mangés par les vers. En se débattant, n'importe quelle volaille aurait pu se faire la belle. D'ailleurs, la cage était vide.

— C'est ton chien ? demanda Dessien en désignant le Capitaine.

Marian posa sa main sur la petite tête pelée. Le cabot, épuisé, regarda les compagnons sans rien dire.

— Tu sais que j'ai revu les Wittstein ? Ils sortaient du commissariat. Je leur garde un chien de ma chienne, à ceux-là. Millard et Geslin ont eu des ennuis avec eux. Faudrait pas que ça recommence.

Marian le regarda sans comprendre

— On ne te voit plus aux réunions.

— J'ai perdu le fil, avoua le vieil homme.

Les mots raclaient sa gorge en sortant. Parler n'avait jamais été aussi difficile.

— Tu manges à ta faim ? Tu as besoin d'argent ?

Aussitôt le vieil homme baissa les yeux et Dessien fouilla ses poches à la recherche d'un peu de monnaie.

— Tiens, prends ça, dit-il en lui fourrant l'argent dans la main. Achète-toi à bouffer, bois un coup à ma santé.

Marian contempla les piécettes, une mine d'or dans sa main calleuse, noire de crasse et sillonnée de coupures.

— Les anciens de la Ligue se réunissent au *Café de*

*la Paix*. On va boire un pot en attendant le jugement. Viens donc.

Dessien et ses comparses reprirent leur chemin tandis que Marian comptait les pièces en posant son index sur chacune d'entre elles.

— Un franc, ou presque.

Le chien acquiesça.

— Je ne lui ai même pas dit merci, se désola le vieil homme.

Il acheta un pain de quatre livres et un saucisson puis s'assit à même le trottoir, le dos appuyé contre un mur, tranchant de fines rondelles qu'il lançait dans la gueule du Capitaine.

— Pas trop vite, riait Marian, tu vas t'étouffer. Tu vas mieux, hein, mon chien ?

Ils restèrent assis un moment l'un contre l'autre, assommés d'avoir mangé trop vite. Par moments, le vieil homme avait du mal à respirer. Malgré la couronne de fer, resserrée si durement qu'il avait failli tourner de l'œil, il entendait au loin le grésillement des voix allemandes, les messages envoyés par les espions, les éclats de rire lointains pareils à des aboiements. L'Empire allemand, dans sa grande fourberie, utilisait l'apparence de l'innocence pour parvenir à ses fins. Mais Marian veillait et, heureusement, possédait encore dans la ville quelques soutiens. Sa mission l'attendait. Jamais il n'avait rechigné devant la lourdeur d'une tâche. C'était un homme de devoir.

Il prit soin d'emprunter une rue parallèle à celle de Cuire, moins fréquentée, pour gagner le quartier des baraquements. La couverture pliée en quatre au-dessus de la cage vide offrait une couche confortable au cabot qui regardait devant lui comme le capitaine d'un navire.

Au cours de ses repérages, il avait emprunté de nombreuses fois le dédale des ruelles et il savait que le gamin passait toujours par ici, à un moment ou à un autre. Il suffisait d'être patient. En s'approchant de l'eau grise de la Saône, il se sentit mal. Son ventre le lançait. Le pain et le saucisson lui pesaient sur l'estomac. Soudain, tout lui sembla vain et l'idée de se jeter à l'eau et de se laisser couler le traversa. Ainsi, peut-être, les voix se tairaient pour de bon. Mais la pensée du pauvre Capitaine le retint. Sans lui, que deviendrait le chien ?

— Salut, toi, qu'est-ce que tu fais là ?

Perdu dans ses pensées, Marian n'avait rien vu venir. Louis Demange, casquette vissée sur la tête, se tenait devant le Capitaine et grattouillait son menton poilu.

— Qu'est-ce que tu es maigre, mon pauvre ! Dis donc, tu n'as pas de collier ! Attention à toi, la police n'aime pas les chiens errants.

Le gamin sourit prudemment au vieil homme, mais le Capitaine détourna son attention en posant ses pattes avant sur ses cuisses. Louis hissa alors la bête à hauteur de son visage et poussa des cris amusés quand elle entreprit de lui lécher le nez.

— Vous aimez les chiens, vous, hein ? La preuve, vous avez épargné Bis. Est-ce que le vôtre connaît des tours, lui aussi ? Et au fait comment s'appelle-t-il ?

Pas en reste d'affection, l'animal répondait par des coups de langue aux caresses du gamin qui, ravi, le flattait en frottant ses phalanges sur son encolure. Le chien se laissait faire, docile. Lui aussi trouvait le gamin sympathique. C'était dommage, ce qui allait se passer.

— C'est quoi son nom ? insista Louis.

— Le Capitaine.

L'enfant s'immobilisa complètement, levant les yeux vers Marian qui lui assena un coup de marteau sur le crâne. Il s'affaissa comme une poupée de chiffon, sa casquette roulant dans la boue. Marian le souleva et le déposa à l'intérieur de la cage, puis jeta la couverture par-dessus alors que le Capitaine faisait le tour de la brouette en gémissant. Il reniflait la couverture et, du bout de la patte, essayait de la faire tomber pour retrouver cet adorable enfant.

Millard n'en croyait pas ses oreilles et secouait la tête, incrédule, un sourire égrillard sur le visage.

— Une double vie… Je ne m'en serais jamais douté. Il cachait bien son jeu.

— Comment s'organisait-il ? demanda Soubielle.

— Deux ou trois fois par semaine, Silent passait la soirée chez Albertine Champlain, expliqua Caron, en prétextant du travail au commissariat ou des réunions politiques. Parfois même, il restait dormir chez elle.

Soubielle se demanda comment faisait cet homme pour cumuler son métier de policier, sa nouvelle marotte politique, sa vie de famille et, par-dessus le marché, l'entretien d'un nid d'amour avec une autre oiselle et sa progéniture.

— Cette jeune femme te paraît fiable ? demanda-t-il.

— La concierge confirme les visites du lieutenant, répondit Caron. Elle l'a reconnu sur la photographie. Mais, au-delà de l'aspect pragmatique de cette romance, une autre question émerge. Le contrat de location était rédigé au nom d'Albertine Champlain mais, selon elle, c'était lui qui payait son terme. Il la finançait d'ailleurs plus largement en lui versant une rente de 120 francs par mois. Elle prétend également qu'il avait acheté des billets de bateau pour s'enfuir avec elle en Algérie.

— Alors qu'il se présentait aux élections ? Elle t'a montré les billets ?

— Non. Gabriel les aurait eus en sa possession.

— Nous n'avons trouvé aucune trace de cet achat. Admettons qu'Albertine Champlain dise la vérité. Il aurait fallu pas mal d'argent au lieutenant pour entretenir une maîtresse et subvenir aux besoins de son enfant, seulement aucune irrégularité n'apparaît dans ses comptes. Si son héritage était plus important qu'annoncé, il aurait pu en dissimuler une partie à sa femme pour l'utiliser en toute discrétion. Peut-être a-t-il déposé cette somme ou des titres dans un autre établissement bancaire ? Mais, d'après sa femme, il avait liquidé tout ce qui avait trait à son passé.

— Hormis sa maîtresse, apparemment, qui m'a fait part d'un autre détail. Selon elle, l'engagement de Gabriel dans la Ligue était factice. Il faisait cela pour consolider ses appuis dans la police, afin de grimper plus facilement les échelons.

Les regards se tournèrent vers Millard, qui avait l'air dubitatif.

— L'implication de Gabriel était véritable. On pouvait compter sur lui. Peut-être racontait-il des bobards à ses femmes ? Et une fuite en Algérie ? Je n'y crois pas une seconde. Les conditions sont réunies pour un crime passionnel. Un homme trompe son épouse et la maîtresse tire des plans sur la comète ; la jalousie et le sentiment de trahison sont des mobiles fréquents.

— À un détail près, dit Caron, l'absence de lien avec Maurice Allègre. J'imagine mal une de ces charmantes dames fourrer une photo du gamin dans la bouche du lieutenant. L'enquête sur le petit Prussien est passée au second plan et pourtant, la relation existe, forcément.

— Sa disparition commence à dater, dit Soubielle, et nous n'avons aucun témoignage, rien, comme si l'enfant s'était évaporé avant de réapparaître dans la décharge. Le lien, nous devons le chercher du côté de Silent. À ce propos, l'avis de recherche concernant Octave Plesnel est en voie d'impression. Dans deux jours, les gendarmeries recevront le document. Caron, tu convoques Albertine Champlain au commissariat pour qu'elle fasse une déposition en bonne et due forme. Je m'occuperai moi-même d'interroger Geneviève Silent à propos de l'adultère. Pour terminer, je dois vous annoncer une mauvaise nouvelle en provenance du parquet, concernant Rival. Le juge veut laisser tomber le dossier.

— Quoi ?

— Le boucher s'est rétracté. Il a juré ses grands dieux avoir parlé sous la menace. Il pleurait sur l'état de sa main et de son visage en t'accusant de lui avoir fait subir des sévices.

— Des conneries !

— En tout cas, Rival va retrouver la liberté.

— Je connais ce juge ! s'emporta Caron. Ça ne m'étonne pas ! Remplir de la paperasse pour une fille de prolo, ça l'emmerde !

— Légalement, le témoignage d'Esther Clément ne vaut rien car elle est simplette.

— Et pour ses parents ?

— Pas de suite non plus. Ils ont noyé le poisson en prétendant ignorer les déboires de leur fille.

Caron était sur le point d'exploser quand des éclats de voix retentirent dans le commissariat, des bruits de coups, des chocs, du raffut. Un attroupement se formait dans le hall. Une masse d'uniformes. Des agents hurlaient à tout le monde de se calmer. Soubielle s'enquit des raisons de cette soudaine agitation.

— On vient d'arrêter un suspect ! répondit un policier. Il s'apprêtait à jeter un enfant mort dans le fleuve.

— Où est-il ?

— À l'abri dans une voiture, gardé par des agents. D'après les témoignages, l'homme marchait le long de la Saône, non loin de l'école vétérinaire, en parlant tout seul. Son comportement a intrigué des promeneurs qui se sont approchés de lui mais, en les voyant, l'individu a tenté de prendre la fuite. Sur le point d'être attrapé, il a jeté un sac dans la rivière. Nous sommes arrivés à ce moment-là. L'homme se débattait, alors il a fallu un ou deux coups de matraque pour le calmer. Des passants ont repêché le sac à l'aide d'un crochet.

Le policier était encore secoué.

— Il contenait un bébé mort.

Le commissaire se fraya un chemin à travers le barrage des agents pour voir à l'intérieur de la voiture le suspect menotté, en piteux état.

— Je connais cet homme, dit Soubielle, éberlué. Il s'appelle Paul Génor.

Le pharmacien, tremblant de froid dans la petite pièce sans fenêtre, avait piètre allure pour un homme de sa qualité. Ses vêtements étaient souillés de boue et sa veste déchirée aux coudes. Son visage présentait de nombreuses meurtrissures, des bosses, des plaies, un œil poché et l'autre injecté de sang. Les agents ne l'avaient pas raté.

— J'ai besoin d'explications, dit Soubielle. Des passants vous ont surpris en train de jeter un sac dans le fleuve. Qu'y avait-il à l'intérieur ?

— Vous connaissez la réponse.

— Je veux vous l'entendre dire.

— Le sac contenait un nouveau-né mais je ne l'ai pas tué, il était déjà mort lorsque je l'ai découvert. Ce matin, au petit jour, une femme a frappé à la porte de la pharmacie. Quand je me suis approché, elle s'est enfuie en laissant un panier dans lequel se trouvait le cadavre.

Le pharmacien se défendait à l'aide d'un conte de fées ; pas étonnant qu'il échoue à soutenir le regard de Soubielle.

— À quoi ressemblait cette femme ?

Paul Génor releva la tête.

— Elle portait une robe gris foncé, un grand manteau de même couleur et un foulard sur la tête pour se protéger du froid. Une indigente, sans aucun doute. Je n'ai pas distingué ses traits, hélas, son visage est resté dans la pénombre.

— Pourquoi n'avez-vous pas appelé la police ?

— J'avais bu.

— Au petit jour ?

— Je me suis relevé dans la nuit, pour boire.

Il donna cette dernière réponse en regardant le commissaire droit dans les yeux. Ses problèmes de boisson, au moins, sonnaient vrai.

— Je bois pour oublier ma misère ou pour me donner du courage, au choix ! Et après ? En quoi cela vous regarde ? Malheureusement, l'alcool me fait perdre le sens commun.

— À quelle heure avez-vous trouvé ce nourrisson ?

— Il était huit heures du matin. Je l'ai gardé toute la journée dans ma boutique.

— Lorsque nous nous sommes croisés, vous et moi, en début de soirée, ce cadavre reposait dans votre officine ?

— J'en ai bien peur.

— Et vous avez voulu vous en débarrasser ensuite ? Des témoins peuvent-ils confirmer votre présence à la pharmacie ?

— Des clients, oui, soupira-t-il. Je vous fournirai la liste.

— Vous vous êtes battu avec votre fils aîné. A-t-il quelque chose à voir dans cette affaire ?

— Philippe ? Absolument pas.

— Revenons à ce nourrisson. Pourquoi le jeter dans le fleuve ?

— Une fantaisie biblique m'est passée par la tête, avoua Génor en grimaçant. L'enfant est apparu à mes yeux comme un petit Moïse privé de son Dieu qu'il fallait rendre au fleuve.

— Paul, reprit Soubielle, dites-moi la vérité. Procédez-vous à des avortements ? En tant que pharmacien, vous possédez la science requise.

— Quoi ? Oh, mon Dieu, non !

— Je poserai la même question à votre épouse.

— Ne vous gênez pas.

— En ce cas, pourquoi cette femme dont je peine à croire à l'existence aurait déposé un bébé mort devant chez vous ?

Génor ferma les yeux.

— Je ne sais pas.

L'homme se défendait à peine, comme si, au fond, toutes ces péripéties ne le concernaient pas. Soubielle le laissa sous la garde d'un agent et sortit de la salle d'interrogatoire, retrouvant Grimbert qui l'attendait dans le couloir. Le lieutenant avait l'air sombre.

— Tu as trouvé quelque chose ?

— Deux habitants du quartier pensent avoir vu Silent en compagnie d'un gros homme, peut-être Plesnel. Ils se dirigeaient vers le fort de Calluire.

— Cela confirme les soupçons envers Plesnel et nous oriente vers le nord de la ville, du côté des entrepôts, là où Silent s'est fait tuer. Mais, pour le moment, une affaire urgente nous tombe dessus : des agents ont arrêté un suspect qui tentait de se débarrasser d'un cadavre de nourrisson. Paul Génor, pharmacien de son état, l'aurait trouvé devant sa boutique. L'ironie de l'histoire est que je connais ce monsieur. Encore tout récemment, c'était mon voisin.

— Il joue peut-être à l'avorteur pour arrondir ses fins de mois ? proposa Grimbert.

— Je me suis dit la même chose, mais ce serait en

ce cas un avortement très tardif. Bien sûr, il dément, il pousse même les hauts cris à cette idée. Une autre hypothèse serait un accouchement dissimulé qui aurait mal tourné.

— Un lien avec Maurice Allègre ?

Soubielle se souvenait très bien de ce qui s'était passé dans son immeuble la nuit du 1er janvier. Marie-Thérèse et lui avaient entendu du bruit en provenance de l'étage, des conversations, des chants, des raclements de chaise que l'on traînait sur le sol et puis, plus tard, avaient résonné les gémissements et les cris de Madeleine : « Paul, oh, Paul ! »

— Génor se trouvait chez lui lorsqu'on a déposé ce pauvre gamin dans la décharge et puis les deux victimes ont peu de choses en commun. Grimbert, tu es seul sur le pont. Caron et Millard sont rentrés chez eux. Rassemble des hommes pour perquisitionner le domicile du pharmacien. Ça promet. Son épouse va tomber à la renverse.

L'odeur de lait caillé saisit Soubielle dès son entrée dans l'immeuble mais peut-être était-ce le fruit de son imagination. La bonne écarquilla les yeux en découvrant derrière lui un escadron d'agents en uniforme. Comme d'habitude, Petit Paul s'accrochait à ses jupes en posant sur le commissaire le regard étrange de ses yeux noirs.

— Où est Madeleine Génor ? demanda-t-il

L'attitude glaciale impressionna fortement la bonne. Elle voulut avertir la maîtresse de maison, mais sa voix se brisa tandis que Petit Paul détalait dans le fond de l'appartement à la recherche de sa mère. Instantanément, Madeleine apparut, son dernier-né collé à son sein, une bretelle de sa robe tombée au coude. À croire qu'elle aimait déambuler en cette tenue de mère nourricière. Le bambin, dont Soubielle se rappela qu'il s'appelait Jacquot, s'acharnait sur la mamelle sans réussite. Débordant de colère, il frappait la poitrine creuse. Petit Paul, quant à lui, avait changé de bastingage, s'accrochant maintenant aux jupes de sa mère. Derrière, les trois autres, Étienne, Maxime et Félix, habillés de leurs vestons, pointèrent le bout de leur nez. Soubielle n'en revenait pas. Ne se défaisaient-ils jamais de l'uniforme bourgeois ?

— Il s'agit de Paul, n'est-ce pas ? Il lui est arrivé malheur ?

— Votre époux est en état d'arrestation.

— Il a fait des bêtises ?

Sa question exprimait une certitude.

— Mes hommes vont procéder à la fouille de votre appartement, dit Soubielle.

— Vous êtes fou ! protesta Madeleine Génor. Paul se plaindra !

Soubielle ordonna à Grimbert de prendre la direction des opérations. Les flics se mirent au travail, ouvrant les tiroirs et vidant les placards de leurs ustensiles. Les bibelots s'entassèrent sur le sol. Toute la vie ordonnée des Génor gisait sur le plancher. Madeleine, encombrée d'un Jacquot pleurnichard, regardait la scène avec effarement. Les autres enfants réagissaient chacun à sa manière, Étienne jouant à l'homme de la maison tout en crevant de trouille, Maxime pleurant, alors que Félix, peu concerné, regardait les hommes avec détachement.

— Pourrions-nous discuter à côté ? demanda Soubielle. Nous serions plus tranquilles.

— Je n'ai rien à cacher, protesta-t-elle.

Elle ne se facilitait pas la tâche.

— Avez-vous vu votre époux aujourd'hui ?

— Paul est parti ce matin très tôt à la pharmacie, comme tous les jours.

— Avait-il bu ?

Madeleine Génor se crispa. Sans répondre, elle serra les joues de Jacquot entre ses doigts, orientant la bouche du petit en direction de son sein. Sous la contrainte, il recommença à téter un lait qui ne l'inspirait pas. Alors, rejetant sa tête en arrière, furibard, il se mit à pousser des cris d'émeutier.

— Passons à côté, je vous en prie. Faites-le pour les enfants.

Vaincue, elle se leva. Ils s'installèrent alors dans la cuisine.

— Je vous repose ma question, reprit Soubielle. Paul avait-il bu ?

— Mon époux souffre de migraine. Il lui arrive parfois de se relever la nuit et de prendre un verre pour soulager la douleur. Il a bu cette nuit, oui.

— Vous l'avez revu au cours de la journée ?

— Non.

— Cet après-midi, reprit Soubielle, j'ai croisé votre époux dans la rue. Il se battait avec votre fils aîné, Philippe. Avez-vous une explication ?

Le regard de Madeleine se troubla.

— C'est ma faute, souffla-t-elle.

— Expliquez-vous.

— Je ne me comporte pas toujours en épouse idéale, commissaire, alors que Paul se tue au travail. Je ne suis qu'une femme, une faible créature centrée sur elle-même et sur ses enfants.

Elle prit une profonde inspiration.

— Nous avons des problèmes d'argent. À l'instar de beaucoup de petits commerçants, nous sommes noyés sous les factures et les charges, l'État nous étrangle, alors bien sûr la pharmacie ne tourne pas aussi bien qu'elle devrait. Je me plaignais à Paul de son manque d'entrain pour les achats du ménage. Comme il ne répondait pas, je suis allée un peu trop loin. Vous n'imaginez pas à quel point je peux devenir mauvaise et désagréable. Il a craqué.

— Qu'a-t-il fait exactement ?

— Il m'a un peu secouée, mais rien que de très normal : je le méritais. Considérez plutôt cela comme un sermon. Malheureusement, Philippe est arrivé peu après et Petit Paul lui a tout raconté. Le sang de mon aîné n'a fait qu'un tour. Aussitôt, il a quitté la maison pour se battre avec son père. Tout cela est ma faute !

Le garçon aurait cherché à venger sa mère en passant son père à tabac ? Pourquoi pas ? Au sein des familles, les haines cuites et recuites aboutissaient à bien des drames, et autrement plus graves.

— Madeleine, votre mari procède-t-il à des avortements ou à des accouchements illicites ?

Elle écarquilla les yeux.

— Vous êtes fou ! Cette idée lui fait horreur ! Mais que se passe-t-il, mon Dieu !

— Ce soir, votre époux a été pris en flagrant délit. Il transportait le corps sans vie d'un nouveau-né dans un sac. Paul tombe sous le coup d'une arrestation pour recel et tentative de dissimulation de cadavre. Il a essayé de s'en débarrasser en le jetant dans le fleuve.

Elle le regarda, médusée. L'enfant dans ses bras se mit à pleurer.

— Je ne comprends pas, souffla-t-elle.

— Avez-vous une idée de l'identité de ce bébé ?

— Mais non, enfin ! Comment voulez-vous ?

— Commissaire ?

C'était Grimbert. Il avait l'air retourné.

— Venez voir, on a trouvé quelque chose dans la cave.

Soubielle jeta un œil à Madeleine qui, debout, aussi droite qu'on puisse l'être en tenant son enfant dans les bras, ne perdait pas une miette de ce qui se disait.

— Surveillez-la, ordonna-t-il aux agents qui étaient dans la pièce.

Il suivit son lieutenant au sous-sol où plusieurs hommes continuaient à s'activer. Une odeur de lait caillé semblable à celle flottant dans l'escalier menant chez les Génor le prit à la gorge.

— Nous avons découvert des restes humains, lui dit Grimbert.

Un agent éclaira la scène. Au début, Soubielle ne comprit pas ce qu'il voyait. Puis la vérité lui apparut dans toute son horreur. Sur un établi, deux mains minuscules, momifiées.

— Nous les avons trouvées en fouillant ce tiroir. Elles étaient emballées dans un torchon.

— Et le reste du corps ? demanda Soubielle, sidéré.

Grimbert secoua la tête.

— Rien de plus, pour l'instant. Il faudrait creuser. Qu'est-ce qu'on fait ?

— On embarque tout le monde.

Soubielle remonta. Des mains d'enfant. De petites mains coupées. Pouvait-il y avoir un rapport avec Maurice Allègre ? En comprenant qu'elle se faisait arrêter, Madeleine Génor se révolta.

— Quoi ? Qu'est-ce qui vous prend ?

— Nous venons de découvrir les restes d'un autre enfant dans votre cave, votre mari est notre premier suspect.

Elle le regarda, pantoise.

— Je suis sûre qu'il existe une explication, bredouilla-t-elle. Paul ne ferait pas de mal à une mouche.

— D'où viennent ces restes ?

— Mais je n'en sais rien ! Demandez à mon époux. Paul a réponse à tout.

— Séparez-la de ses enfants !

Cette phrase mit le feu aux poudres. Madeleine Génor tenta de forcer le passage, serrant contre elle, à l'étouffer, son dernier petit bonhomme. Un agent lui arracha son enfant des bras et, en pleine crise, elle réussit à lui griffer les yeux. Malgré sa faible constitution, elle faisait preuve d'une force démentielle et il fallut plusieurs flics pour la maîtriser et la porter jusqu'au fourgon cellulaire. Elle hurlait à s'en rompre les cordes vocales, égrenant les prénoms de ses enfants comme un chapelet : Étienne ! Maxime ! Félix ! Petit Paul ! Jacquot ! Le commissaire descendit les marches de son ancien immeuble, prenant soudain conscience de l'ambiance festive au-dehors, des cris de joie, des scènes de liesse. Des passants applaudissaient les policiers, méfiants à l'égard de cette soudaine fraternisation car, après tout, ils ne faisaient qu'embarquer une folle. Retentirent alors les vivats à la gloire d'un État fort. Le verdict du procès d'Esterhazy venait de tomber et le conseil de guerre avait acquitté ce pauvre diable, à l'unanimité. Les experts mandatés par l'armée n'avaient pas reconnu son écriture sur le bordereau de la trahison. Dreyfus était foutu. À Paris, paraissait-il, des milliers de personnes attendaient leur héros à la sortie du tribunal pour l'acclamer.

Marie Claes était dans tous ses états. La peau laiteuse de son visage, un épiderme de modeste facture, s'empourprait sous l'émotion. Un flic délicat lui tendit la main pour l'aider à monter dans la salle d'interrogatoire ; sans doute le bonhomme avait-il une faiblesse pour les âmes simples.

— En quoi consiste votre travail ? demanda Soubielle.

— Vous me connaissez, répondit-elle désarmée. En tant que bonne à tout faire, je m'occupe de l'entretien de la maison, des repas et aussi des enfants, ce qui n'est pas une mince affaire, surtout Petit Paul, un vrai diable. Et lorsque le lait de Madame se tarit, je nourris Jacquot. Cela entre dans mes attributions. D'ailleurs, j'ai rencontré M. Génor alors que j'attendais mon tour devant le bureau de placement des nourrices. Il passait par là. Dès qu'il m'a vue, il m'a proposé l'embauche.

Le regard de Soubielle tomba sur la poitrine opulente de la bonne, deux obus, une véritable artillerie. Il ne fallait pas chercher bien loin pour trouver la motivation du pharmacien.

— Que savez-vous des activités de M. Génor ?

— Il est très occupé avec son officine. Ses affaires

lui emplissent la tête, comme il dit. Mais elles ne tournent pas aussi bien qu'il le souhaiterait.

— Qu'est-ce qui vous amène à dire ça ?

— Ils se disputent en croyant que je ne les entends pas. Une bonne fait vite partie des meubles. Monsieur tance sa femme, parfois vertement. Pris de boisson, il se permet des gestes déplacés, il lui tire les cheveux, par exemple, ou lui donne des gifles. Leurs querelles portent le plus souvent sur leurs soucis d'argent, mais aussi sur l'éducation des enfants, Monsieur reprochant à sa femme de leur donner un mauvais pli en cédant sur tout. Cela occasionne également des conflits avec leur fils aîné.

— Avez-vous entendu parler d'accouchements clandestins ou d'avortements ?

— Je n'imagine pas Monsieur commettre un tel crime ! s'écria-t-elle, tombant des nues. À ses yeux, les enfants sont le bien le plus précieux de l'humanité.

Elle semblait profondément choquée, la petite bonne, l'honnête travailleuse. Elle secouait la tête, une main sur la bouche. Était-elle de ces braves gens, issus des basses couches, à la morale angélique ?

— Descendez-vous souvent à la cave ?

— Parfois, pour prendre du charbon. Mais je n'aime pas cet endroit. Il y règne une odeur déplaisante. À chaque fois, j'en ai froid dans le dos. Qu'avez-vous trouvé dans la cave ?

Elle n'avait pas pu se retenir plus longtemps. La curiosité la dévorait.

— La preuve d'un crime, répondit Soubielle. Nous essayons d'établir les responsabilités de chacun. Que pensez-vous réellement de M. Génor ?

— Monsieur est peu causant, dit-elle en avalant péniblement sa salive. Le soir, il s'assoit dans son fauteuil, sans rien dire, en se frottant les tempes pendant un long moment. L'ambiance est parfois bien fraîche parce qu'il garde toujours un reproche en réserve pour l'un ou l'autre de ses enfants. C'est sa manière de les éduquer. Et puis, en tant que pharmacien, il est à cheval sur certaines règles d'hygiène. Chaque soir, il inspecte les enfants des pieds à la tête : entre les orteils, dans les plis du coude et des genoux, là où la crasse s'installe. Il examine aussi leurs dents et fouille dans leur chevelure.

La gêne de la bonne augmentait à mesure qu'elle parlait.

— M. Génor soumet-il également sa femme à cet examen ?

— Dans le secret de la chambre, peut-être.

— Et vous-même, vous y passez ?

Marie Claes regarda ailleurs. Elle aurait bien aimé disparaître dans un trou de souris.

— Juste mes attributs de nourrice, avoua-t-elle. Monsieur craint les infections. C'est sa grande peur que j'attrape la fièvre du lait.

— Que fait-il ?

— Il se contente de regarder ma poitrine et… parfois, il cueille une petite goutte de lait, du bout de la langue.

Soubielle fronça les sourcils.

— Avez-vous eu des relations intimes avec M. Génor ?

— Oh, non, répondit-elle vivement. Jamais ! Pas Monsieur ! Il fait cela pour faciliter la lactation. Je suis quand même mise à contribution pour nourrir les enfants.

— Vous nourrissez d'autres enfants de la famille, à part Jacquot ?

— Petit Paul, en particulier, pour l'apaiser, d'après une recommandation de Monsieur, mais les autres aussi prennent une goutte de temps en temps. Le lait maternel est un puissant fortifiant que les enfants peuvent boire très longtemps.

— Vous plaisantez ? Les enfants, malgré leur âge, acceptent de boire votre lait ?

— Bien sûr. La maison retrouve son calme dans ces moments-là, un vrai bonheur. Madame est enchantée. J'ai du lait, alors, autant que tout le monde en profite et pour ce service, Mme Génor sait se montrer généreuse en me donnant des layettes pour mes petits.

— Quelle sorte de patronne est-elle ?

— Elle aime que les choses soient conduites à sa manière. Je me suis faite à ses exigences. Ce n'est pas le plus difficile.

Marie Claes se tut un instant pour chercher ses mots.

— Madame a des hauts et des bas. Un coup, elle déborde d'énergie et, l'instant d'après, elle s'effondre, incapable de tenir debout, comme le jour où votre épouse, ayant entendu des cris, est venue s'assurer que tout allait bien.

— À propos, savez-vous ce qu'il s'est passé ce jour-là ?

— Madame a fait un cauchemar épouvantable. Quand je suis rentrée, elle en frissonnait encore et son front était brûlant. Mais elle semblait heureuse de retrouver ses enfants et les a serrés contre son cœur comme s'ils ne s'étaient pas vus depuis des semaines. Ensuite, elle a voulu m'aider à faire la cuisine et, en coupant un chou, elle s'est blessée. Alors, elle est devenue comme folle en voyant le sang sur ses mains goutter par terre. Elle s'est acharnée sur le parquet, à genoux, le visage ruisselant de sueur, jusqu'à l'épuisement, et là, elle s'est allongée de tout son long en me disant que la tête lui tournait, puis elle s'est endormie. Je ne l'avais jamais vue dans cet état.

Dans la rue de Cuire régnait une confusion inhabituelle, un brouhaha ponctué de cris indignés. Grimbert n'aurait jamais pensé que cette histoire autour de Dreyfus pût soulever tant d'émoi chez les prolétaires. Il repéra Blovski dont le visage cabossé portait les stigmates de sa rencontre avec Millard. L'homme discutait avec deux de ses compagnons dont les noms lui revinrent : Letourneur et Mandel.

— Vous pleurez l'acquittement d'Esterhazy ? plaisanta le flic.

Blovski le regarda, pensif.

— Je ne porte pas Dreyfus dans mon cœur, mais là, l'iniquité du tribunal militaire est flagrante. La nouvelle a réjoui la clique des réacs qui ont beuglé pendant des heures.

Autour de Grimbert, point de beuglements mais des mines affairées, aucune trace de cette passion malsaine pour la raison d'État.

— Vous connaissez monsieur ? demanda Blovski à ses camarades.

Les deux hommes détournèrent la tête. La police, ils en avaient soupé.

— Ce lieutenant m'a rendu visite à propos du policier

retrouvé mort dans le fleuve, continua-t-il. C'est gentil d'avoir pensé à moi. Mais une question me taraude : pourquoi m'avez-vous dans le collimateur ?

— Ne te fais pas d'idées, Blovski, les petits poissons ne nous intéressent pas.

— Au contraire, vous cherchez un prétexte pour me mettre au trou. La peur de perdre les élections, sans doute. À l'idée que je rafle la mise, la bourgeoisie chie dans son froc.

— Arrête là, coupa Grimbert, j'ai plutôt de la sympathie pour toi, plus que pour d'autres.

— Je ne suis pas sûr que ce soit une bonne nouvelle, répliqua l'internationaliste.

— En tout cas, je ne pensais pas que la décision du tribunal militaire aurait affecté la rue de Cuire à ce point.

Blovski le regarda, médusé.

— Tu comprends que dalle ! Rien à voir ! Un gamin a disparu.

— Quoi ? De qui parles-tu ? demanda Grimbert frappé d'un mauvais pressentiment.

— Louis Demange, le fils du chiffonnier.

Le flic sentit un poids lui écraser la poitrine.

— Que s'est-il passé ?

— On ne le trouve plus. Le père est inquiet, forcément. Il découvre un cadavre d'enfant et, quelques jours après, son môme disparaît.

— Tu en fais une tête ! lança Letourneur. C'était ton petit copain ?

Grimbert l'ignora. Des enfants ayant envie de prendre l'air fuguaient tous les jours mais, de la part de Louis, cela l'étonnait.

En avançant dans la rue, il finit par repérer le chiffonnier adossé contre un mur. Demange leva les yeux et, reconnaissant le flic qui l'avait interrogé le jour de l'An, se livra à lui. Ce n'était pas dans les habitudes du petit de manquer à l'appel, surtout après un spectacle, car il savait que l'argent récolté servirait à améliorer l'ordinaire. Alors, il s'était renseigné auprès des gamins de la Croix-Rousse, qui, en fouinant un peu partout, avaient trouvé sa casquette.

Grimbert se rappela à quel point le petit y tenait, la considérant comme son bien le plus précieux. Jamais il ne s'en serait séparé volontairement.

— Comment était-il habillé ?

— Il portait sa blouse grise habituelle ainsi qu'un pantalon rapiécé de même couleur.

— Vous avez interrogé les voisins ?

— On a rameuté tout le monde. Aucun résultat.

Le gamin n'avait pas disparu depuis longtemps et il n'y aurait peut-être même pas de quoi s'inquiéter sans cette histoire de casquette. Son père avait raison. L'urgence consistait à recueillir des témoignages et passer le quartier au peigne fin.

— Allez au commissariat signaler sa disparition. Je prends les choses en main.

Grimbert rassembla les riverains. Il délimita des secteurs sur un plan du quartier et désigna des hommes pour frapper à toutes les portes, une par une. On ferait le point plus tard avec des agents assermentés afin de procéder aux vérifications. Les hommes s'égaillèrent. Tel un infatigable représentant de commerce, Grimbert prit sa part du travail avec l'impression de faire du porte-à-porte depuis des jours. À ce train-là, il finirait par connaître personnellement tous les habitants de la ville. Manque de chance, personne n'avait vu le gamin. Même les Clément, en le recevant, eurent l'air désolé de ne pouvoir l'aider.

Le chiffonnier revint en compagnie de deux agents qui consignèrent mollement les directives de Grimbert. Le flic leur ordonna de participer aux recherches et de collecter les témoignages avant de rejoindre Demange, qui était le genre d'homme à se livrer au bistrot, devant un pichet de vin. Il ne se souciait guère de son fils, au fond. L'alcool lui déliant la langue, il ne parla que de lui, de sa vie, de sa débrouillardise et de ses petits malheurs, étalant son orgueil de gagner sa croûte en parfait honnête homme. Le père avait modelé le gamin à son image, en fin de compte, en lui transmettant des velléités d'indépendance. Grimbert se souvenait de Louis aiguisant les couteaux avec application. Il le revoyait plisser les yeux de plaisir en buvant sa limonade et l'entendait lui rapporter les malheurs de la pauvre Esther. Le flic ne se sentait pas bien. L'alcool lui sapait le moral. Et le pire, c'est que le chiffonnier était fin soûl. Son bavardage dériva sur M. Thiers, le seul vrai héros républicain, à ses yeux. En septembre 1877, Demange avait assisté à ses obsèques, à Paris, une véritable apothéose à laquelle avaient participé un million de Parisiens. C'était la plus magnifique cérémonie du siècle. En entendant ces mots, Grimbert se sentit pris de nausée. Au nom de l'ordre républicain, Thiers avait écrasé la Commune de Paris, provoquant la mort de milliers d'insurgés et, des années plus tard, le flic avait été l'instrument de la même répression en abattant le prolétaire de Fourmies. La vision de sa victime tombant à genoux le hanterait chaque jour de sa vie. Quand les hommes racontaient leurs souvenirs de troupe, ils étaient unanimes : à un moment ou à un autre, ils avaient tous reçu l'ordre d'écraser les soulèvements ouvriers, et ils avaient obéi, tous, en bons soldats qu'il étaient.

Alors, le chiffonnier se mit à s'apitoyer sur son sort en repensant au petit mort de la décharge. Ce n'était vraiment pas de chance d'avoir trouvé ce cadavre le jour de l'An. Il craignait que ce ne fût une découverte prémonitoire et que son fils ne subisse les mêmes outrages. Tout à son hébétude alcoolique, il faillit se casser la gueule de sa chaise. Puis il mit un temps infini à enfiler son manteau et à sortir du bistrot. Grimbert attendit une minute qu'il s'éloigne pour emprunter le même chemin. Au loin, Demange titubait, s'arrêtant parfois pour cracher des remontées acides entre ses jambes. Le flic marcha un peu pour éliminer l'alcool, déprimé en pensant à son petit pote.

— Tiens, Fernand Grimbert !

Millard, en compagnie de policiers de ses amis, se tenait juste en face de lui. Le lieutenant se hérissa.

— J'ai entendu dire qu'un bourgeois s'est fait alpaguer en possession d'un cadavre d'enfant. Un lien avec Maurice Allègre ?

— Pour l'instant, aucun. Et encore moins avec la mort de Gabriel.

Millard hésita. Un sourire apparut sur ses lèvres.

— Avec les gars, on se rend à *L'Olympe*, ça te dit ?

Le brigadier-chef lui tendit la main.

— Pour sceller notre réconciliation.

Son choix de garder le silence sur l'affaire Wittstein avait joué en sa faveur, sans aucun doute. Grimbert hésita. Boire avec Millard tenait de la mauvaise idée mais, en même temps, cela ne lui ferait pas de mal de soigner ses relations avec cette bande de connards.

Le fragile édifice de ses certitudes avait failli s'effondrer pendant qu'il transportait le corps de l'enfant. Marian s'était arrêté une fois pour regarder l'espion prussien à l'apparence bien innocente, endormi dans la cage, le front nacré d'un filet de sang, et avait eu envie de partir en abandonnant la brouette, mais le Capitaine avait aboyé autour de lui pour le rappeler à l'ordre. Reprenant alors ses esprits, il avait mené à bien sa mission, même si, depuis, le doute le taraudait.

À présent, il marchait dans les rues sans croiser personne, ou presque. Il faisait trop froid, même pour les prolétaires pressés de brûler leur paie. Une palpitation se faisait sentir au fond de lui, l'appel du rut, ou de l'amour, les deux émois s'entremêlant comme des serpents d'eau. Combien de fois était-il passé devant cette maison aux bardeaux rouges où travaillait la jeune femme rousse ? Elle s'occupait du linge tout en le guettant par la fenêtre ouverte. Il se rappelait précisément sa robe bleue semée de fleurs blanches dont le tissu se mouvait sur ses formes opulentes et il n'avait qu'une envie, la toucher, presque certain qu'elle ne souhaitait que ça, au fond, se laisser faire entre ses mains. Le rêve, d'ailleurs, avait tant de consistance qu'il se demandait s'il n'avait pas déjà vécu un bout de vie avec cette demoiselle.

Il connaissait par cœur le dédale des ruelles menant à son adresse, au fond d'une impasse. Les bardeaux avaient disparu des murs et la façade entière ne ressemblait en rien à celle qu'il avait en tête. De la petite maison sortit un homme bientôt suivi de la femme rousse. Nue jusqu'à la taille, elle disait au revoir à son client en le poursuivant de mots d'amour salaces et de vulgarités tandis que ce dernier, indifférent, tournait vite au coin de la rue.

Le Capitaine, alors, sautilla autour de la femme et elle rit en voyant l'affreux petit clébard. D'où sortait-il ? Sa gueule cassée lui disait quelque chose, pour sûr, et elle savait l'avoir déjà vu dans le coin. Son maître devait être une personne bien aimable. Comme elle avait de la suite dans les idées, elle se tourna vers Marian et lui annonça le tarif. Le vieil homme eut un mouvement de recul car cette putain vieille et laide, au visage bouffi, percé de tout petits yeux et portant les stigmates de maladies cruelles, ne ressemblait en rien à la douce fée de sa rêverie. Elle voulut le rassurer en disant qu'elle acceptait les paiements en nature, vivres ou charbon, pas grand-chose, une piécette, une obole, n'importe quoi ferait l'affaire, et pour l'amadouer lui montra ce qu'elle recelait entre ses jambes. Était-il capable de tirer son coup, au moins ? Allez, qu'il vienne, elle trouverait bien un moyen de lui faire plaisir et, en guise de rets, lui passa les bras autour du cou.

— *Komm, mein Liebster !* roucoula-t-elle.

La rousse aussi était prussienne ! Épouvanté par les sonorités germaniques, Marian la frappa sèchement au visage. Il voulut la saisir par le cou, mais ses doigts glissèrent autour de sa peau grasse et molle. Elle hurla dans sa langue gutturale rappelant à Marian l'amertume de la défaite et les coups de fouet sous le soleil de septembre, dans une tentative désespérée d'ameuter le voisinage, tandis qu'il décampait dans la direction opposée, les fantômes à ses trousses. Il courut longtemps avant de s'effondrer dans la boue, juste devant sa porte d'entrée, la vision constellée d'étoiles blanches et noires et la poitrine abritant un vaste incendie. Une eau glacée coulait dans son dos, le pénétrant jusqu'à la moelle de ses os. Le Capitaine pressait Marian de ses aboiements en sautillant autour de lui. Il réussit à se relever, mais la clé heurtait le bord de la serrure tellement il tremblait. Quand finalement il réussit à rentrer chez lui, il manqua une marche de l'escalier et faillit se casser la gueule dans l'obscurité. En bas, un fond d'huile restait dans la lampe, juste ce qu'il fallait pour une courte flamme. Le Capitaine, les oreilles frémissantes, surveillait la rue par la lucarne. Marian s'approcha de la vieille armoire qu'il regardait fixement, ouvrit la porte grinçante et sortit un coffre aux parois métalliques. Il le posa délicatement devant lui et en fit glisser le couvercle pour regarder le crâne rongé par des vers noirs. Au début, le Prussien lui parlait, le suppliant de le rendre à ses congénères afin de bénéficier d'un enterrement digne de ce nom. Le Capitaine s'y était opposé parce que, de l'autre côté du Rhin, les ennemis possédaient suffisamment de science pour réanimer l'enfant et le renvoyer en France sous une autre forme. Mais, grâce au métal, les supplications s'étaient peu à peu espacées pour laisser place au silence.

— Je crois qu'il est mort, dit Marian.

Le Capitaine aboya son scepticisme : avec les Prussiens, on n'était jamais sûr de rien.

Le verdict du procès militaire réjouissait la populace, *L'Olympe* grouillait de flics et l'esprit était à la fête. Des hurluberlus gueulaient une *Marseillaise* relevée à la sauce boulangiste. On claquait les fesses des serveuses avec enthousiasme et lubricité, le bon esprit français. Elles faisaient les gros yeux mais, au fond, la situation leur convenait puisque, dans les moments de liesse, les gens ne comptaient plus ; il y avait du fric à se faire. À toutes les tables, les hommes trinquaient et riaient pour la première fois depuis longtemps.

— Regarde-les ! s'exclama Millard, la nouvelle leur met du baume au cœur. On en a bien besoin en ce moment.

— Je ne voulais pas manquer de respect à Silent, l'autre jour, balança Grimbert. L'annonce de sa mort était tellement brutale que je n'ai pas réagi comme il aurait fallu. Je m'en veux.

Voilà qu'il simulait la contrition devant Millard, maintenant, il était tombé bien bas. Mais en relevant les yeux, il vit un drôle d'air sur le visage de Geslin, l'impression brutale qu'on se jouait de lui, une ironie féroce qui le mit sur la défensive.

— Je vais faire en sorte que les gars te regardent

d'un autre œil, dit Millard, conciliant. On pourrait déjà apprendre à mieux se connaître. Où as-tu fait ton service ?

— À Paris en premier lieu, et partout où on faisait appel à la garnison pour maintenir l'ordre. J'en ai de bons souvenirs. L'armée a fait de moi un homme. Et un flic.

— Entièrement d'accord, approuva Millard. J'ai découvert ma vocation grâce à l'armée, moi aussi. C'est un passage indispensable pour éduquer les hommes aux valeurs essentielles de la nation, l'unité et l'équité. Chaque Français porte en lui l'armée au fond de son cœur, c'est un fait établi. Mon sergent nous faisait répéter la même phrase cent fois chaque matin : l'armée, c'est notre mère à tous ; l'armée, c'est le socle de notre nation ; l'armée, c'est le triomphe de la paix. Même s'il se foutait de nous, ces paroles ont du sens et je les ai faites miennes. Notre rôle de policiers ne se résume pas à racler les égouts, heureusement. Œuvrer à la construction d'une société harmonieuse nous incombe.

En faisant l'article pour la Ligue, Millard se payait le luxe d'incorporer dans ses discours des phrases complètes de Bergeron. Les flics autour de lui hochaient la tête et Grimbert s'aperçut qu'il faisait de même.

— Tu viens d'où ? demanda le brigadier-chef.

— Je suis originaire de la campagne, où j'ai grandi en plein air, dans les champs, une fourche à la main.

— Et tu l'aimais, ta campagne ?

— Oh que non ! J'en crevais, des arbres et des champs.

— Allez, ne dis pas ça, ricana Millard en lui tapant sur l'épaule. Notre terre forge notre identité profonde. Le déracinement est le pire ennemi de l'homme. Oublier nos origines relève du blasphème. D'ailleurs, que vaut un arbre déraciné, tu peux me le dire, Grimbert ? Eh bien, que dalle ! Il crève !

— La campagne m'a laissé de mauvais souvenirs, explicita le lieutenant, une enfance de merde, des parents négligents. J'ai dû me battre pour m'en sortir. Mais, sur le fond, je suis d'accord avec toi.

— Parfois le passé pèse un tel poids qu'on voudrait juste l'effacer.

— Ouais, c'est ça, répondit Grimbert, que la philosophie de comptoir emmerdait. Les gars, je paie ma tournée.

À cette annonce répondirent des cris de joie.

— Excellente idée ! s'exclama Millard en passant un bras autour du cou de Grimbert.

L'hommage à Silent allait de soi. Le brigadier-chef porta un toast. D'autres tournées de vin et de gnôle fusèrent. Les gars buvaient vite, cognant leur verre sur la table afin de refaire les niveaux. Les petites histoires sur Gabriel s'enchaînaient. Millard répéta la légende concernant le fils Wittstein, se payant le luxe d'un clin d'œil à Grimbert. Au bout d'un moment, le lieutenant se sentit pris de vertige. Il sortit pisser dans la rue, les jambes vacillantes, à la recherche d'air frais et rassembla ses pensées, jurant de s'en tenir à une stricte ligne de conduite : surveiller sa langue, éviter les allusions douteuses, garder son venin.

— On poursuit la soirée ailleurs ! cria Millard à son oreille. Viens avec nous !

Sur la route, le brigadier-chef demanda aux gars de l'attendre et, sans plus d'explication, planta sur place les flics en goguette pour s'engouffrer dans un immeuble.

— Qu'est-ce qu'il fabrique ? demanda Grimbert.

— Joseph loge ici, répondit Geslin. Il passe embrasser bobonne au moins quatre fois par jour.

Le flic rigola à l'air incrédule du lieutenant.

— Véridique. C'est ça, l'amour. Prends-en de la graine.

Suspectant l'allusion, Grimbert sentit la moutarde lui monter au nez et s'approcha de Geslin, les poings serrés.

— Qu'est-ce que tu veux dire ?

L'autre haussa les épaules, un air d'innocence peint sur le visage.

— Je disais ça comme ça. Ne t'excite pas.

Millard ressortait déjà et Grimbert voulut en avoir le cœur net.

— Qu'est-ce que tu faisais ? lui demanda-t-il.

Le brigadier-chef jeta un œil suspicieux aux autres flics mais ils regardaient ailleurs.

— Je rentrais chez moi déposer un truc. Allez, on file.

Au bout d'un kilomètre à peine, les flics arrivèrent devant un cabaret où des gardiens aux airs de sphynx arriérés surveillaient l'entrée. Grimbert voyait déjà double.

— On est où ? demanda-t-il en plissant les yeux.

— Au *Lapin Agile*, s'esclaffa Millard. La maison offre une marchandise d'excellente qualité, des filles vigoureuses aux dents saines, du premier choix.

Une femme étincelante les accueillit dans le salon. Le brigadier-chef la serra dans ses bras et lui offrit quelques pas de danse qu'elle accepta, lascive, en poussant un rire gras.

— La maison nous offre le salon privé, dit Millard. Tiens donc ! Regardez qui traîne ses guêtres ici !

Caron les observait, accoudé au bar, dépité par leur présence. Il se leva pour filer tandis que ses collègues approchaient.

— Mon petit doigt m'a dit que tu fréquentais les

lieux ! s'exclama le brigadier-chef. Reste un peu avec nous fêter la bonne nouvelle. Au fait, elle est comment, la patronne, au lit ?

Caron le regarda un instant en chien de faïence avant d'esquisser un sourire.

— Expérimentée, fort agréable et causante. Je sais à peu près tout sur les petites habitudes des flics de la Croix-Rousse. J'ai entendu de sacrées histoires sur des types venant fêter en galante compagnie la naissance de chacun de leurs enfants pendant que leurs épouses feulaient comme des bêtes sur leurs tables de travail. Et des anecdotes comme celle-ci, j'en ai plein ma besace, Joseph.

Puis il leur tourna le dos et quitta le cabaret. Derrière lui, Millard, vexé, haussa les épaules. Heureusement, le cabaret faisait bien les choses et les flics eurent droit à du champagne. Grimbert trinqua avec un agent dont il n'avait pas bien compris le nom, Pouldeau, ou quelque chose dans ce goût-là, qui lui raconta ses souvenirs de maison close. Il appréciait particulièrement les femmes atteintes de difformités, les bossues, les estropiées, les grosses qu'il fallait escalader comme des montagnes au risque de se perdre dans les replis de leur chair. Le lieutenant n'arrivait pas à détacher son regard des détails disgracieux du visage de l'agent, le filet noirâtre des veinules sur son nez, ses paupières lourdes et sa bouche lippue, luisante de salive. L'allégorie vivante de la crétinerie ! Grimbert aurait parié qu'il inventait ses exploits. Ça faisait peur, l'alcoolisme. Le flic promit de se suicider avant de tomber aussi bas et se réfugia au comptoir pour avaler une autre coupe. Millard s'installa sur le tabouret d'à côté.

— Tout va bien ?

— Pouldeau parle de sa queue.

— Le sujet le passionne, que veux-tu ! À propos, la maison a embauché une nouvelle fille, une mulâtresse. Paraît qu'elle vaut le coup, ça t'intéresse ?

Grimbert pensa un instant à Lucienne, mais réprima bien vite le cas de conscience. Aucun dilemme, en réalité. S'il ne baisait pas une fille alors qu'il en avait l'occasion, les collègues en feraient des gorges chaudes. Il y avait de la houle quand il se leva et il dut s'assurer en posant une main sur le bras du fauteuil. Millard le prit par le coude et le guida avec aisance jusqu'aux chambres en enfilade, à l'arrière, dont les portes s'égayaient de cœurs peints et de flopées d'injures.

— Tu as besoin qu'on te la tienne ?

Grimbert le repoussa. Dans la pièce minuscule et crasseuse, en réalité un débarras doté d'un lit, s'alanguissait une mulâtresse d'une beauté renversante, aux yeux d'or et aux jambes de gazelle. Le flic se laissa tomber sur le matelas. Aussitôt, la fille se pencha sur lui, répandant des effluves de vanille et de santal, de café, de bois exotique sous une chaleur torride et saturée d'humidité ; la fille aussi belle qu'une image dans son ancien livre d'histoire, au chapitre des colonies, lu et relu cent fois lorsqu'il était gosse.

Il se laissa faire, envoûté par ses yeux dorés recelant les secrets du monde. Elle s'y connaissait, la sorcière, nantie d'une longue pratique des mâles, des millénaires de savoir sexuel dans son réceptacle tout neuf.

Elle l'encourageait en lui grattant la nuque comme elle eût cajolé un chien, mais ses yeux rivés sur l'horloge dénotaient son indifférence. Avec un peu de chance, le prochain client serait un peu moins soûl que lui. Exténué, la poitrine en feu, il renonça à jouir. Elle ne lui lança aucune pique, ne prononça pas un mot de consolation mais se rinça devant lui sans se soucier de sa présence.

Mortifié, Grimbert retourna dans la salle de bar où un miroir lui renvoya sa mine de déterré. Une bouteille de pinard entamée l'attendait, il la vida au goulot. Ses pensées lui échappaient. Il sentit qu'on le prenait sous les bras et qu'on le traînait dehors. Les jambes molles, il glissa sur le trottoir, s'affalant dans les souillures.

— On te ramène !

Il vit les yeux brillants de Millard, sa main tendue, et se demanda quel sale tour il lui jouait. Une fois debout, Grimbert pointa le doigt sur le visage du brigadier-chef, lui touchant presque le nez mais retint les insultes fleurissant à ses lèvres. On l'assit dans une voiture où il ballotta d'un voisin à l'autre pendant une éternité jusqu'à ce qu'il se retrouve mystérieusement devant la porte de son appartement. Lucienne poussa des cris en le voyant.

— Ce n'est pas grave, se défendit-il.

Il portait sur lui le parfum d'une autre femme, des traces de maquillage sur son col, des griffures un peu partout et ce n'était pas grave ? Mon Dieu, qu'avait-il fait ?

— Arrête, Lucienne, laisse-moi dormir.

Elle ne voulait pas lâcher le morceau et continua à crier un bon moment, jusqu'à ce qu'il l'attrape par les cheveux et lui hurle d'arrêter de le faire chier. C'était possible, ça, de lui foutre la paix ? C'était possible qu'elle ferme sa gueule au moins une fois dans sa vie ?

Une odeur nauséabonde, mélange d'alcool, de sueur et de souillures corporelles, émanait de l'homme endormi en chien de fusil sur sa paillasse. L'agent de faction donna des coups de matraque sur les renforts de la porte pour réveiller Génor dont le visage avait gonflé sous les coups. Secoué par une quinte de toux, il ouvrit des yeux brillants de fièvre.

— Encore vous, commissaire ! dit-il d'une voix éraillée. À boire !

Soubielle se doutait que la quantité d'eau réglementaire n'avait pas étanché sa soif. Il demanda un pichet que le pharmacien but goulûment, des filets d'eau coulant au coin de sa bouche.

— Vous faites subir à vos enfants des examens d'hygiène. En quoi consistent-ils ?

La question surprit Génor, mais il se reprit vite. Après tout, on était sur son terrain.

— La prophylaxie, commissaire, répondit-il avec le plus grand sérieux, le meilleur moyen d'éviter les maladies.

— Décrivez-moi ces examens par le menu.

— Je vois où vous voulez en venir, mais vous faites

fausse route. Je n'ai jamais déshonoré personne, et encore moins un membre de ma famille.

— Votre bonne affirme que vous l'examiniez aussi.

— Oh, de manière bien superficielle mais, comme elle nourrit mes enfants, j'accorde une certaine importance à sa santé.

— Selon ses dires, vous lui avez sucé les seins.

— Quoi ? Ah, oui, mais ce n'est pas ce que vous croyez. C'est arrivé une fois parce qu'elle souffrait d'un engorgement mammaire. L'infection la gagnait, alors j'ai aspiré le lait vicié pour la libérer. C'était infect. J'en ai vomi. Je ne le recommande à personne. Ensuite, je lui ai montré comment procéder manuellement, au cas où cela lui arriverait de nouveau, mais ça, bien sûr, elle ne vous l'a pas dit. C'est une femelle, elle cherche à me nuire.

S'il s'agissait d'une blague, elle tomba à plat. Ses yeux vitreux. Son sourire forcé. Pas du tout sûr qu'il plaisantait.

— Nous sevrons nos enfants aussi tard que possible, reprit-il. Le lait maternel les garde en bonne santé et c'est gratuit de surcroît, même si, dans notre cas, nous rémunérons notre bonne pour ses œuvres de nourrice. Je ne sais pas si vous avez remarqué, mais ma femme manque un peu d'opulence. Pour donner à chacun son tribut, Madeleine avait besoin d'aide. De ce point de vue, nous sommes heureux d'avoir embauché une laitière aguerrie !

— Vous l'avez recrutée pour cette qualité particulière ?

— On ne peut rien vous cacher.

Génor se permit un sourire ironique. Avait-il oublié la situation dans laquelle il se trouvait ou bien sa volubilité soudaine servait-elle d'écran de fumée ?

— Génor, battez-vous votre femme ?

Le pharmacien se redressa sur sa paillasse.

— Pour qui me prenez-vous ? Un prolétaire ?

— Répondez à la question !

Il se tut un instant, cherchant la meilleure façon d'y répondre.

— Cela m'arrive, oui, de frapper Madeleine, soupira-t-il. Quand elle me pousse à bout. Ma femme parle beaucoup de sujets qu'elle ne maîtrise pas. Souvent, elle passe pour une écervelée. Ses remarques me font honte. Mais que voulez-vous… si je l'ai mal éduquée, je ne peux m'en prendre qu'à moi.

— À quelle fréquence la corrigez-vous ?

Il se gratta la tête.

— Je ne sais pas. Deux à trois fois par an.

— Est-ce pour cette raison que vous vous êtes battu avec votre fils ?

— Je ne me suis pas battu, juste défendu. À mon souvenir, Philippe m'est tombé dessus. Mais oui, l'altercation portait sur sa mère. Elle aime bien me faire passer pour le monstre de la famille.

— Que voulez-vous dire ?

— Madeleine entretient chez Philippe un sentiment de défiance à mon égard. Je crains que cette défiance, au fil des ans, ne se soit chargée de haine pure.

— Une haine réciproque ?

Génor haussa les épaules.

— Après Madeleine, Philippe vient en tête de la liste des gens capables de me faire sortir de mes gonds.

— Au cours de cette bagarre, vous lui avez dit qu'il ne savait pas tout. À quoi faisiez-vous allusion ?

— Ah, c'est vrai, vous étiez présent. Eh bien, je parlais de tout ce que les enfants ignorent des relations entre leurs parents, ces petites choses qui plantent des coins dans la relation, tous ces grains de sable qui, accumulés, finissent par gripper la machine. Je disais également cela pour le retrancher dans son ignorance, afin de l'agacer. Mais honnêtement, Soubielle, je ne comprends pas pourquoi vous tournez autour du vrai sujet, la raison de ma présence ici.

Le commissaire regarda Génor. Difficile d'évaluer la sincérité de cet homme.

— Paul, je suis surpris que vous ne demandiez pas de nouvelles de votre femme.

Le pharmacien s'immobilisa un court instant puis retrouva sa contenance.

— Comment va-t-elle ?

— Quand je l'ai interrogée ce matin, elle est devenue folle et s'est jetée la tête la première contre les moellons du mur, se blessant sérieusement. J'ai dû la transférer d'urgence à l'hôpital, mais ses jours ne sont pas en danger.

— Qu'est-ce que vous avez fait ? Elle n'a rien à voir dans cette histoire !

— Je l'ai mise en état d'arrestation parce que nous avons trouvé des restes humains dans votre cave. Des mains d'enfant.

Génor ne put cacher sa stupéfaction la plus totale pendant un instant.

— Je voulais qu'elle nous aide à comprendre ces événements. C'est difficile d'oublier des restes humains au fond d'un tiroir. Le recel de cadavres a l'air d'un exercice assez fréquent dans votre famille.

— Madeleine ne supporte pas d'être séparée de sa progéniture, dit le pharmacien d'une voix faible.

— Cette situation risque de se prolonger tant que la lumière ne sera pas faite sur cette affaire. La situation s'aggrave pour vous, Génor. L'affaire concerne deux corps de nourrissons, avec suspicion de meurtre. Madeleine et vous serez jetés aux chiens. Pire, avec cette version, vous finirez sur l'échafaud.

Soubielle se dirigea vers la porte.

— Attendez !

Le commissaire se retourna. Génor semblait réfléchir furieusement.

— À propos de ces mains, toute la responsabilité m'incombe, commissaire. Ce n'est pas la première fois que je trouve un nouveau-né mort déposé devant mon officine. Cela m'est déjà arrivé l'année dernière, exactement de la même façon. Un panier déposé devant la porte contenait un nourrisson sorti de couche, déjà bleu. J'aurais dû le signaler à la police mais, pour des raisons qui m'apparaissent maintenant incompréhensibles, je ne l'ai pas fait. Ce bébé mort ressemblait à un signe du destin. L'idée de ce qu'aurait pu devenir ce petit agneau de Dieu me tourmentait. Alors, ce jour-là, peut-être étais-je imbibé, mais cet enfant m'est apparu comme une version moderne du martyre doublée d'un symbole de la fragilité humaine. En tant que pharmacien, je possède des connaissances en médecine. J'ai débarrassé le corps de son sang et de ses fluides et j'ai coupé les mains au niveau des poignets grâce à la méthode classique de l'amputation de Lisfranc, celle employée dans les hôpitaux ou sur les champs de bataille pour les situations d'urgence. Avec un peu d'habileté, on coupe un membre en un rien de temps. On transperce le bras, on tranche le muscle, le poignet se déboîte d'un seul coup ; pour maintenir le sujet en vie, il suffit de ligaturer les artères et le tour est joué. Sur un mort, l'opération se révèle d'une simplicité enfantine. J'ai conservé les mains dans un endroit frais et sec, à l'abri des insectes. La chair a durci, s'est racornie sur les os. Ce sont des… reliques.

— Pourquoi les mains ?

— Parce qu'elles représentent le génie de l'homme. Grâce à ses mains, l'homme peut manipuler des objets, se servir d'outils, écrire, jouer de la musique, caresser les femmes et que sais-je encore !

Soubielle observa Génor avec attention. L'exaltation du pharmacien semblait étrangement mesurée.

— Comment se sont-elles retrouvées dans un tiroir de votre cave ?

— Je ne sais pas. Je croyais m'en être débarrassé. Je bois beaucoup, vous savez. Cela m'occasionne des trous de mémoire.

— Qu'avez-vous fait du reste du corps ?

— Je l'ai jeté dans le fleuve. Ce Moïse a réussi sa traversée, on ne l'a jamais retrouvé.

— Qui a pu déposer ce premier corps devant chez vous ?

— Aucune idée. Une prostituée dont l'enfant est mort en couches, peut-être, pensant qu'un pharmacien aurait pu faire les choses bien, rendre quelque honneur à son bébé. Elle s'est lourdement trompée, n'est-ce pas ?

— Et un an plus tard, on dépose de nouveau un bébé à votre porte ?

— J'ai trouvé le premier en février 1897.

— Onze mois.

— Oui, onze. J'ai pensé à la même chose que vous, commissaire. Ce sont peut-être les enfants d'une même femme.

— Pourquoi n'avez-vous pas coupé les mains du dernier ?

— L'idée n'était pas d'entamer une collection, répondit Génor d'un air las. En l'occurrence, je voulais juste faire disparaître le corps.

— Vous niez être responsable de la mort de ces deux nourrissons ?

— Je n'ai jamais tué personne, commissaire. Je le jure devant Dieu.

Dans son rêve, le cabot au museau couturé de cicatrices ressemblait à Bis, usé mais avide de caresses et sachant rendre l'affection au centuple. Mais ce n'était pas son chien car il lui mordait la main avec insistance et, malgré ses cris et ses menaces, l'animal refusait de lâcher prise. D'un coup, Louis Demange émergea du sommeil et la réalité lui tomba dessus : l'autre vieux débris l'avait pris par surprise ; pour un gamin des rues soi-disant débrouillard, il s'était fait avoir comme un bleu !

Il était allongé sur un lit de fer, bras et jambes écartés, et quand il essaya de se lever, Louis s'aperçut qu'on l'avait ligoté. Redressant la tête autant que possible, il étudia la chambre, singulièrement dénudée elle aussi, le lit de fer en occupant la plus grande part. C'était ainsi qu'il imaginait les cellules au commissariat, grises, sans fenêtre, le danger guettant derrière la porte. Il découvrit alors que ses vêtements avaient disparu, remplacés par une simple chemise, rien d'autre, sauf qu'en y regardant de plus près, il comprit qu'on l'avait affublé d'une robe. Ce constat lui flanqua la trouille. Il pensa à Maurice Allègre dont on avait retrouvé le corps sans tête et acquit la certitude affreuse qu'il allait subir le même sort.

Des bruits d'objets s'entrechoquant résonnèrent soudain en dessous, des pas grincèrent dans un escalier et la porte s'ouvrit sur une silhouette d'homme tenant un objet entre les mains. Épouvanté, Louis observait la scène à travers ses paupières mi-closes.

— Tu ne dors pas, mon chéri, dit l'homme d'une voix rieuse, tes cils frémissent.

Ce n'était pas le vieil homme au chien. Malgré ses efforts pour simuler le sommeil, Louis sentit sa respiration se précipiter et, presque aussitôt, une main se posa sur son front.

— Pas de fièvre, c'est bien. Je vais désinfecter cette vilaine blessure. Il n'y est pas allé de main morte, l'imbécile. Qu'est-ce que tu as fait pour entrer dans son viseur ? Tu parles allemand, toi aussi ?

Le bruit caractéristique d'une bouteille qu'on débouchait retentit dans la chambre et un parfum de gnôle s'épanouit. L'homme imbiba un chiffon d'alcool et massa doucement le crâne endolori de Louis.

— Montre-moi tes yeux, mon grand.

Cela n'avait plus de sens de simuler. En soulevant les paupières, Louis découvrit un homme complètement dégarni, à l'étrange visage arrondi, dont les sourcils formaient une barre au-dessus de ses yeux bleu pâle.

— Bonjour, mon petit monsieur, dit-il en lui caressant la joue. Je m'appelle Baldo et je suis ton meilleur ami. Tu connais *Au clair de la lune* ?

Sans attendre de réponse, l'homme entonna la comptine dans laquelle il substituait son propre nom au « Pierrot » des paroles. Tout en chantant, il s'attaqua à la rangée de boutons de la robe, les défaisant un par un. Du bout des doigts, il caressa la poitrine de l'enfant, s'attardant sur la peau fine autour des tétons jusqu'à ce que, soudainement, un air ravi sur le visage, il retire sa main comme s'il s'était brûlé.

— Tu as faim, peut-être ? C'est bien normal. J'ai un reste de soupe, en bas, je vais le chercher.

Dès que l'homme sortit de la chambre, Louis se tortilla dans le lit, tirant sur ses bras et ses jambes, mais les liens étaient solides, les nœuds inextricables et les cordes lui mordaient les chairs. La panique menaça de l'emporter comme une lame de fond alors que le bruit des marches grinçantes annonçait le retour de son geôlier.

— Tu pleures ? s'exclama Baldo, un pot de soupe à la main. Allons, mon garçon, il ne faut pas.

Il s'assit sur le bord du lit et du pouce, essuya les yeux de Louis. Fasciné, il regarda un instant une larme former une goutte au bout de son doigt.

— Détachez-moi !

— Ne t'inquiète pas, dit l'homme, en approchant une cuillerée de soupe de la bouche de l'enfant, mange.

Impuissant, Louis se résigna à ouvrir la bouche. La cuillère racla contre ses dents et il avala le liquide à l'arrière-goût de pharmacie.

— Elle est bonne, ma soupe ? Bientôt, tu ne pourras plus t'en passer. Ouvre ton bec !

Louis hocha la tête. Contrarier l'homme sous la coupe de qui il était ne l'effleura pas un instant. Après plusieurs cuillerées, il se sentit vaguement vaporeux et, soudainement, un sourire déferla sur son visage tandis que son cœur cognait dans sa poitrine comme un oiseau voulant s'envoler de sa cage. Les yeux de Baldo brillaient.

— Allez, on finit le pot !

Les murs de la chambre s'incurvaient. Louis s'enfonça dans le lit, emporté par une sensation de chute interminable. Une main se posa sur sa poitrine, descendit sur son ventre et le caressa un moment avant de se glisser entre ses jambes. Une gangue chaude et humide se referma autour de son sexe. Baldo enfournait les organes sexuels de l'enfant dans sa bouche. Louis voulut le repousser mais les forces lui manquaient, ses bras et ses jambes pesaient une tonne et, après tout, ce n'était pas si grave. Au bout d'un moment, Baldo se redressa au bord du lit et s'essuya la bouche du revers de la main, comme un ivrogne, du geste de tous ceux qui boivent jusqu'à plus soif, tous ceux dont la soif impérieuse et maudite ne se tarit jamais. Au bord du sommeil, Louis sentit l'homme s'allonger sur lui.

Quand il se réveilla le lendemain matin, son corps lui faisait mal. Il était nu et grelottait de froid. La couverture était tombée au sol. Il était seul dans la chambre grise, sur une paillasse tachée de merde, de vomissures et de sang.

Quand Grimbert se réveilla, une migraine épouvantable lui martelait le crâne et des remontées acides lui emplirent la bouche à la vue de la flaque de vomi sur le parquet. Il avait sérieusement déconné. Au moment où il levait la tête pour chercher Lucienne du regard, cette dernière lui flanqua une gifle à toute volée.

— Tu sens la putain ! hurla-t-elle.

— Enfin, Lulu, tu te fais des idées, se défendit-il d'une voix rocailleuse.

C'en était trop. Le visage enfoui dans ses mains, elle s'effondra au sol, en pleine crise, sanglotant et tapant du pied. Grimbert voulut la relever, mais elle essaya de lui griffer le visage.

— Ne m'approche pas ou je te tue !

Vu son état d'esprit, il quitta l'appartement sans en rajouter. Un mensonge ne lui serait d'aucun secours. Dehors, sous l'effet de l'air glacial, la disparition de Louis Demange lui revint en pleine poire. Impossible de se souvenir du nom des agents venus enquêter sur place.

Au commissariat, le flic eut l'impression que tous les regards étaient rivés sur lui. Il essaya de se raisonner en se disant qu'il souffrait d'un excès de paranoïa dû à ses libations vertigineuses. D'ailleurs, Millard brillait par son absence et il n'était pas le seul, les hommes de la virée d'hier soir manquaient également à l'appel. Tout le monde avait mal aux cheveux. Grimbert consulta le registre de main courante et, à la lecture du rapport des agents venus le rejoindre la veille, il fit des bonds jusqu'au plafond. Ces corniauds n'en avaient pas branlé une ! Ils étaient rentrés au bercail dès qu'il leur avait tourné le dos et n'avaient fait que rapporter ses propres paroles. Bref, l'enquête n'avait pas avancé d'un poil.

En premier lieu, il allait se débarrasser de la corvée de l'interrogatoire de Philippe Génor dont l'adresse indiquait un logement sur les hauteurs de la Croix-Rousse. Quand il eut le fils du pharmacien devant lui, Grimbert le reconnut. Il l'avait déjà vu, le soir où Lucienne avait fait la folle sur les quais. C'était un des jeunots qui tournaient autour d'elle. Il lui mit sa carte de police sous le nez.

— Je veux te parler à propos de ton père.

— Il lui est arrivé quelque chose ?

— Tes parents vont bien, le rassura Grimbert, tes frères aussi. Mais ton père fait l'objet d'une enquête.

Un sourire ravi apparut sur les lèvres du fils.

— Une enquête de moralité, j'espère ! plaisanta-t-il.

L'intérieur du logement ressemblait à celui de Grimbert, vétuste et dépouillé, les indices de présence féminine en moins. Philippe Génor était célibataire.

— Venons-en au fait, dit le flic, on a surpris ton père alors qu'il jetait dans le fleuve le cadavre d'un nouveau-né. Nous enquêtons pour infanticide, recel et tentative de dissimulation de cadavre.

— Qu'est-ce que c'est que cette histoire ?

— Que peux-tu me dire à ce sujet ?

— Rien, je ne sais rien, répondit Philippe Génor, abasourdi.

— Ton père se livre-t-il à des activités illégales ?

Le gamin était intelligent. Il saisit aussitôt.

— Vous voulez parler d'avortements ? Mon père a toujours exprimé une haine viscérale à cette idée. Il a fait de la natalité son credo, preuve en est ma ribambelle de frangins. Il faut faire plus de gosses que les Allemands, un point c'est tout. Et quand bien même, dans une perspective d'enrichissement personnel, il serait beaucoup trop lâche pour ce genre de commerce !

— Parmi les connaissances de tes parents, te rappelles-tu des femmes enceintes ?

— Je ne vois pas. Honnêtement, mes parents n'ont pas d'amis. Leurs relations ne se définissent pas en ces termes-là. Leur mode de vie se résume à une reptation laborieuse vers la bourgeoisie. Point final.

— Ton père fréquente-t-il d'autres femmes ?

— Pas à ma connaissance. Sa peur panique des maladies vénériennes le dissuade de toute infidélité. Et puis il préfère investir son argent dans la boisson.

— À quelle fréquence s'enivre-t-il ?

— Tous les jours, sans exception. L'alcoolisme charpente son régime personnel.

— Quel genre d'homme est ton père ? Comment se conduisait-il avec toi ? Et avec tes frères ?

— À ses yeux, les bébés ne sont que des choses vagissantes, alors il laisse le gros du travail à ma mère, sauf sur un point : l'hygiène, son autre dada. Chaque soir, mon père passe les frangins au crible. Il les aligne devant lui et les examine sous toutes les coutures, de la racine des cheveux jusqu'au bout des orteils. Ils doivent aussi se décalotter le gland car le sexe masculin constitue une terrible source d'infection. Les maladies vénériennes obsèdent monsieur mon père.

— Tu passais à l'examen, toi aussi ?

— Oui, jusqu'au moment où je lui ai dit d'aller se faire foutre. À quinze ans, j'étais déjà plus costaud que lui, alors je lui ai mis mon poing dans la gueule. Après ce coup d'éclat, j'ai quitté la maison.

— Tu vois toujours tes parents ?

Philippe Génor poussa un rire désabusé.

— Il m'arrive de filer un coup de main à la pharmacie quand j'ai besoin d'argent, c'est le moyen le plus simple d'en trouver. Mon père me donne la pièce. En contrepartie, je supporte ses leçons de morale tordues à l'aune de son degré d'éthylisme.

— Est-ce que ton père t'a déjà touché ?

— Vous voulez savoir s'il me mettait un doigt dans le cul ou un truc du même style ? Pas à mon souvenir. Cela dit, il existe mille façons de maltraiter un enfant. Les coups ne sont pas les seules mesures éducatives à laisser des marques.

Grimbert leva les yeux. Décidément, le jeune homme le surprenait et il éprouva un vague sentiment de sympathie à son égard.

— Que s'est-il passé, l'autre soir, pour que tu te battes avec lui ?

Philippe Génor joignit ses mains, les retourna, fit craquer ses doigts.

— Ah oui, c'est vrai. Le commissaire était là. Au fond, c'est assez simple. Mon père prend plaisir à m'humilier, pour un tas de raisons : je ne parle pas assez ; j'ouvre trop ma gueule ; j'aime tant ma mère que c'en est malsain. Bref, la honte de la famille, c'est moi ! Hier soir, il avait frappé maman, une fois de plus. Je l'ai appris par Petit Paul. Mon père sait cogner là où ça fait mal, un avantage secondaire des études de pharmacie. Alors, oui, j'étais hors de moi. J'ai claqué la porte de l'appartement pour aller à la rencontre du paternel. Rien de plus facile. Il prend toujours le même chemin et s'arrête dans les mêmes bistrots. Je voulais lui foutre une branlée pour rétablir la justice. C'était bien parti jusqu'à ce que vos collègues débarquent.

L'explication tenait la route. Sa haine envers son géniteur n'avait d'égale que son adoration pour sa mère, un grand classique. Rien à voir avec le cadavre de nouveau-né. À moins que Philippe Génor ne fût le roi des menteurs.

— Parlons un peu de ta mère.

Le fiston se renfrogna.

— Elle subit ses vicissitudes à longueur de temps et, malgré tout, elle lui trouve toujours des excuses. S'il boit, c'est pour tenir le coup. S'il la frappe, c'est qu'elle le mérite. Elle encaisse, ma mère. D'ailleurs, c'est ce qu'elle réussit le mieux dans sa vie, avec les accouchements.

— Tu t'entends bien avec tes frères ?

— Pour être honnête, ils m'indiffèrent, à part Petit Paul. Ce dernier me rappelle comment j'étais à son âge. Mais je ne comprends pas où mène cette conversation.

— On y arrive. Tes parents possèdent une cave, dans leur immeuble. Tu le savais ?

— Oui, bien sûr.

— Tu y vas souvent ?

— Quand j'étais plus jeune, papa me demandait parfois de lui rapporter une bouteille, ou un sac de charbon. Mais je n'y suis pas retourné depuis mon départ de la maison. Pourquoi ?

— Qui descend là-bas le plus souvent ? Ton père ? Ta mère ? Quelqu'un d'autre ?

— Mon père, je crois. J'ai ouï dire qu'il en profitait pour boire un coup de plus, à la sauvette.

— On a retrouvé des restes humains dans cette cave.

Philippe Génor ouvrit la bouche, mais aucun son n'en sortit. Grimbert l'observa avec attention.

— Deux mains de nourrisson, précisa le flic. Et pas de corps.

Un air de stupéfaction totale. Le fils aîné de la famille n'avait rien à voir dans cette histoire, Grimbert l'aurait parié.

Le médecin avait recommandé à Marie-Thérèse de pratiquer la marche à pied, un exercice bénéfique pour la circulation du sang et qui, par là même, permettait de fortifier le bébé. C'est ce qu'elle expliquait à Soubielle en s'accrochant à son bras, toute joyeuse parce que c'était la première fois en vingt ans qu'il lui demandait un service dans le cadre d'une enquête. Quand il lui avait révélé l'existence de l'affaire Génor, Marie-Thé s'était décomposée. Il s'agissait de leurs voisins, tout de même ! Ils avaient vécu des semaines dans leur voisinage ! Quel genre de monstre Paul était-il ? Et Madeleine, que savait-elle ? Lorsque le commissaire lui avait dit que la prochaine étape serait d'interroger les enfants du pharmacien, elle avait soutenu qu'ils parleraient plus facilement à une amie de leur mère qu'à l'homme ayant mis leurs parents sous les barreaux. Soubielle en avait convenu. Souvent, à la vue des policiers, les enfants se fermaient comme des huîtres. Alors, saisi d'une inspiration soudaine, il lui avait proposé de l'accompagner, même si ce n'était pas très conventionnel. Malgré sa surprise, elle avait accepté la mission avec gravité. Il lui avait donc donné la liste des questions qu'il se posait. À elle de tisser son interrogatoire.

L'hôpital de la Charité, un grand bâtiment de briques noircies par le temps, se chargeait d'accueillir, outre les orphelins et les victimes d'abandon, les rejetons de parents condamnés ou prévenus. Le procureur y avait placé les enfants Génor. Une religieuse les amena dans la pièce où attendait Marie-Thérèse, que Soubielle observa un instant à travers les carreaux. Un grand sourire illuminait le visage de sa femme. Elle se tournait déjà vers les petits, sortant de son panier un assortiment de biscuits chauds du four du boulanger. Les enfants faisaient cercle autour d'elle, main tendue. Ils ne perdaient pas le nord, finalement. Petit Paul enfourna son biscuit d'un seul coup. Les joues gonflées, il mastiquait avec ardeur, comme si sa vie en dépendait. Marie-Thérèse, ravie de cet emballement, fit signe à son mari de déguerpir. Qu'il ne s'inquiète pas, semblait-elle dire, la situation était sous contrôle. Pendant ce temps, Soubielle demanda à la religieuse qui les avait accueillis de lui faire part de ses observations.

— Paul mis à part, ces enfants sortent du même moule, expliqua-t-elle. Ils sont calmes, passifs, peu causants mais ce n'est pas étonnant. Beaucoup de nos pensionnaires, encore sous le choc de la situation qui les a menés ici, arrivent dans un état lamentable. Paul pleure depuis le début. Il refuse de manger et proteste au moment d'aller au lit. Il s'est même permis de crier dans le dortoir, réveillant ainsi ses camarades d'infortune. Quand mes consœurs se sont enquises du problème, il n'a rien trouvé de mieux à faire que de les frapper, alors elles l'ont laissé grelotter dehors, dans le noir, jusqu'à ce qu'il se résigne à demander pardon. Il a tout de même tenu deux heures, le démon, avant de rendre les armes. Ses pieds étaient bleus de froid. C'est un enfant difficile, mais nous en avons vu d'autres, nous allons le mater.

— Comment ses frères ont-ils réagi ?

— Ils sont restés allongés sur leur lit, tournés contre le mur, aucunement concernés par les frasques de ce petit personnage. Mais, auparavant, un événement pénible s'est produit. Nous avons surpris les plus jeunes, culotte baissée devant l'aîné qui vérifiait leur propreté. Du moins, c'est ce qu'il nous a raconté, en nous donnant tous les détails d'un examen de l'anatomie masculine. Nous n'en demandions pas tant. Nous avons poussé les hauts cris, mais les enfants ne semblaient pas voir de mal dans ce qu'ils faisaient.

Les leçons de Paul Génor avaient porté. Les petits reproduisaient le rituel familial en toute autonomie. Ensuite, la religieuse détailla à Soubielle les méthodes éducatives en vogue à la Charité tout en le conduisant au jardin potager de l'établissement. Là-bas, des enfants grattaient la terre avec leurs outils. Ils étaient tous mis à contribution, même les plus jeunes, car le bien-être moral passait par le travail physique. L'un d'entre eux n'était pas plus âgé qu'Aristide Silent et s'amusait avec des vers de terre. Soubielle retourna alors patienter dans le grand couloir.

Le matin même, il avait rendu visite à Geneviève. Elle avait rapidement avoué les soupçons d'adultère qu'elle éprouvait envers son époux. Mais le choc d'apprendre sa double vie fut rude. Elle avait plongé son regard dans celui du commissaire. Ses yeux étaient secs. La tristesse du deuil, à laquelle se substituait une colère sourde, était passée. Depuis son retour de La Chapelle-Quincieux, Gabriel passait de moins en moins de temps à la maison. Elle venait d'avoir un enfant et son homme s'évaporait. Sa mère avait essayé de la rassurer. C'était le propre de la gent masculine. Mais, vers la fin, Gabriel ne dormait plus chez eux que deux ou trois nuits par semaine et se justifiait en parlant de son engagement politique, affirmant que la vertu et la morale passaient avant toute chose. Soubielle se rendait-il compte ? Son époux, Gabriel Silent, ce parangon de vertu ! Quel hypocrite ! Alors, bien sûr, elle lui demandait des détails, mais ses questions ne le gênaient pas. Avec le recul, elle se disait qu'il possédait un talent indéniable pour le mensonge. Un jour, il avait laissé traîner son petit carnet et elle lui avait mis le portrait sous le nez pour s'entendre dire benoîtement qu'un artiste de la Chapelle-Quincieux avait réalisé le portrait de sa mère à partir d'une photographie de jeunesse. Soubielle ne fit pas de commentaire, mais revint à la charge sur la question financière relative à l'entretien de sa maîtresse. Seulement, aux yeux de Geneviève, les comptes ne présentaient pas d'irrégularités. La seule rentrée exceptionnelle était due à l'héritage et Gabriel prétendait vouloir placer l'argent pour leurs vieux jours. Une nouvelle onde de colère, terrible, la submergea. Son époux parlait d'avenir alors qu'il couchait ailleurs. Il les embrassait et les prenait dans ses bras avant de rejoindre son autre famille. Comment avait-elle fait pour choisir aussi mal son homme ?

À cet instant, la voix offusquée de Marie-Thérèse résonna de la pièce d'à côté. Soubielle se précipita sur la porte, qu'il ouvrit à la volée. Son épouse, rouge comme une pivoine, posait une main sur sa poitrine en jetant à Petit Paul un regard interloqué. Le gamin, inconsolable, crachait des miettes de gâteau au milieu de ses sanglots.

— Que se passe-t-il ?

— Rien ! rétorqua Marie-Thérèse en bougeant nerveusement sa main sur sa poitrine, comme pour retrouver son souffle ou aider à passer quelque chose coincé dans sa gorge.

— Pourquoi as-tu crié ?

Elle adressa à son mari un sourire forcé.

— Je t'expliquerai ! répliqua-t-elle en détachant les syllabes. Nous en avions terminé, de toute façon.

Petit Paul hoquetait bruyamment.

— Demande pardon, lui intima Étienne.

— Pardon, dit Petit Paul ! Pardon ! Pardon !

— Tiens-toi tranquille, maintenant !

Le petit s'assit sur la chaise, le visage enfoui dans ses mains. À travers ses doigts, il jetait des coups d'œil furtifs à son entourage. Les autres observaient Soubielle avec crainte. Devant eux se tenait la source de tous leurs maux. Respectueuse de l'autorité, la sœur adressa un regard au commissaire et, d'un infime signe de tête, ce dernier lui fit comprendre que c'en était fini. Elle pouvait ramener les gamins où elle voulait.

— Occupez-vous de Paul, ordonna la sœur. Mettez-vous un de chaque côté. Tenez-le fermement par la main.

Maxime et Félix obtempérèrent, rassurés de recevoir des ordres ; plus besoin de trouver des excuses ni de subir le feu des questions. Soubielle les regarda s'éloigner dans le couloir. Seul le trublion se retournait en lançant à Marie-Thérèse des regards éplorés.

— Ces pauvres gamins souffrent horriblement, dit Marie-Thérèse.

— Que s'est-il passé, tout à l'heure ?

— Oh ! C'était à cause d'un geste malheureux de Petit Paul, dit-elle en s'empourprant. Il avait besoin d'un câlin, alors il est venu dans mes bras et a appuyé sa tête contre ma poitrine, en ronronnant comme un chat ; la béatitude absolue ! Et brusquement, il s'est agrippé à mon sein, le pressant fort, la bouche ouverte comme pour une tétée. Lorsque j'ai crié, il a pris peur et s'est mis à pleurer. Ce pauvre gamin me fait pitié, Jules, comme eux tous. Ils n'attendent qu'une chose : le retour de leur mère pour les sauver.

— As-tu appris du nouveau ?

— J'ai suivi tes consignes à la lettre. D'après leurs enfants, les Génor ne reçoivent jamais de visites. Cette famille a l'air de vivre retranchée sur elle-même. Ils ne se rappellent pas avoir vu chez eux d'autres femmes enceintes que Madeleine. Quand je leur ai demandé si leur père était gentil, ils se sont montrés évasifs. Ce sont des enfants loyaux, Jules. Cependant, il y a une chose : le manteau vert que vous avez retrouvé suspendu dans la cave. Madeleine l'aimait beaucoup et le portait à la moindre occasion, m'ont-ils dit. C'était un cadeau de son mari. Elle disait souvent : « Tu vois, Paul, je porte ton manteau. » Une idée m'est venue. Je leur ai demandé s'ils savaient ce qu'elle mettait dans ses poches. Les enfants voient tous les détails. Ils ont parlé de mouchoirs ou de porte-monnaie et alors Petit Paul s'est mis à imiter sa mère. Il marchait, les épaules relevées et les mains à hauteur de son bassin, faisant jouer ses doigts comme des serres, ouvertes, fermées. Il a affirmé que c'était ce que faisait sa mère : ses doigts s'agitaient toujours au fond de ses poches. Qu'est-ce que tu en penses, Jules ?

Soubielle eut la vision soudaine de Madeleine Génor jouant avec les petites mains racornies comme s'il s'agissait de talismans. L'idée était bien glauque. Effectivement, la femme enfonçait ses poings dans les poches de son manteau vert. Il en avait été témoin à plusieurs occasions, sans jamais y prêter beaucoup d'attention. Après tout, c'était l'hiver. Mais certaines femmes bougeaient leurs doigts sporadiquement à cause de dérèglements nerveux et Petit Paul, en tant que témoin, était loin d'être fiable. En tout cas, Soubielle éprouvait la certitude que cette affaire n'avait rien à voir avec le meurtre de Maurice Allègre ou celui de Silent. Cela ressemblait plus à une affaire d'avortement, quoi qu'en disent le suspect et les témoins. Et peut-être était-ce Paul lui-même, finalement, qui, dans un soir d'ivrognerie, avait placé les mains dans le meuble de sa cave. Le pharmacien admettait le recel et la dissimulation de cadavre. À partir de là, le juge se chargerait de débrouiller l'écheveau.

Dans le hall du commissariat, Albertine Champlain tenait son petit garçon par la main. Bien peigné et sentant le savon, il regardait autour de lui avec effroi. Sa mère non plus n'avait pas l'air dans son assiette. Nerveuse, impressionnée par la convocation officielle, elle donnait l'image d'une femme prise au piège.

— Nous vous avons fait venir au commissariat pour prendre votre déposition, annonça Caron, et vous demander des précisions sur votre relation avec Gabriel Silent.

Elle lui mit sous le nez tous les papiers qu'elle avait pu trouver, mais aucune preuve formelle d'un lien de parentalité entre Gabriel et Simon Champlain n'apparaissait. Il n'avait jamais reconnu l'enfant.

— Il m'avait promis de le faire, expliqua la jeune femme, dès que la séparation avec son épouse aurait été prononcée, mais il n'en a pas eu le temps.

Piquée au vif par le regard consterné de Caron, Albertine Champlain haussa le ton :

— Vous me prenez pour une idiote, n'est-ce pas ? Je vous répète qu'il avait acheté des billets de bateau pour Alger avec un embarquement prévu le 25 février, une date facile à retenir puisque c'était celle de son anniversaire. L'Algérie nous faisait rêver et nous voulions refaire notre vie là-bas.

— Nous n'avons pas retrouvé ces billets dans les affaires de Gabriel.

— Il me les a montrés, c'est tout ce que je peux vous dire.

— Vous comptez tout de même partir ?

Elle se redressa, saisie par la colère.

— Vous êtes drôle, vous ! Avec quel argent ? Et quel intérêt sans Gabriel ?

Caron leva les mains.

— D'accord. Ne vous énervez pas. Quand devait-il parler à sa femme ?

— Dans la semaine, il me l'avait juré, mais il tergiversait. Pas à cause d'elle, mais pour le petit, qu'il ne se voyait pas abandonner.

Elle se mordit les lèvres. Caron comprit soudain.

— Il aurait emmené Aristide avec lui ?

— Je ne sais pas, avoua-t-elle. C'était une idée avec laquelle il jouait. Je me serais occupée de lui comme de mon fils.

Si Geneviève Silent avait eu vent de ce projet, comment aurait-elle réagi ? se demanda Caron. Ne serait-elle pas devenue folle de rage ?

— Continuons, j'ai besoin de connaître votre emploi du temps précis. Gabriel a-t-il dormi chez vous la nuit du 2 au 3 janvier ?

— Non. Nous avons arrosé les billets de bateau avec du champagne, puis nous avons dîné. Gabriel est resté encore un moment, avant de s'éclipser. Le lendemain fut une journée d'attente, pas tout à fait comme les autres car notre départ se concrétisait. J'ai lu des histoires à Simon et dans l'après-midi, nous nous sommes promenés pour admirer les vitrines du centre-ville.

— Quelqu'un peut-il le confirmer ?

— Je ne connais personne dans cette ville, mais j'ai échangé deux mots avec la concierge lorsque nous sommes revenus. Nous avons devisé sur le temps qu'il faisait. Elle a pincé la joue de Simon.

Le flic regarda l'enfant, qui se tenait debout à côté de sa mère, le nez pointé vers le sol, l'image même de la timidité maladive.

— Si j'ai bien compris, vous connaissiez Gabriel depuis longtemps.

— C'est exact. Nous avons grandi dans le même village, à La Chapelle-Quincieux. Dès mon plus jeune âge, j'ai su qu'il était l'homme de ma vie. Sa présence me remuait au fond des tripes, on ne peut rien contre ça.

— Qu'en pensait votre famille ?

Elle émit un reniflement méprisant.

— Elle ne comptait pas en regard de ce que j'éprouvais pour Gabriel. Déjà, à l'époque, nous voulions nous enfuir.

— Que s'est-il passé ?

— Je suis tombée enceinte. Mais, à cette époque, Gabriel avait des problèmes et ne voyait pas d'autre issue que de partir.

— En vous abandonnant.

— Je n'utiliserais pas ce mot.

— C'est le terme approprié, pourtant, puisqu'il a déserté alors que vous étiez enceinte. Vous n'êtes pas rancunière. Quel genre de problèmes avait-il ?

— Gabriel a fait des conneries et, à la campagne, on est vite catalogué. Sa mauvaise réputation lui collait à la peau. Il a bien fait de partir.

— Quelle genre de conneries ? Suffisamment importantes pour vous abandonner ?

— Des chapardages, des bagarres, rien de bien

méchant sauf qu'on l'a aussi accusé d'avoir tourmenté un enfant.

Caron, soudain en alerte, se figea.

— C'est-à-dire ?

— Un gamin est mort noyé dans un étang et le bruit a couru que la responsabilité en incombait à Gabriel. C'était affreux. On l'a même accusé de saloperies, de perversités. Mais ce n'est pas vrai. J'étais avec lui au moment des faits. Les gendarmes l'ont mis hors de cause, mais le mal était fait. Alors il est parti. Pour tout vous dire, il ne savait pas que j'étais enceinte, à l'époque. Moi non plus, d'ailleurs. Mais il a fini par revenir.

— Au bout de huit ans ! Vous l'avez attendu tout ce temps ? Je vais brûler un cierge en votre honneur, mademoiselle Champlain ! Vous êtes une sainte ! Mais il me semble que Gabriel est revenu à La Chapelle-Quincieux non pas dans l'idée de vous retrouver, mais pour toucher son héritage.

— Oui, seulement, en nous croisant, nous avons éprouvé un deuxième coup de foudre. Notre histoire a recommencé à zéro.

En général, Caron accordait peu de crédit aux romances. Et à mesure qu'il écoutait Albertine, il se rendait compte que la jeune femme n'était pas si effrayée qu'il le pensait au début. Elle possédait du tempérament et semblait sûre de son bon droit. Mais la nouveauté, de taille, concernait les problèmes de jeunesse de Silent. Les accusations étaient graves, même si elles s'étaient révélées infondées ; une inscription à son casier judiciaire l'aurait empêché d'entrer dans la police. Et, surtout, un lien avec Maurice Allègre apparaissait : à presque dix ans d'intervalle, deux faibles enfants victimes de perversités avaient trouvé la mort.

Une piste se faisait jour, enfin. Un élan de compassion le prit à l'égard d'Albertine Champlain.

— Qu'est-ce que vous allez faire, maintenant ? demanda-t-il.

Elle caressa la joue de son fils.

— On va s'en sortir. Hein, Simon ? Maman va trouver une solution, comme toujours.

La jeune femme empoigna son petit par la main et l'entraîna avec elle, lui promettant des friandises sur le chemin du retour.

Caron se rua dans le bureau de Soubielle pour solliciter une réunion d'urgence avec les collègues. En moins de cinq minutes, ils étaient là, Grimbert mâchouillant ses pastilles, Millard les yeux mi-clos, se frottant doucement les tempes du bout des doigts. Pas besoin d'être grand clerc pour reconnaître les signes d'une gueule de bois carabinée. Les festivités au *Lapin Agile* étaient lourdes de conséquences.

Les révélations de la maîtresse de Gabriel laissèrent les flics pantois. La relation entre les deux affaires reposait sur une supposée perversion de leur collègue.

— Avant toute chose, nous devons vérifier cette information, décida Soubielle. Je me rends sur-le-champ à La Chapelle-Quincieux. J'en profiterai pour tirer au clair cette histoire d'héritage. Avons-nous du nouveau sur Octave Plesnel ?

— L'homme a brutalement quitté son appartement, répondit Caron. J'ai remonté sa piste jusqu'au *Lapin Agile*, mais ensuite, plus rien.

Le nom du cabaret provoqua des remous. Grimbert releva brusquement la tête. Un de ses yeux était à moitié fermé, rouge de sang. Il avait l'air écœuré.

— Un autre enfant a disparu à la Croix-Rousse, dit-il brusquement. Louis Demange, le fils du chiffonnier.

Un silence glacial accueillit la nouvelle.

— On a retrouvé sa casquette près des quais. Jamais il ne s'en serait séparé alors qu'il y tenait comme à la prunelle de ses yeux. Maurice Allègre et lui habitaient le même quartier et se connaissaient vaguement. Ils ont tous les deux disparu sans laisser de trace.

— De quand datent les faits ?

— J'ai appris ça hier et j'ai travaillé dessus en début de soirée. Ensuite des agents ont pris le relais.

— Le gamin a tendance à fuguer ?

— Il faisait sa vie, naviguant entre l'école et un apprentissage chez un rémouleur qui a passé la journée à travailler sur son étal, au vu de tout le monde. Les habitants du quartier ont reçu pour consigne de nous rapporter toute nouvelle information.

— As-tu parlé à Esther Clément ? demanda Caron. Ils se connaissent.

Grimbert le regarda bizarrement. Ses traits s'affaissèrent.

— La gamine est mutique, dit-il. C'est compliqué de lui tirer une information.

— Elle arrive à se faire comprendre. Souviens-toi de Pierre Rival. Elle nous a mis sur sa piste.

— Je suis passé chez elle. Ses parents m'ont dit qu'elle était malade, elle dormait. Ils avaient l'air désolés.

Caron se leva d'un bond.

— Et tu les as crus ? Tu es vraiment un connard ! Le mieux, c'est que je m'en occupe moi-même.

Le chiffonnier avançait dans la rue de Cuire en tirant sa charrette. Lui non plus n'avait pas bonne mine. Caron et Millard, qui n'avaient pas échangé un mot sur le chemin, lui parlèrent un moment de la disparition de son fils, sans rien apprendre.

— Vous connaissez Esther Clément ?

— Absolument. Qui ne connaît pas Esther ? La pauvre ! Avec son crâne entièrement rasé, maintenant, on la repère de loin. La dernière fois que je l'ai vue, son père la cherchait. Il était fou de rage. Qu'est-ce qu'elle a dégusté ! Qu'est-ce qu'elle a pris, bon Dieu ! Ça a déclenché une crise et on l'a entendue grincer des dents de l'autre bout de la rue.

Caron sentit sa peau se couvrir de chair de poule.

— C'était quand ?

— Il y a deux jours. Depuis, ils se terrent chez eux.

Caron se retrouva instantanément devant la porte des Clément. Rien ne sortait du tuyau de poêle, pas la moindre fumée noire, mais le flic, au mouvement du rideau derrière la fenêtre, sut qu'il y avait du monde. Il se précipita à l'étage et frappa fort du plat de la main. De l'intérieur, résonna une voix d'homme, presque un aboiement.

— Quoi !

— Police ! C'est à propos du dossier contre Rival.

— J'ai retiré la plainte.

— Il reste des pièces à signer.

Le flic entendait presque les rouages du salaud se mettre en branle. La porte s'ouvrit. Le père d'Esther lui lança un regard mauvais tandis que sa femme assise auprès du poêle éteint, le visage défait et les yeux rouges d'avoir pleuré, égrenait un chapelet.

— Je vais prendre mon manteau, soupira-t-il.

— Où est Esther ?

— Elle dort ! répondit-il sur la défensive. La pauvre puce, il ne faut pas la déranger.

Caron repoussa d'un coup d'épaule l'homme qui se mettait en travers de son chemin et atteignit la porte au fond de la pièce. Le réduit était plongé dans l'obscurité. Caron perçut le bruit d'une respiration rauque. À la lueur d'une allumette, il discerna la forme de la gamine allongée à plat ventre. Elle avait été fouettée jusqu'au sang ; des plaies quadrillaient son dos. Son visage exprimait une souffrance intolérable.

— Tiens le coup, Esther, dit-il en posant une main sur son front brûlant.

Soudain, un bruit épouvantable s'éleva. La fillette grinçait des dents à s'en briser la mâchoire. De la salive coulait à la commissure de ses lèvres. Caron identifia une crise d'épilepsie et voulut lui mettre la main dans la bouche pour l'empêcher de se couper la langue, sans parvenir à forcer le barrage des mâchoires, et quand bien même, elle aurait pu lui sectionner les phalanges. Esther se cabra, les muscles durs comme du bois, rien d'humain, mais, aussi brutalement qu'elle avait débuté, la crise se termina et la fillette retomba sur le lit, la tête en berne sur le matelas pourri. Caron crut qu'elle lui avait claqué entre les doigts jusqu'à ce qu'il sente un souffle ténu à son oreille.

Une envie de meurtre s'empara du flic. À côté, Millard montait la garde. Le visage de Clément s'agrémentait à présent d'une pommette fendue et sa femme, toujours assise devant le poêle, avait cassé son chapelet dont les grains s'étaient répandus sur le sol.

— Combien a-t-elle fait de crises ?

L'homme prit un air buté. Une goutte de sueur tomba dans l'œil de Caron. Il l'essuya du revers de la main.

— Sept ou huit, répondit sa compagne.

Le flic frissonna. La cervelle de la gamine était complètement grillée.

— Va chercher un médecin ! ordonna-t-il à Millard. Emmène la pouffiasse avec toi.

— Quoi ? s'exclama le brigadier-chef, pris au dépourvu. Tu ne vas pas me faire le même coup que…

— Tout de suite ! hurla Caron, le visage déformé par la haine.

Ce n'était pas le moment de le contredire. Millard, humilié, prit la femme par le bras et l'entraîna hors de la maison pendant que Caron s'emparait d'un tisonnier.

— On va s'expliquer, d'homme à homme.

Clément leva les mains.

— Tout doux. Vous avez besoin de moi pour témoigner contre Rival.

— Tu crois ?

Caron abattit le tisonnier sur la tête de Clément, ouvrant une large plaie dans son cuir chevelu. Un jet de sang éclaboussa le mur.

— Qu'a-t-elle fait, ta gamine, pour te fâcher à ce point ? Hein ? Qu'a-t-elle fait ?

— Elle devait voir un client ! avoua l'homme. Le

rendez-vous était pris mais Esther avait disparu. Voilà, c'est pour ça.

— Qui c'est, ce client ?

— Je ne sais pas. Je ne l'avais jamais vu. On n'échange pas les noms.

Caron perdit les pédales. Il attrapa le fumier par la ceinture et lui baissa le pantalon aux chevilles, dévoilant les bijoux de famille, flasques et velus. Puis il défit la boucle du ceinturon de Clément et arracha la lanière de cuir de ses passants.

— C'est l'arme du crime ?

Le flic infligea un premier coup de ceinture, de toute sa force. Le cuir claqua contre la peau, la boucle en métal s'enfonçant dans la chair blanche émaillée de veines noires. La flagellation s'éternisa, les coups tombaient au hasard sur tout le corps. Le bras de Caron lui faisait mal. Il haletait, l'écume aux lèvres, mais il manquait à la punition un degré irrévocable, alors il essaya d'écarter les jambes de Clément. Terrorisé, ce dernier se tortillait, ramenant ses genoux contre sa poitrine, serrant les cuisses pour protéger ses parties. D'un coup sur la tempe, le flic estourbit sa proie. Posant alors un pied sur la cheville de Clément, il tira sur l'autre jambe. Le grand écart. Une odeur de merde se répandit. L'homme agita sa main valide.

— Non, non, non !

Caron leva le pied pour lui écraser les parties d'un coup sec. Clément hurlait comme un porc et, quand Caron le lâcha, il trouva tout de même la force de ramper sur quelques mètres.

— Arrête ! Pitié ! s'écria Clément d'une voix entrecoupée de râles. J'ai quelque chose pour toi ! Écoute-moi ! Tout le monde raconte que tu cherches Plesnel et je sais où il se cache.

Le visage de Clément baignait dans le sang. Ses yeux partaient en vrille derrière ses paupières. Il essayait de protéger comme il pouvait son entrejambe tuméfié.

— Un cabaret, à Villefranche, qui s'appelle *Le Trombone*, souffla Clément, les yeux embrumés par la douleur. Plesnel a des parts dans cet établissement. C'est là-bas qu'il trouve asile quand ça chauffe pour lui.

Le village de La Chapelle-Quincieux se résumait à une enfilade de maisons sales et sinistres qui menait à l'église autour de laquelle s'agglutinaient les notables, les élus, les médecins, tous les gens d'un rang élevé à l'aune de la commune. L'étude du notaire y tenait toute sa place. L'homme de loi procéda à des vérifications. L'héritage se composait d'une maison, d'un lopin de terre, d'argent et de titres. Gabriel Silent avait voulu tout liquider. Les terrains possédant une petite valeur foncière, il n'avait pas eu de difficulté à trouver des acquéreurs : les voisins les plus proches s'étaient partagé le gâteau. En une semaine, l'affaire était réglée. La somme totale correspondait à celle placée sur le compte de Silent, ni plus ni moins. L'héritage n'était donc pas à l'origine de sa manne financière, si manne il y avait car Soubielle commençait à en douter.

Le maire, un parfait roitelet de province, reçut le commissaire dans son bureau. Il possédait une petite formation juridique, de l'expérience patronale et assez de bagout pour baratiner les électeurs jusqu'à la nuit des temps. Après les formules d'usage, il invita Soubielle à s'asseoir dans un fauteuil en cuir et lui demanda ce qui amenait la police de Lyon dans ses contrées.

— J'enquête sur la mort de Gabriel Silent, un de vos anciens administrés.

Le maire ne cilla pas. Cette nouvelle n'avait pas l'air de l'émouvoir.

— Puisse l'enfant du pays reposer en paix. Certains destins semblent tout tracés. En quoi puis-je vous aider ?

— Nous nous sommes aperçus que personne ne connaissait réellement cet homme. Qui était-il ? Quel souvenir a-t-on de lui ? Et quelle relation entretenait-il avec Albertine Champlain ?

— Je vais donc vous brosser un tableau d'ensemble. Pour ma part, je connaissais bien les parents de Gabriel, des gens simples, d'honnêtes travailleurs. On pouvait compter sur eux pour donner un coup de main lors des manifestations communales. Malheureusement, comme il arrive parfois au sein de familles irréprochables, ces pauvres gens ont donné naissance à une fripouille absolument imperméable aux valeurs morales de notre époque. Oh, je connais la tendance actuelle à accuser la jeunesse de tous les maux. Ce n'est pas mon cas. Bon gré mal gré, les jeunes mûrissent et nous leur laissons le monde – non pas en toute confiance –, mais avec moins d'appréhension que dans les premiers temps. En revanche, je n'avais aucune illusion sur Gabriel Silent. Étant jeune, il a fait mille et une bêtises, de la destruction de potager au chapardage en passant par les bagarres. Son père était inconsolable d'avoir mis au monde un tel diable. Au fur et à mesure qu'il grandissait, on l'a soupçonné d'actes plus graves, mais il ne s'est jamais fait prendre. Seulement, un hiver, lorsqu'un garçon en bisbille avec Gabriel s'est noyé en traversant la surface d'un étang gelé, des soupçons ont pesé sur notre jeune homme.

— Vous parlez de meurtre, dit Soubielle, c'est une accusation grave. Pouvez-vous me donner des détails ?

— Cette vieille histoire a marqué les esprits, forcément. À l'époque, Gabriel s'était acoquiné avec un mauvais garçon, Pierre Benoît. Ils s'entendaient comme larrons en foire. Certains gamins influençables se sont placés sous leur coupe. Les voyous ont une aura, paraît-il, allez comprendre ! Cette petite bande passait l'essentiel de son temps à excéder les honnêtes gens. Ils envoyaient en l'air les casquettes qu'ils chipaient sur la tête des anciens ou alors ils ouvraient les barrières des prés pour libérer les troupeaux. Les gendarmes leur faisaient les gros yeux. Certains enfants dont les parents veillaient au grain se sont pris des roustes. Si on en était resté là, cela n'aurait pas dépassé le stade de la crétinerie. Mais le drame est arrivé, malheureusement. Pour des raisons mystérieuses, Silent et Benoît s'en sont pris à un enfant, Mathieu Bisson. Personne ne sait pourquoi ils l'avaient dans le nez. Peut-être était-ce juste son visage qui ne leur revenait pas. Bref, le gamin se plaignait d'insultes, d'intimidations. Jusque-là, pas de quoi sonner le clairon, il faut bien que les jeunes apprennent à se défendre. Mais, un jour d'hiver, le petit Bisson n'est pas rentré chez lui. On l'a retrouvé flottant dans un étang. À ce moment-là, les langues se sont déliées. L'enfant aurait confié à des copains que Silent et Benoît lui infligeaient des sévices.

— Il y a eu une enquête ?

— Oui, bien sûr. Les deux suspects ont été interrogés. Chacun de leur côté, ils possédaient un alibi. Un fermier s'est porté garant pour Pierre Benoît, mais l'homme s'imbibait tellement que son témoignage n'était pas des plus fiables. Quant à Gabriel Silent, la jeune fille dont vous m'avez parlé a témoigné en sa faveur. Albertine Champlain avait quinze ans à l'époque et elle admirait la mauvaise graine. Les imbécillités de Gabriel la faisaient rire à gorge déployée. Elle a toujours soutenu qu'il lui tenait compagnie au moment de la mort de Mathieu Bisson. Cette jeune fille lui a sauvé la mise, tout simplement.

— Elle a pu mentir pour couvrir Silent.

— Je suppose. La passion amoureuse conduit à bien des folies. Comme les témoignages indirects des autres enfants n'auraient rien valu devant le tribunal, l'affaire a été classée en mort accidentelle.

— Ce Pierre Benoît habite toujours à La Chapelle-Quincieux ?

— Non, Dieu merci. Finalement, le glaive de la justice s'est abattu sur lui. Peu de temps après la mort de Mathieu Bisson, des témoins l'ont vu emmener un autre petit garçon dans les bois. Des accusations d'attentat à la pudeur et de pédérastie lui sont tombées dessus. Le juge a eu la main lourde : le bagne pour enfants, à Oullins. Ensuite, l'armée l'a envoyé en Afrique accomplir son service, suivant en cela la doctrine habituelle à propos des voyous. On n'en a plus jamais entendu parler.

Un enfant mort, un autre violé. On en revenait à Maurice Allègre.

— J'ai besoin de tous les documents en votre possession sur cette affaire.

— Bien sûr, je passerai à la mairie pour vous les retrouver.

— Il y a quelques années, Albertine Champlain a donné naissance à un enfant, reprit le commissaire. Selon ses dires, la paternité en incombe à Silent. Est-ce crédible ?

— Laissez-moi vous en apprendre un peu plus sur cette demoiselle. Elle aussi mettait ses parents au supplice et tout le monde pensait qu'elle allait finir dans le caniveau. D'ailleurs, peu après l'histoire de l'alibi, Albertine est tombée enceinte. On a montré Gabriel du doigt, mais il avait déjà quitté le village avec pertes et fracas. Quel beau remerciement que d'engrosser sa petite sauveuse pour l'abandonner aussitôt, a-t-on pensé. Albertine est restée au village et a donné naissance à un fils, Simon, qu'elle a élevé avec l'aide de ses parents. Les gens d'ici pensent qu'elle a reçu ce qu'elle méritait en fréquentant Gabriel Silent. À chacun son dû, n'est-ce pas ? Mais cette fille, pleine de ressource, a su trouver un *protecteur*.

Le mot avait été prononcé avec dégoût. Le maire se voulait une figure paternelle pour ses administrés, mais il refusait d'accepter les écarts, quels qu'ils fussent. Sous ses airs bonshommes, il demeurait un paysan attaché aux valeurs traditionnelles qui aurait également été maire sous l'Empire, sans aucun doute.

— Vous parlez de prostitution ?

— Je n'irai pas jusque-là, même si, par bien des aspects, la situation y ressemble. Je n'avais pas assez d'éléments pour la signaler comme fille publique aux autorités. Albertine a trouvé un travail d'employée de maison chez un notable. Elle était logée, blanchie, nourrie et recevait des gages. Je connais bien l'homme en question : Denis Brodevin a longtemps fait partie du conseil municipal. Dans son jeune temps, il a déposé une poignée de brevets industriels qui ont constitué sa fortune, mais sa philanthropie n'allait pas jusqu'à accueillir une fille-mère pendant des années sans contrepartie. En tout cas, Albertine s'est débrouillée pour rester au village et garder son enfant avec elle. Jusqu'au retour de Silent.

— Que s'est-il passé ?

— Les parents de Gabriel sont morts à deux semaines

d'intervalle. Sa mère, d'abord, puis son père. Le grand regret de leur vie était de n'avoir jamais revu leur fils, naturellement. Et lui, a benoîtement débarqué quelques jours après l'enterrement. La nouvelle lui était parvenue trop tard, s'est-il excusé, mais Gabriel avait gardé le même air hypocrite, cette humilité factice qu'on aurait voulu effacer de son visage. À cette occasion, j'ai appris qu'il était devenu policier.

— Cela vous a surpris ?

— Je crois en la rédemption. Quelqu'un d'autre aurait voulu payer une dette personnelle ou se mettre en paix avec lui-même, mais Gabriel Silent faisait partie de la cohorte des hommes incapables de s'amender. La fatalité, sans doute. Au cours de son séjour ici, très court au demeurant, il a croisé le chemin d'Albertine. Leurs retrouvailles ont fait des étincelles.

— Vous n'avez pas répondu à ma question sur la paternité de son enfant.

— Je n'en sais rien, s'excusa le maire, je vous donne le contexte.

— Cet homme, Denis Brodevin, accepterait-il de me parler ? demanda Soubielle.

— Vous pouvez toujours lui rendre une visite, si vous le désirez. C'était un homme bien jusqu'à ce que cette jeune femme lui fasse perdre la tête.

— À votre avis, pourquoi est-elle repartie avec Gabriel ?

Le maire haussa les épaules.

— Elle a toujours prétendu qu'un jour, il reviendrait la chercher. Cela s'est finalement révélé prémonitoire. Elle avait une bonne place, la meilleure qu'une fille de son rang pouvait espérer, et elle quitte tout pour l'aventure et le vice. Que son vœu se réalise était pour elle une victoire éclatante, celle de l'amour sur le vieux monde. Les jeunes ne sont-ils pas désespérants ?

Louis ne se rappelait pas avoir été aussi malade depuis longtemps. Chaque once de son corps le brûlait et des coliques atroces le faisaient se tordre sur son lit. Il savait que Baldo l'avait empoisonné. Le chauve, d'ailleurs, lui frottait vigoureusement le corps avec un gant de crin pour nettoyer les traces de vomi et d'excréments.

— Tu as été malade cette nuit, mon pauvre lapin !

— Détachez-moi, supplia l'enfant d'une voix pâteuse.

— Plus tard, quand tu iras mieux. En attendant, je vais prendre soin de toi.

Louis passa sa langue sur ses lèvres gercées et croisa le regard de son geôlier. Une lueur menaçante brillait dans ses yeux. Terrifié, il détourna la tête. Les choses se présentaient mal. Comme c'était parti, il crèverait sur ce lit de fer.

— J'ai envie de pisser.

Baldo prit le pot de chambre dans un coin de la pièce.

— Soulève tes fesses.

Quand Louis secoua frénétiquement la tête, Baldo poussa un long soupir paternel, une réaction que l'enfant n'avait jamais vue chez son père, le chiffonnier lui collant plus volontiers des taloches.

— À ta guise, répondit l'homme. Mais c'est le moment ou jamais. Je vais devoir m'absenter, alors tu risques de te faire dessus et là, ce serait de ta responsabilité et je me fâcherais vraiment.

Louis serra les dents. Les muscles de son ventre tremblaient tellement il retenait sa vessie de céder. N'en pouvant plus, il rendit les armes. Baldo glissa alors sa main sous son ventre et saisit entre ses doigts sa petite verge.

— Vas-y, laisse aller.

Humilié, l'enfant mit du temps à y arriver et la miction était douloureuse.

— C'est bien ! Tu es un chef ! Chante ma chanson, maintenant, dit Baldo en entonnant sa version d'*Au clair de la lune*.

Louis se racla la gorge, puis ânonna les paroles de concert, du mieux qu'il put. Sa voix lui paraissait bizarre, comme si un autre enfant, caché en lui, chantait à sa place. L'homme le tripota tout pendant.

— « Ma chandelle est morte », reprit-il en rigolant.

Le garçon pensa à Esther. C'était donc ce qu'elle subissait, la pauvre. S'il réussissait à sortir de cette chambre, aurait-il alors des goûts étranges ? Et ses parents ? Que penseraient-il de lui en apprenant qu'il était devenu tapette ? Ils feraient la gueule.

Baldo se défit de son gilet et de sa grosse chemise, dévoilant sur son épaule un tatouage de femme au regard mélancolique. Il l'avait fait à l'armée, expliqua-t-il à Louis. Un piqueur passait dans les tentes pour vendre ses services. À la fin de la campagne, la moitié du bataillon la portait sur l'épaule. Lui, il s'en foutait, des femmes. Ce tatouage, c'était juste un souvenir. Et puis ça permettait de rouler des mécaniques dans les bistrots. Les clients le regardaient d'un autre œil et réfléchissaient à deux fois avant de lui chercher noise.

Tout en causant, il caressait l'intérieur des cuisses de Louis, qui les serrait convulsivement. L'homme n'était pas contre un peu de résistance. Il pencha la tête de côté, l'air matois.

— C'est l'heure de ta soupe.

Il lui administra la même potion pharmaceutique. Rapidement, la tête de Louis tourna et son cœur battit à toute bringue. La peur de subir les mêmes sévices que la veille le submergea. Difficile d'élaborer un plan au-delà de la première chose qui lui passa par la tête : mordre la main de Baldo quand il voulut essuyer le liquide coulant de sa bouche.

L'homme cria de douleur et, aussitôt, lui assena un coup de poing fulgurant. La cuillère en bois voltigea sous la violence du choc. Un liquide coulait sur le visage de Louis. Du sang ? Un reste de cette satanée soupe ? Une goutte tomba dans son œil, colorant le monde en rouge et apportant ainsi la réponse à sa question. Fou de rage, Baldo lui saisit la mâchoire en étau et versa le pot à même la gueule, heurtant durement les incisives. Le breuvage dégueulasse ruissela le long des joues de Louis, glissa dans son cou et coula sur sa poitrine. Il en avala aussi une grande quantité. La tête lui tourna et il vomit immédiatement. L'homme n'en avait cure, qui retournait l'enfant comme un ballot de paille et se couchait sur lui pour le punir. La lutte était perdue d'avance. Des images envahirent l'esprit de Louis, un rêve de limonade, le parfum du citron et du sucre, le liquide glacé lui pétillant dans la bouche. Au début, il ne reconnut pas les sons qu'il entendait avant d'identifier ses propres gloussements. Baldo abusait de lui et pourtant il riait sans pouvoir s'arrêter.

Salement amoché, le père Clément gisait le long du mur. Quand Millard revint avec du renfort, Caron ordonna au médecin de s'occuper d'Esther de toute urgence ; le bonhomme allongé par terre attendrait. Son épouse pleurnichait dans le panier à salade. Caron se rappela les paroles de Rival : la bonne femme était veule, prête à toutes les trahisons pour sauver sa peau.

— Amène-la, ordonna-t-il au brigadier-chef, qu'elle voie l'état du chef de famille.

Millard faisait la gueule. Il n'appréciait pas de se faire traiter comme un larbin, mais Caron avait décidé de l'humilier, en lui faisant bien comprendre son rôle subalterne. La patronne lui avait raconté bien d'autres choses sur le brigadier-chef, dont un certain nombre de violences sur des Juifs ou supposés tels. Caron s'en doutait, mais pas à cette échelle, et il n'allait pas s'encombrer d'un collègue pareil. Il garderait pour lui l'information sur Octave Plesnel et s'en occuperait seul, à sa manière.

À la vue de son mari, la bonne femme ouvrit des yeux ronds comme des billes.

— Il a glissé et s'est cogné contre le poêle, dit Caron. Mais ce n'est pas ce qui m'inquiéterait le plus, à ta place. La vraie question, pour toi, est la suivante : combien d'années de prison tu vas prendre ?

— Je n'ai rien fait, protesta-t-elle.

Un premier réflexe de dénégation totale, rien de surprenant. C'était la méthode de défense préférée du peuple, le grand classique de la protestation d'innocence.

— Tu vas devoir nous prouver ta bonne foi, sinon tu paieras pour les actes de ton mari. Depuis quand Esther voit-elle des hommes et quel est ton rôle dans cette entreprise dégueulasse ?

La femme hésita. Elle regarda Caron de son œil torve, pesant le pour et le contre, mais, comme Rival l'avait prédit, elle était trouillarde et lâcha tout de suite le morceau.

— Du jour au lendemain, Esther s'est mise à faire des crises affreuses, après lesquelles elle dormait pendant des jours sans qu'il soit possible de la réveiller. Quand elle sortait de cet état, elle était toute bizarre et riait bêtement. Elle se mettait à la fenêtre et aboyait, par exemple. Au fil du temps, elle a perdu son langage. La seule chose qui restait d'elle, c'était son joli visage. Tout le monde trouvait Esther mignonne. Un homme a frappé chez nous, un soir. Il avait remarqué ma fille dans la rue. Au cours de la discussion, il nous a dit qu'elle pouvait rapporter de l'argent. C'est là qu'il a parlé d'arranger des rencontres entre Esther et des hommes.

— Le nom de cette fripouille ?

— Octave Plesnel. Il a juré qu'il n'était pas question d'attenter à son honneur. Il connaissait des hommes désireux d'un peu de tendresse, prêts à payer pour la prendre dans leurs bras et la faire sauter sur leurs genoux. Ce n'était pas la mer à boire, surtout qu'Esther était la moitié du temps dans les vapes.

— Tu te fous de ma gueule ? s'exclama Caron, hors de lui. Esther avait quel âge ?

— Six ans, à peu près.

Caron se trouvait au bord de la rupture. Autant que le crime en lui-même, le récit éhonté de cette femme le mettait hors de lui. Elle ne s'en rendait pas compte, cette folle, comme si l'aveu suffisait à la dédouaner.

— Où avaient lieu ces rencontres ?

— À domicile.

— Plesnel faisait partie des clients ?

— Eh bien, non. Dans les premiers temps, il servait de rabatteur et empochait sa commission. Mais ensuite, les amateurs d'Esther venaient directement ici, sans passer par lui.

— Donne-moi des noms.

— Pierre Rival est venu quelquefois.

— Par deux fois vous avez porté plainte contre lui. Nous l'avons d'ailleurs arrêté très récemment pour une agression sur Esther et vous vous êtes rétractés.

— La première fois, il a refusé de nous payer. On a voulu lui faire peur. La deuxième fois, c'est parce que vous êtes venu chez nous. Sur le moment, ne pas porter plainte aurait été suspect. On ne voulait pas que la police fourre son nez dans nos affaires.

— Qui d'autre voyait Esther ?

— Personne ne donnait son nom. C'était mieux comme ça. Certains préféraient même cacher leur visage. Je me rappelle juste un grand gars chauve avec qui ça dégénérait. À chaque rencontre, Esther déclenchait une crise de haut mal, jusqu'au moment où on a compris qu'il venait pour cette raison. Celui-là, c'est Plesnel qui nous l'avait amené. On lui a dit qu'on ne voulait plus le revoir. Pour les noms, Plesnel pourrait vous aider, à coup sûr, reprit la femme. Il avait mis en place un code. Pour voir Esther, il fallait prononcer une phrase.

— Laquelle ?

— On disait : *Vive la république !* et le client répondait : *Qui prend soin des faibles !*

Caron connaissait l'expression, bien sûr. Grâce à l'État de droit, la république s'enorgueillissait de protéger les faibles, surtout les enfants, et de les aider en cas de malheur. Il s'agissait de leur donner une chance de s'en sortir malgré un mauvais départ dans la vie. Ici, tout le contraire, la pauvre Esther s'en prenait plein la gueule. Dans cette république dévoyée, les faibles buvaient le calice jusqu'à la lie.

— Vous connaissez cet homme ? demanda Caron en lui montrant une photographie de Silent.

— C'est le flic qui est mort. Il était déjà venu chez nous, avec Plesnel.

— Il a vu Esther ?

— Pas au sens où vous l'entendez. Il nous a fait les gros yeux et nous a ordonné de laisser notre fille tranquille. On a dit oui, bien sûr. C'était vraiment un imbécile.

Grimbert passa sa journée à reprendre un à un les procès-verbaux de l'enquête sur la disparition de Louis Demange. Il n'avait jamais vu un tel travail de cochon. Non seulement le temps passé à recueillir les témoignages ne correspondait pas à la quantité de foyers visités, mais en arpentant des rues entières pour en avoir le cœur net, il s'aperçut que les agents en charge de l'enquête avaient menti. Plusieurs familles n'avaient jamais reçu la moindre visite. C'était du sabotage. Il allait faire un rapport salé.

Louis Demange avait disparu près du fleuve, certainement à l'endroit où les enfants avaient retrouvé sa casquette. Grimbert réussit tant bien que mal à retracer son emploi du temps jusqu'à son enlèvement. Le gamin avait d'abord fait la quête pour le spectacle de son père avant de travailler un moment avec le rémouleur. Après, plus rien. Le flic situait l'heure de la disparition aux alentours de cinq heures de l'après-midi. Il donna la priorité aux habitations près du fleuve, mais la casquette se trouvait dans un angle mort, hors de vue, et aucun témoignage ne sortait du lot. De retour au commissariat, il convoqua les agents incriminés pour le travail bâclé et leur passa une engueulade qui fit trembler les murs.

Les agents quittèrent le bureau livides, se voyant déjà révoqués.

Alors, Grimbert se laissa tomber sur sa chaise. Il n'avait pas pensé à Lucienne de la journée. Mais, à présent, la culpabilité le tenaillait et il avait peur de sa réaction. Ce soir, il ferait profil bas ; il était même disposé à lui demander pardon. Mais, alors qu'il s'apprêtait à rentrer chez lui, un agent le sollicita, tournant son képi entre ses mains, mal à l'aise. Une femme voulait porter plainte pour agression.

— Et alors ? demanda sèchement Grimbert, son manteau à la main. Prenez sa déposition.

— Elle dit qu'il s'agit du tueur d'enfants.

— Faites-la monter, soupira le flic, renonçant à sortir.

La femme rousse était laide, lourdement maquillée, et répandait un parfum de crasse et de sexe. Elle s'appelait Erika Dürer et s'exprimait avec un léger accent allemand. Originaire de Hambourg, elle s'était installée à Lyon car, après tout, cette ville en valait bien une autre. Elle habitait dans une ruelle débouchant sur le cours des Chartreux, en face du pont Serin. Non loin de la décharge de la Croix-Rousse.

— Racontez-moi, dit-il

La femme soupira, se gratta la tête. Quelque chose semblait la démanger. Elle regarda ce qu'elle avait capturé entre le pouce et l'index et, d'une pichenette, l'envoya valdinguer dans la salle.

— Je ne veux pas d'ennuis, commença-t-elle en croisant les jambes l'une sur l'autre. Il faut bien vivre, vous comprenez ?

— Franchement, votre façon de mener votre vie, je m'en branle. Rapportez-moi les faits.

Le terrain de la vulgarité la rassura, elle se détendit.

— Ça s'est passé hier soir, commença-t-elle. Je sortais

de mon logement quand un homme a jailli d'un porche avec son chien. Je l'ai abordé, mais il s'est jeté sur moi pour me frapper, avant de me serrer le cou. En me débattant, j'ai réussi à m'enfuir.

— C'est tout ?

— On a essayé de m'étrangler, quand même ! s'offusqua la putain.

— Ce n'est pas ce que je voulais dire, soupira Grimbert. À quoi ressemblait-il ?

— Il s'agissait d'un vieil homme, grand et maigre avec des touffes de cheveux blancs dépassant de son chapeau.

— Vous pourriez le reconnaître ?

— Bien sûr.

Grimbert lui montra quelques photographies de vieux satyres, mais elle ne reconnut aucun visage.

— Pourquoi pensez-vous qu'il s'agit du tueur d'enfants ?

Elle haussa les épaules.

— L'intuition féminine. Et puis la puanteur qu'il traînait derrière lui. Il schlinguait comme s'il vivait parmi les morts.

— À ce point-là ? Vous dites qu'il a pris peur. Que s'est-il passé exactement ?

Elle réfléchit.

— Je crevais tellement de trouille que j'en ai oublié mon français et j'ai eu l'impression que mes hurlements lui ont fait perdre ses moyens.

— Parce que vous parliez allemand ?

— Je ne sais pas. Peut-être.

Grimbert médita une minute cette information. Depuis le début, cette affaire ne tournait-elle pas autour des Boches ? Maurice Allègre, surnommé le Prussien ; le spectacle du chiffonnier mettant en scène un Bismarck canin ; et maintenant, une catin de Hambourg ?

— Vous voyez autre chose ? demanda Grimbert.

— Oui, un petit chien l'accompagnait, un cabot à la gueule cassée, noir comme du charbon. Des chiens miteux, il y en a plein, mais ce clébard, je le reconnaîtrais entre mille.

Le chiffonnier avait lui aussi parlé d'un petit chien, croisé près de la décharge. Deux coïncidences suffisaient-elles pour esquisser une piste ? Plein de circonspection, Grimbert termina de prendre la déposition d'Erika Dürer.

— Vous pouvez y aller.

— Vous ne me faites pas raccompagner ?

— Et puis quoi encore ?

Seul dans son bureau, il se frotta les yeux de fatigue. Il était temps de décrocher du boulot. La priorité, maintenant, c'était de se réconcilier avec Lulu.

La domestique demanda au commissaire de patienter dans le vestibule, le temps d'annoncer sa venue au maître de maison, puis, de retour, elle le débarrassa de son manteau et le traita comme un invité de marque. Les manières dataient d'autrefois, mais à la campagne tout allait moins vite, le temps s'étirait, interminable, et une fois que l'on suivait des usages, on répugnait à s'en défaire. Dès qu'il vit Denis Brodevin, Soubielle comprit une part de la vérité. Les deux hommes s'installèrent dans un agréable salon muni d'un âtre où s'élevait une belle flambée.

— La police de Lyon. Que me vaut cet honneur ?

— Je mène une enquête sur la mort d'un policier en poste à la Croix-Rousse, Gabriel Silent, qui est revenu récemment à La Chapelle-Quincieux pour régler une histoire d'héritage. À cette occasion, il a renoué avec Albertine Champlain, une jeune femme employée dans votre maison. De quoi s'occupait-elle ?

Le visage de l'homme n'exprima rien de particulier, mais ses mains tenaient fermement les accoudoirs de son fauteuil.

— Mlle Champlain effectuait les menus travaux ayant trait au linge comme la couture ou la lessive et, plus généralement, elle participait à l'entretien de la maison. Elle a travaillé ici pendant une longue période, presque sept ans, et nous a quittés au début de l'année dernière. Comment va-t-elle ?

— Elle se porte bien, ainsi que son enfant. Pourquoi est-elle partie ?

— Vous l'avez dit, pour suivre Gabriel Silent.

— Elle se serait enfuie avec l'homme qui l'a abandonnée autrefois, en la laissant soumise à la vindicte ? Cela me semble curieux. Vous avait-elle averti de son départ ?

— Pas vraiment, les circonstances en furent précipitées, répondit-il avec un rire désabusé. Allez savoir ce que les bonnes femmes ont dans la tête !

— Gabriel Silent serait le père de l'enfant d'Albertine. C'est votre opinion ?

— Je ne m'intéresse pas aux coucheries de mes domestiques. Toujours est-il que Mlle Champlain se trouvait dans un état de détresse lorsque je l'ai embauchée. Les villageois voient d'un mauvais œil une femme seule avec un enfant. Elle a trouvé chez moi un asile. Une certaine confiance s'était installée au fil des ans. Le petit a grandi sous mon toit. Je lui donnais des leçons de choses. Son départ m'attriste.

— Quels étaient vos rapports avec elle ?

— Des rapports normaux, d'employeur à employée.

— Rien de plus ?

Denis Brodevin regarda Soubielle dans les yeux un long moment avant de répondre, laconique :

— Non, rien de plus.

— Une dernière chose : était-elle économe ? Ses gages lui auraient-ils permis de vivre plusieurs mois ?

L'homme regarda sur le côté, montrant son profil à Soubielle. Sous cet angle, la ressemblance avec le petit Simon Champlain était flagrante. Même forme du visage, menton identique. Même s'il ne l'avait jamais reconnu officiellement, Denis Brodevin était le père de Simon. Cela expliquait pourquoi il avait accueilli Albertine Champlain sous son toit.

Le mensonge de la jeune femme apparaissait clairement. Elle avait toujours soutenu que Gabriel était le père de son enfant. Alors, pourquoi mentait-elle ? Qu'avait-elle à y gagner ? Et le comportement de Silent devenait encore plus mystérieux. Il installait à Lyon une ancienne maîtresse et s'occupait de son enfant comme s'il s'agissait de son fils, alors qu'il savait forcément que ce n'était pas le cas. Il parlait même de s'enfuir avec elle, en abandonnant sa femme et une carrière politique en gestation, mais là encore, était-ce la vérité ? Et puis, pour en revenir au fond du problème, quel rapport pouvait-il y avoir avec sa mort ? Le seul lien demeurait cette histoire sinistre d'enfant mort et son amitié avec un personnage peu recommandable.

— Elle était nourrie et logée. Peut-être avait-elle des économies ? dit-il platement.

Le commissaire en avait fini. Les deux hommes échangèrent des banalités. Soubielle remercia son hôte, qui le raccompagna dans le vestibule. Dehors, la nuit était tombée et le vent soufflait, glacial. Denis Brodevin demanda à sa domestique de raccompagner son hôte. La femme enfila son manteau et s'empara d'une lampe à huile.

— Désolé de vous importuner, dit le commissaire. Vous travaillez pour M. Brodevin depuis longtemps ?

— Cela fait quinze ans, depuis l'achat du domaine.

— Vous connaissez Albertine Champlain, alors ?

— Oui, bien sûr, répondit-elle.

— Savez-vous qui est le père de son enfant ?

La bonne sourit, convaincue à juste titre que Soubielle connaissait déjà la réponse.

— Il faut vraiment se boucher les yeux pour ne pas le voir, admit-elle, heureuse de cancaner. Mais une seule chose compte, dans ce monde : sauver les apparences. Monsieur entretenait une liaison avec Albertine, dont le secret espoir était qu'un jour il la demande en mariage et reconnaisse l'enfant comme le sien, mais il ne l'a jamais fait. Tant pis pour lui car peut-être en ce cas ne serait-elle jamais partie. Monsieur est tombé dans le piège qu'il avait lui-même mis en place, celui de profiter de la situation. Il pourrait se passer facilement d'Albertine, mais l'absence de l'enfant lui fait mal et comme il ne l'a pas reconnu officiellement, il n'a aucun droit sur lui. C'est aussi simple que cela.

— Mlle Champlain avait-elle des économies ? Ou alors M. Brodevin aurait-il pu lui donner de l'argent ?

— Lui donner de l'argent pour qu'elle reste, oui. Pour le quitter, en revanche, ça m'étonnerait. Mais il existe une autre possibilité. Le soir de son départ, Monsieur a passé un long moment dans son bureau. Il fouillait ses papiers à la recherche de certains livrets d'épargne. Je l'ai entendu pousser des jurons. Il ne les a jamais retrouvés.

— A-t-il porté plainte ?

— Pas à ma connaissance.

— Saviez-vous qu'Albertine Champlain allait quitter le domaine ?

— Cette fille a toujours su saisir sa chance. Elle a réussi à l'ensorceler de nouveau.

— Mais Silent l'avait abandonnée, pourtant ! Comment pouvait-elle ne pas lui en tenir rigueur ?

Elle le regarda, surprise.

— Pas du tout ! Ils s'étaient fréquentés, un temps, mais Albertine tournait déjà autour de M. Brodevin lorsque Gabriel est parti du village. Le drame autour du petit Bisson et son amitié avec l'autre affreux le poursuivaient. Il n'avait plus rien à faire ici. Ses parents étaient effondrés. En tout cas, Gabriel ne les a pas revus de leur vivant. Il ne leur a sans doute jamais pardonné de l'avoir cru coupable. Et puis, quand il est revenu après tant d'années, il était écœuré de voir qu'on les avait enterrés dans la fosse commune.

— Pourquoi donc ?

— Parce qu'ils étaient juifs.

— Pardon ?

— Mais ils ne faisaient rien, expliqua-t-elle en se méprenant sur la réaction de Soubielle, ils priaient leur Dieu chez eux sans rien demander à personne ni faire d'histoires. C'étaient des gens simples, bien loin de tout le cirque qu'on peut lire dans les journaux.

— Le maire ne m'en a pas parlé.

— Il les appréciait beaucoup. Peut-être ne voulait-il pas les discréditer à vos yeux ?

Soubielle ignora le préjugé à son égard. Silent avait caché ses origines juives, ce qui, au fond, n'était pas surprenant dans la société de leur époque. Mais il avait une réputation de tueur de Juif, un passé dans la brigade de choc et une candidature à la députation sous les couleurs d'une ligue antisémite, ce qui, en termes de reniement, faisait beaucoup pour un seul homme. Soubielle était sûr que Geneviève ignorait les racines de son mari. D'ailleurs, Gabriel avait été enterré à l'église sans difficulté. En revanche, Albertine le savait forcément puisqu'elle avait grandi dans le même village, mais encore une fois elle s'était bien gardée d'en parler.

Depuis le début cette femme enchaînait les mensonges et les omissions.

— Vous n'êtes pas le premier à vous renseigner sur Gabriel, reprit la bonne. Un homme est venu il y a quelques jours, c'était le lendemain du jour de l'An. Il a posé des questions, lui aussi, et s'est présenté comme un ami de Gabriel qui voulait le retrouver.

Soubielle la regarda fixement.

— Si vous m'en disiez un peu plus ? Parlez-moi de cet homme.

Grimbert piaffait dans le tramway qui ne roulait pas assez rapidement à son goût. Ce n'était pas la peine de faire tant de réclame pour une machine au train de sénateur. Une fois dans son immeuble, il monta les escaliers quatre à quatre, poussa la porte et, en voyant l'écrin posé sur la table à côté d'une enveloppe à son nom, son cœur sauta dans sa poitrine. Retardant l'échéance, il erra dans la chambre bien glauque. Hormis le parfum de violette, aucune trace de la présence de Lucienne. Se laissant tomber sur une chaise, il resta un long moment à contempler le pli, avant de l'ouvrir.

Chaque mot de la petite vache lui porta un coup de poignard. Dès le début, elle avait regretté leurs fiançailles parce qu'elle savait en son for intérieur qu'elle se fourvoyait. Certes, elle aurait pu s'accommoder de vivre avec un policier, même si ce n'était pas le métier dont elle rêvait pour son époux. Mais ce n'était pas le vrai problème. Ses frasques de la nuit dernière l'avaient dessillée. Les relations d'un couple, estimait-elle, se bâtissaient sur la confiance. Comment pouvait-elle lui accorder le moindre crédit ? Autant arrêter net avant qu'il soit trop tard.

Le flic lut la lettre deux fois, sans reconnaître le style

de Lucienne, comme si on lui avait soufflé les mots à coucher sur le papier : bon vent, Fernand et blablabla ! Il la roula en boule et la fourra dans sa poche. Dans l'écrin, la pierre laiteuse reposait sur son velours. Il referma la boîte d'un coup sec. Lulu allait sacrément le regretter. Après tout, il était flic et l'enquête, c'était son truc. Il tambourina contre la porte de la voisine, qui lui ouvrit dans son habituel tablier bleu.

— Tu as vu Lucienne ?

Le visage du flic tendu à se rompre intéressa beaucoup la femme.

— Elle est partie précipitamment ce midi. Deux hommes l'aidaient à prendre ses affaires.

Il ferma les yeux. Cette fois-ci, Lucienne était accompagnée. Pas besoin d'être grand détective pour comprendre l'entourloupe, le coup était prévu, organisé. Grimbert s'était fait rouler dans la farine. Elle avait profité de son absence pour foutre le camp.

— À quoi ressemblaient-ils ?

— Le premier était un homme bien bâti, brun, chaleureux. L'autre, plus âgé, avait de l'embonpoint, mais quel rigolard.

Grimbert sentit sa paupière battre, un tic nerveux. La femme se délectant de ses réactions, il était sur le point de lui en coller une. Elle posait ses mains sur ses hanches, le bassin légèrement de travers, peut-être était-elle inconsciente du danger ou alors elle aimait les rapports un peu durs.

— Quoi d'autre sur le brun ? Comment s'appelait-il ?

— Aucune idée. Mais ce n'était pas la première fois qu'il venait. Déjà il y a deux jours il a rendu visite à Lucienne. Elle ne vous a rien dit ?

Le flic éprouva l'envie brutale de la gifler. Qu'est-ce

qu'elle cherchait, la voisine, des injures ? Une dérouillée pour jouir un bon coup ?

— Et l'autre homme ?

— Il voulait me prendre en photo parce que je dégageais quelque chose. Il a prétendu que c'était son métier, photographe.

— De l'embonpoint ? Une moustache fine ?

— Vous le connaissez ?

Elle parlait du photographe sur les quais, celui qui jouait au joli cœur. Grimbert allait lui écraser la gueule. Il pensa aux quais et à l'admiration dont elle était l'objet. Quelque chose s'était noué là-bas, maintenant il en était sûr. Le flic sortit son portefeuille de sa poche et fourra une pièce dans la main de la femme.

— Silence absolu ! dit-il d'une voix basse, lourde de sous-entendus.

Les doigts de la voisine emprisonnèrent l'obole. Ses ongles étaient noirs. Elle lui sourit, enchantée de cette aubaine.

— Merci, monseigneur. Si vous avez besoin de consolation, n'hésitez pas.

Il la déshabilla du regard : son regard clair tirant vers le jaune, sa poitrine, ses hanches. Pourquoi pas, pour se dégorger ? Mais une affaire urgente l'appelait ailleurs. Au studio du photographe, un assistant tenant boutique l'informa de l'absence de son patron, qui se trouvait sans doute avec ses amis dans un bistrot de la place Bellecour, car l'heure était grave.

— Pourquoi donc ?

— Vous ne connaissez pas la nouvelle ! s'exclama-t-il en écarquillant les yeux. Émile Zola a publié un tombereau d'ordures dans *L'Aurore* ! Le patron en était tout retourné. Il a dû rejoindre votre collègue, d'ailleurs,

Joseph Millard qui est venu au magasin, ce midi, en compagnie d'une jolie dame, soit dit en passant.

Un gouffre s'ouvrit sous Grimbert.

— Comment s'appelait cette femme ? Lucienne ?

— Peut-être bien.

— Ils avaient l'air de bien se connaître ?

L'apprenti hésita. La nervosité du flic, la rafale de questions auxquelles il le soumettait commençaient à l'inquiéter. Il dansait d'un pied sur l'autre.

— Je ne sais pas. Ils ont avalé une coupe de champagne et ils sont partis.

En sortant de chez le photographe, Grimbert vacillait sur ses jambes. Cette ordure de Millard avait envoyé ses sbires escamoter Lucienne. Il la baisait ? Elle grimpait au rideau quand il la chatouillait avec ses moustaches ? C'était lui, le cocu, en fin de compte. Il comprenait mieux l'air condescendant du brigadier-chef. Grimbert avait beau être bourré, la veille, il se rappelait très bien l'endroit où Millard habitait. Sur le chemin, une palissade abritait un chantier. On construisait des immeubles en place de taudis. Grimbert s'introduisit par un trou entre deux planches. On trouvait de tout, dans un chantier, des palettes, du ciment, des tiges métalliques, parfois des outils. Le flic s'empara d'un bout de tuyau de plomb, l'arme parfaite pour ce qu'il avait en tête et le glissa dans sa manche à la manière des voyous.

Sur la place Saint-Denis, il acheta *L'Aurore* à un vendeur de journaux. Pas tant pour l'article de Zola que pour se cacher derrière le papier. Ils étaient nombreux, les passants, le nez plongé dans « J'accuse ». Malgré sa colère, ou peut-être grâce à elle, l'article le réjouit au plus haut point. Tous ces salopards de généraux s'en prenaient plein la gueule.

L'immeuble de Millard suait la pauvreté. La loge du

concierge était vide, un panneau indiquant qu'il s'était absenté. Il y avait de grandes chances que l'homme soit parti partager son indignation avec des amis. Grimbert vit le nom de Millard sur une boîte aux lettres et fila au troisième étage, la main serrée sur le tuyau de plomb. Une fois sur place, il repéra la porte du brigadier-chef derrière laquelle s'élevaient une voix de femme et la réponse tendue de Millard. On entendait tout sur le palier, on vivait presque avec les habitants. Grimbert s'installa sur les marches, au bout du couloir, le tuyau posé sur ses genoux. Il attendit un moment, observant dans la pénombre ses mains dont il voyait à peine le contour. On ne pourrait pas dire que ce n'était pas prémédité. Il s'apprêtait à faire en toute conscience une énorme connerie.

— J'y vais, lança Millard. Je ne peux pas faire faux bond aux amis, ce soir.

— Sois prudent, répondit sa femme.

Deux mots insignifiants destinés à conjurer le mauvais sort.

— Toujours, répondit-il avec conviction.

Le bruit de leur baiser résonna. La porte s'ouvrit. Joseph Millard portait son uniforme de flic. Il tournait le dos à Grimbert.

— Attends, dit sa femme.

Elle l'enlaça, déposant sur les lèvres de son homme un autre baiser sonore. Il referma la porte derrière lui. Aussitôt, Grimbert fondit sur le brigadier-chef et lui assena un coup violent sur le crâne. Il s'effondra sans un cri mais sa chute résonna sur le palier. Grimbert leva encore son tuyau de plomb mais, au dernier moment, retint son geste. Allait-il vraiment tuer un homme de sang-froid ? Il revit le prolétaire de Fourmies tomber à genoux une balle en plein front.

— Joseph ! appela la femme, troublée.

Grimbert enjamba le corps inerte de Millard et se précipita dans les escaliers.

— Joseph, tout va bien ?

Il se trouvait déjà au rez-de-chaussée et dépassait la loge du concierge quand il entendit des hurlements. Au milieu de la rue, le nez plongé dans *L'Aurore*, il affecta le même air que tous les passants aux prises avec l'article de Zola : la sidération absolue.

Louis se cambrait pour approcher son visage de ses poignets entravés. Il ne manquait pas grand-chose pour que ses dents touchent la corde mais un bruit dans la maison interrompit sa tentative. Baldo apparut, portant dans ses bras un broc d'eau, du savon et une petite trousse de toilette. Il ôta d'un coup sec la paillasse souillée par les diarrhées nocturnes et donna un peu de jeu aux cordes pour nettoyer son esclave. Pendant un moment, il s'amusa à enfoncer son doigt dans les cuisses enfantines, imprimant sa marque, des points rouges sur l'épiderme pâle. Il étala ensuite le contenu de la petite trousse devant lui, un tas de produits de maquillage dont il se servit pour travestir Louis. À l'aide d'un pinceau, il appliqua délicatement de la poudre de riz sur son visage puis il ouvrit un flacon d'encre noire, déposant une gouttelette du bout de la plume au coin de ses yeux. Enfin, il lui peignit les lèvres en rouge éclatant. Louis avait déjà vu des putains à leur fenêtre, portant ce maquillage en étendard, sur la bouche et les paupières, l'outrage du rouge allumant des feux pour les clients. Pour parachever son œuvre, Baldo s'occupa des mains de son prisonnier, lui limant soigneusement les ongles et les recouvrant d'un vernis écarlate.

— Tu es magnifique, souffla-t-il, submergé par l'émotion. Il te manque juste le costume.

Saisi par l'inspiration, le geôlier dévala l'escalier. Louis entendit la porte émettre son singulier grincement puis le verrou claquer. Aussitôt il se remit à travailler à son évasion, se rendant compte avec espoir que les liens étaient lâches. Troublé par ce qu'il faisait à l'enfant, Baldo les avait resserrés avec moins de vigueur. Alors il rapprocha ses mains de sa bouche même si les nœuds lui rentraient cruellement dans les chairs.

Un jour, son père lui avait raconté l'histoire d'un lapin qui s'était rongé une patte pour se tirer d'un piège, une fable montrant à quel point la liberté nécessitait des sacrifices. Mû par ce souvenir, il enfonça ses dents dans son avant-bras, laissant un chapelet de marques sur sa peau. Quand il se rendit compte de ce qu'il faisait, un sentiment de panique l'envahit et il s'agita frénétiquement en tirant sur ses bras et ses jambes. Des extrémités acérées du sommier métalliques s'enfoncèrent dans son dos, provoquant une douleur atroce. Pris au piège, avec l'impression que son corps se faisait transpercer, Louis s'arc-bouta pour secouer le cadre du lit, tirant par à-coups tout en infligeant à ses muscles une tension insoutenable. Ses dents grinçaient et il sentait des veines palpiter à ses tempes. Submergé par une rage immense, il voulait réduire en morceaux son lit de douleur. Alors, comme si la fureur en lui s'avérait prophétique, les soudures se désolidarisèrent dans un bruit de déchirure métallique, la tête du lit bascula vers l'avant et le sommier s'affaissa. Dans l'effondrement, le nœud coulant avait glissé du barreau, libérant ses mains. Il frotta longuement ses chevilles meurtries pour stimuler la circulation quand il entendit un bruit. Le grincement de la porte ? Baldo était-il revenu ? Il retint son souffle, à l'affût d'un pas, d'un craquement, d'un soupir, d'un raclement de chaise, de tous ces sons devenus en si peu de temps atrocement familiers. Une minute passa dans un silence de cathédrale. Il n'y avait personne. Louis avait rêvé. Sans perdre plus de temps, il s'attaqua aux nœuds de ses chevilles. Ses pieds gorgés de sang l'élançaient. Ses mains tremblaient. Ses doigts s'engourdissaient. À force d'acharnement, un infime jeu dans la corde se fit sentir. La première étape était la plus difficile. Quand il réussit à la tirer entre le pouce et l'index, défaire les autres nœuds releva de la formalité. Louis se laissa glisser du sommier, le dos zébré d'écorchures, savourant sa liberté retrouvée en éclatant d'un rire nerveux. Seulement, quand il voulut se redresser, ses jambes se dérobèrent sous lui. Le sang se ruait dans ses membres en une atroce démangeaison. Trépignant, tapant des pieds et des poings sur le sol, il se tordait en tous sens. Une fois la douleur retombée, il se mit péniblement debout et s'approcha de la porte. Les perspectives étaient claires. Il fallait maintenant prendre la tangente, un point c'est tout. En bas, la pièce était plongée dans la pénombre. De pâles rayons de jour filtraient par les interstices des volets. Il se dirigea vers l'entrée cadenassée, tapa dessus plusieurs fois du plat de la main mais, verrouillée, noire et massive, la porte aurait pu lui résister pendant mille ans. Il se rabattit donc sur la fenêtre. À sa grande surprise, les volets lui résistèrent bien que leur loquet fût défait. Elle était condamnée de l'extérieur. Dès lors, il ne lui restait plus qu'à appeler au secours, sauf qu'il se retint au dernier moment. La manœuvre était risquée. Et si son cri parvenait aux oreilles de Baldo ? Il valait mieux, avant toute chose, trouver de quoi se défendre et, pour la première fois, Louis observa les lieux.

La pièce, servant de vaste cuisine, ne ressemblait

pas au taudis qu'il avait imaginé. Meublée d'un joli vaisselier et d'une table paysanne, elle embaumait d'une odeur d'encaustique et, en comparaison, le logement de ses parents tenait de la porcherie. Louis repéra un poêle éteint, un seau de charbon et une pince pour attraper les boulets. Le tisonnier lui plaisait, mais il était sans doute possible de trouver mieux. La console lui apparut comme une évidence et le premier tiroir, en effet, contenait un trésor de couteaux. Louis passa le pouce sur le fil d'une lame qu'il ne trouva pas assez tranchante à son goût, mais son cœur se mit à battre fort quand, dans le tiroir, il vit une pierre à aiguiser. S'en saisissant avec délicatesse, il la cala sur la table. Puis il travailla la lame jusqu'à ce qu'elle soit affilée comme un rasoir. Le raclement de l'acier sur la pierre lui donna la chair de poule. En guise de test, il marqua la table d'une longue estafilade, s'imaginant enfoncer l'acier dans le ventre de Baldo.

Mais soudain, pris de vertige, il dut s'appuyer contre un meuble. Il était affamé. La vue d'une botte de carottes dépassant d'un seau lui fit monter l'eau à la bouche. Il en essuya une contre la robe avant de l'engloutir, délicieuse malgré les grains de sable crissant entre ses dents. Dans sa précipitation, il avala de travers et, au bord de s'étouffer, toussa des débris de légume qui lui ressortirent par le nez. Un rire incoercible le secoua à l'idée qu'il se serait libéré pour clamser d'une fausse route. Il grignota ensuite avec application et, une fois l'estomac apaisé, se dirigea vers la commode. À l'intérieur reposait du linge soigneusement plié, les caleçons longs de l'homme, ses chemises. Pris d'une pulsion, il porta les vêtements à son nez mais l'odeur de son bourreau lui donna la nausée et il les jeta par terre, ivre de rage, les piétinant et les réduisant en lambeaux, puis cracha sur chaque vêtement. L'entreprise de destruction l'enchanta. Alors, il s'approcha du vaisselier exposant de belles assiettes dont l'homme devait tirer fierté. Une par une, il les jeta contre le sol où elles éclatèrent. Quelle tête il allait faire, l'autre, à la vue du désastre, avec ses yeux pâles incrédules et son air con ! C'est alors que son regard tomba sur la trousse de maquillage contenant les poudriers circulaires, les fioles, les pinceaux avec lesquels Baldo l'avait travesti. Il s'en saisit et l'envoya se briser contre un mur. Dans le choc, un petit miroir tomba par terre et roula à ses pieds. En regardant son reflet, Louis se reconnut à peine. Son visage poudré de blanc rappelait une poupée de porcelaine et le rouge à lèvres débordait de sa bouche. Il se frotta vigoureusement le visage avec un torchon, jusqu'à ce que sa peau le brûle. Le miroir lui renvoya alors l'image d'une créature aux contours incertains, dont la face était une ébauche de traces et de coulures.

Soudain, un sifflement enjoué en provenance de l'extérieur le pétrifia. Puis des pas se rapprochèrent de la maison pour s'arrêter devant la porte. Au bruit de ferraille, Louis comprit que Baldo farfouillait à la recherche de ses clés. Il s'empara du couteau et s'accroupit à côté de la porte, les mains tremblantes. Il avait rêvé de ce moment et maintenant, au pied du mur, il crevait de peur.

Aussitôt revenu de La Chapelle-Quincieux, Soubielle apprit l'agression dont Millard avait été victime et se rendit à son domicile. Une voiture de police occupait la rue devant l'immeuble. Geslin, sur place, trépignait de rage. Les ordres claquaient. L'atmosphère était électrique. Le brigadier-chef avait été transporté à l'hôpital et, heureusement, les premiers diagnostics lui donnaient de bonnes chances de s'en sortir.

— Qu'est-ce qu'on sait ? demanda Soubielle.

— Pas grand-chose. D'après sa femme, ils venaient de se dire au revoir lorsqu'elle a entendu du bruit sur le palier. Joseph était étendu de tout son long, sans connaissance. Elle a pris peur et ses hurlements ont alerté les voisins. Certains ont entendu une cavalcade dans les escaliers. L'ordure qui a fait cela n'y est pas allée de main morte.

Le commissaire entra dans l'appartement, un trois pièces simplement meublé. Des photographies de mariage exposaient un Millard jeune, en complet veston, chaîne de montre à la poche. Sur un autre cliché, sa promise lui posait une main sur l'épaule en signe de solidarité maritale alors que tous deux fixaient l'objectif, sérieux comme des papes.

Les cheveux défaits et le visage tordu par l'angoisse, l'épouse aspirait des goulées d'air pour échapper à la noyade. Ses enfants dans ses jupes pleuraient de concert. Un agent, assis à côté d'elle, lui tapotait la main et la rassurait en lui expliquant que Joseph serait sur pied en quelques jours.

Lorsque Soubielle se présenta, elle le regarda, les yeux vagues.

— Il me parle souvent de vous, dit-elle d'une voix éteinte, il vous aime bien.

— Joseph est un homme sur qui on peut compter, répondit le commissaire. Il a beaucoup fait pour la veuve de Gabriel Silent.

Elle eut un moment de trouble, prit une profonde inspiration.

— Ah, Gabriel ! C'était son collègue préféré, dit-elle.

Cela sonnait tellement faux que les hommes regardèrent le bout de leurs chaussures. Soubielle leur ordonna de sortir car il voulait s'entretenir en particulier avec elle. Geslin afficha un drôle d'air, mais ce n'était rien en comparaison de celui de la femme, qui exprima un désarroi soudain.

— Pour comprendre ce qui est arrivé à Joseph, précisa Soubielle, j'ai besoin de vous poser quelques questions. Où allait-il ce soir quand il vous a quittée ?

— L'article de l'écrivain l'avait mis très en colère. Il partait manifester avec ses amis.

Soubielle se doutait que la Ligue saisirait l'occasion pour faire une démonstration de force. Sur le chemin, il avait vu des grappes de protestataires aux visages fermés se diriger vers la place Bellecour.

— Vous avait-il parlé d'une menace éventuelle ?

— Joseph savait se défendre. Il ne craignait rien.

— Y a-t-il eu quelque chose d'inhabituel ces derniers temps ?

— Dès qu'il en a l'occasion, mon époux passe voir si tout va bien. Il embrasse les petits. Il leur recommande d'être sages avec moi. Le dimanche, nous allons à la messe. Notre vie est réglée comme du papier à musique.

Elle hésita un instant. Soubielle l'encouragea du regard.

— Je me souviens d'une journée différente, toutefois. C'était un de ses jours de congé et il avait passé son temps à travailler pour Bergeron en vue des élections. Il était revenu préoccupé, de fort mauvaise humeur.

— Vous vous souvenez de la date ?

— Il me semble que c'était le 2 janvier dernier.

— Qu'a-t-il fait précisément ce jour-là ?

Elle réfléchit un court moment puis se dirigea vers une commode. D'un tiroir, elle sortit une enveloppe qu'elle tendit au commissaire. Il jeta un œil à l'intérieur.

— Joseph vous a-t-il parlé de Gabriel Silent récemment. Que ressentait-il à son égard ?

— Ils se connaissaient bien, c'est vrai. Ils ont même longtemps travaillé ensemble. Mais, depuis, leurs relations s'étaient rafraîchies. Joseph n'était plus du tout sûr que Silent fût un bon candidat.

— Il vous a dit pourquoi ?

Elle secoua la tête, incapable de répondre.

— Non, mais sa mort l'a perturbé.

— Avez-vous connaissance d'un endroit où Joseph pourrait cacher des affaires ? Dans cet appartement, une cave ou un grenier, ou peut-être même un autre local ?

— Qu'est-ce que vous cherchez ?

— Je suis désolé, madame, je vais devoir procéder à la fouille de votre logement.

Soubielle donna ses instructions aux agents qui

obtempérèrent sans pouvoir cacher leur surprise. Geslin regardait le commissaire avec autant de colère et de dégoût que s'il avait ordonné la profanation d'une sépulture. La bonne de Denis Brodevin avait dressé un portrait éclairant de l'homme venu se renseigner sur Silent. Il correspondait en tout point au portrait de Millard. La description de ses bacchantes, notamment, était très précise. Et cet homme s'était décomposé en apprenant que les parents de Silent étaient juifs. Il n'avait pas pu cacher le trouble que cette information lui inspirait. Or l'enveloppe contenait un billet de train pour La Chapelle-Quincieux, daté du 2 janvier. Millard, bien sûr, n'avait jamais partagé cette information avec le groupe d'enquête.

— Nous venons de trouver une arme, dit un homme.

Soubielle reconnut un revolver d'ordonnance, modèle 1892. C'était ce calibre de 8 mm qui avait servi à abattre Gabriel Silent. Il fit mettre sous scellé la pièce à conviction.

Un agent, diligenté par la préfecture de police, se rua dans l'appartement. Il portait un message urgent. Le préfet ordonnait la réquisition immédiate de toutes les forces de l'ordre parce qu'il y avait de gros remous en ville, des attaques ciblées contre des Juifs, des blessés graves, des morts.

Place Bellecour, des hommes haranguaient la foule au sein de laquelle se profilaient de nombreux agents en uniforme et, bientôt, Bergeron se hissa sur une estrade de fortune pour prendre la parole, déclenchant des salves d'applaudissements :

— Mes amis ! Avec vous, hier soir, je fêtais l'acquittement du commandant Esterhazy par la justice militaire. Nous étions des centaines de milliers à partager ce bonheur. Des scènes de liesse ont eu lieu dans la France entière. Hélas, nous avons fait preuve de naïveté. La youtrerie internationale n'a pas mis longtemps à réagir par l'intermédiaire de ses roquets. Zola vient de publier une tribune anti-France dans le torchon de Clemenceau, le bien mal nommé *L'Aurore* ! *L'Aurore* en robe de putain, devrait-on dire ! Chaque mot de cette tribune est un glaviot craché au visage de nos militaires. Il s'agit là d'une déclaration de guerre. Ces salopards de Juifs n'ont pas le droit de toucher à l'armée ! Aujourd'hui, nous vivons sous le régime corrompu d'une république libérale, mais demain, qui sait ? Ah, demain… Avec un peu de courage, nous mettrons à bas ce parlementarisme mortifère ! Mais, pour préparer l'avenir, mes amis, je vous invite à défiler dans les rues de Lyon dès maintenant afin de faire la démonstration éclatante de notre détermination.

Les cris d'approbation transformèrent la place Bellecour en une nef assourdissante de clameurs. Marian, au milieu de la foule, se rappelait l'élan patriotique qui avait frappé les jeunes gens en plein cœur lors de la mobilisation en 70. En ce soir de janvier, le même frisson nationaliste secouait la foule, à la différence qu'il se tournait vers un autre ennemi : le Juif qui, infiltré dans tous les rangs de la société, sapait les fondements de la mère-nation.

Des hommes ivres beuglaient leurs conneries militaires en se bousculant, prêts à se réduire en charpie. Marian s'éloigna de la foule. Les quais, au moins, paraissaient calmes, là où l'eau noire reflétait les halos des becs de gaz. Le Capitaine regardait rêveusement le fleuve. L'animal était vieux et pelé, sa gueule déformée. Marian l'avait recueilli des années auparavant, le jour de son accident, lorsqu'une charrette lui avait écrasé le museau. Des passants souhaitaient l'achever parce qu'il poussait des plaintes effroyables mais le vieil homme, pris de pitié pour ce paria, l'avait ramené chez lui dans l'idée de le soigner. Il l'avait abreuvé au compte-gouttes pendant des semaines. Le cabot aurait dû y passer, mais, contre toute attente, il s'était rétabli, gardant pour séquelles son museau tordu, des dents brisées et, bien sûr, une reconnaissance éternelle envers son nouveau maître.

— Marian Berkowitz ! Le meilleur d'entre nous !

Le vieil homme se retourna. Michel Dessien se dressait devant lui, entouré de compagnons munis d'armes de fortune, des barres de fer ou des casse-têtes.

— Allez, viens, l'ami, la ville a besoin d'une bonne épuration.

Marian attrapa son chien et mit ses pas dans ceux de la troupe. Dans l'air, des étincelles de violence, des chants militaires spontanés comme des départs de feu, des *Vive l'armée !* éclosant comme des fleurs au printemps. Les hommes tapaient sur les lampadaires avec leurs barres de fer et demandaient leur nom à des passants apeurés qui, bizarrement, s'appelaient tous Dupont, Martin, Lignac ou Marceau.

— Je connais une mercerie tenue par des Juifs, dit Dessien. J'ai un compte à régler avec eux. C'est le moment idéal.

La boutique s'appelait « Au Fil du bonheur, maison Wittstein » écrit en belles lettres rouges toutes neuves sur un panneau de bois. Un rideau de fer protégeait la vitrine mais ce n'était pas grand-chose pour des hommes motivés. En deux minutes, ils l'avaient sorti de son rail, sous les encouragements d'un vieillard agitant sa béquille. La vitrine était belle ainsi mise à nu et Dessien la brisa d'un jet de pavé. Les hommes investirent le paradis des couturières, remplissant leurs poches de bobines, de boutons et de paquets d'aiguilles avant de jeter dans la rue les machines et les rouleaux de tissu.

Un escalier donnait sur l'étage. Dessien s'y engouffra, suivi de ses compagnons. Marian entendit des cris d'homme que l'on rouait de coups, des supplications vaines, des hurlements de petite fille qui s'éternisèrent, lui rappelant des souvenirs de la déroute, les Prussiens pillant et violant dans la belle discipline de leur brutalité. Quand les amis redescendirent, ils portaient sur leur visage la jouissance d'avoir commis des actes ignobles et irrémédiables.

Dehors, des flammes merveilleuses s'élevaient de la marchandise arrosée de pétrole. Les jolis tissus brûlaient comme de la paille. S'étant approché d'un peu trop près, le vieillard à la béquille avait pris un retour de flamme et sa barbe fumait en dégageant une odeur de roussi.

Pour fuir les forces de police, qui chargeaient à deux rues de là, Dessien et ses hommes se rabattirent près du fleuve. En longeant la berge, ils pourraient se disperser dans les faubourgs de la ville, rentrer tranquillement chez eux et dormir du sommeil du juste. Mais, au cours de leur débandade, ils tombèrent sur une rixe. Deux groupes s'affrontaient. On entendait de loin les invectives et les menaces d'hommes prêts à s'entretuer.

Marian reconnut son ami Désiré Blovski. D'une main manquant d'assurance, il brandissait une lame ; pire que ça, il était pris de panique, ça se voyait sur son visage. Devant lui, deux hommes faisaient écran mais, acculés sur la jetée par un ennemi supérieur en nombre, ils se trouvaient en fâcheuse posture.

— Tant qu'à nettoyer la ville, s'écria Dessien, autant faire les choses à fond !

Lorsqu'il vit des renforts se joindre à ses agresseurs, Blovski afficha un air désespéré, mais il n'eut pas le temps de s'appesantir sur la présence de Marian à leurs côtés car le ligueur, l'air mauvais, marchait sur lui pour le transpercer. C'est le moment que choisit le Capitaine pour pousser des aboiements de joie. La dernière fois qu'il avait vu l'internationaliste, l'animal s'était rempli la panse, alors il le considérait comme un bon copain. Il sauta des bras de son maître et se faufilait entre les paquets de jambes quand Blovski se jeta au sol pour éviter le coup de pied-de-biche de Dessien. La barre s'écrasa sur l'arrière-train du Capitaine, qui glapit de douleur, les reins brisés, cloué au sol. Un tremblement le secoua, puis plus rien. Ses yeux immobiles fixaient le vide. Pris de folie, Marian se jeta sur Dessien et commença à le rouer de coups, déclenchant une nouvelle échauffourée. Des hommes se joignirent à la mêlée pour les séparer. Les coups pleuvaient. Rien n'y faisait. Le vieil homme était encore capable d'en encaisser. Il tenait Dessien par le col et cognait tout ce qu'il pouvait jusqu'à ce qu'un choc énorme au crâne le fasse lâcher prise. Sa respiration s'arrêta. La maison aux bardeaux rouges semblait abandonnée. Où était passée la jolie jeune femme rousse dont le sourire radieux portait tant d'espoir ? Les images troubles d'un accouchement fatal et de l'enterrement le plus triste qu'il ait vécu remontèrent en lui.

Du sang coulait abondamment de sa tête, ruisselant sur son visage et se déversant sur son manteau tel un plastron rouge et liquide. Les Ardennes resplendissaient des tons lumineux de l'automne. Dans le hameau, les soldats morts trinquaient. Sans doute fêtaient-ils une victoire. Les mouches enivrées tournaient autour de leurs têtes ou s'affairaient sur leurs visages couverts d'acné. Des gamins. C'étaient des gamins que l'on envoyait faire la guerre. Ils regardaient Marian, mais n'avaient pas l'air fâché contre lui, au contraire, ils l'attendaient depuis longtemps et n'avaient jamais douté qu'il finirait par les rejoindre.

*Le Trombone*, une ancienne auberge de voyageurs transformée en cabaret, se dressait à l'extérieur de Ville-franche, son domaine d'exercice nécessitant une certaine tranquillité. Des lampions de couleur éclairaient la façade aux fenêtres desquelles des silhouettes de femmes, les mains croisées derrière la tête, refaisaient leurs chignons. Près de la porte d'entrée, une affiche annonçait le titre du spectacle du soir : *Mort aux traîtres !* au-dessus du portrait d'Émile Zola, grossièrement dessiné au fusain. Lorsque Caron avait vu Plesnel pour la première fois, le gros tas lui avait rappelé quelqu'un sans qu'il pût mettre précisément le doigt dessus. Maintenant, il comprenait. Le pervers ressemblait à l'auteur de *La Débâcle*.

À l'intérieur, des grappes de spectateurs s'agglutinaient au bar, le visage rouge et baigné de sueur, en buvant *à la France*. Caron commanda un verre. La gnôle était dégueulasse. *À la France*, oui, jusqu'à l'écœurement !

Un jeune homme à la fine moustache, désireux d'entamer la conversation, lui passa un bras autour des épaules. Caron se hérissa au contact de l'importun, à l'haleine chargée d'alcool et aux visées douteuses, qui finit par lui poser une main sur la poitrine. On ne pouvait faire invitation plus explicite. Il s'apprêtait à lui murmurer des mots doux mais, le devançant, Caron lui tordit brutalement les doigts. Le jeune homme glapit avant d'afficher un air chagrin. Une belle prise lui échappait. À ce moment-là, les flambeaux s'éteignirent, saturant la salle de noir absolu. Des blagues grivoises et des encouragements salaces s'élevèrent du public. Une femme roucoula aux caresses de son homme, déclenchant des sifflets. Sur scène, les acteurs se faisaient attendre. Qu'est-ce qu'il foutait, Plesnel ? On enflamma des torches derrière les pendrillons et le rideau s'ouvrit enfin à la satisfaction générale. Une table, des chaises, un décor épuré ; la magie du théâtre. C'en était presque poétique. Le silence, aussitôt instauré, fut brisé par des ordres gueulés en allemand et apparut sur la scène une femme se traînant à genoux. Sa grosse poitrine ballottait dans des vêtements déchirés et sa tête était ceinte d'une couronne de fleurs aux couleurs de la France. Caron assistait à un spectacle cocardier comme il y en avait tant. Un soldat prussien se dressa derrière l'actrice qu'il empoigna par les cheveux d'un geste rodé par l'habitude et, à la satisfaction générale, déboucla son ceinturon. Le pantalon gris dégringola sur ses chevilles. Les femmes du public gloussèrent, des hommes aussi. Belle bête, ce Prussien ! L'acteur colla une main sur la bouche de la femme et se mit à la besogner tandis qu'elle se tordait sous ses coups de boutoir. Il y allait de bon cœur, à l'allemande, tandis qu'elle implorait pitié. Au cours du coït, il la gifla plusieurs fois en l'injuriant, puis il sortit son pistolet, le dirigea sur la femme et pressa la détente. Un petit drapeau allemand sortit du canon. La femme esquissa une volte et s'effondra au ralenti, jupes retroussées, dévoilant l'intimité rougeoyante à l'intérieur de ses cuisses.

Des rires sardoniques jaillirent du public. La poitrine de la femme se soulevait au rythme de sa respiration. C'est alors qu'arrivèrent des Juifs minuscules et agités, en réalité une troupe d'enfants grimés à la suie. Ils dansèrent autour du corps de la femme en pointant l'intérieur de ses cuisses avant de la traîncr dans les coulisses. Le rideau se ferma. Fin du premier acte.

D'après les conversations, Plesnel ne s'était pas foulé. Le viol d'une Française par un Prussien figurait parmi ses grands classiques, alors les habitués espéraient que le gros avait autre chose dans sa musette. Caron se mêla aux clients du bar. Le jeune homme moustachu qui lui avait fait du gringue s'était rabattu sur un autre compagnon. Leurs yeux brillaient de désir.

— C'est qui, ce Plesnel dont tout le monde parle ? demanda-t-il à son voisin.

— Le grand artiste de la maison, ricana l'homme. Il est de mèche avec la patronne. Après le spectacle, les bourgeois sont censés se ruer sur les filles.

— Et ça marche ?

— Faut croire.

— Il travaille ici depuis longtemps ?

La question de trop. L'homme glissa de son tabouret pour se réfugier à l'autre bout de la salle. Peu après, douze coups de ce bâton qu'on appelait brigadier retentirent pour signifier la reprise. Acte II. Ouverture. Un gros homme au ventre proéminent, complètement nu hormis un maillot de corps et un nœud papillon, se caressait la poitrine. Octave Plesnel, au sommet de son art. Les enfants déposaient des liasses de billets à ses pieds : « Vos petits cadeaux, monsieur Zola. En remerciement de votre travail acharné. » Le soldat prussien apporta un verre de liqueur à l'écrivain, qui se frottait les mains, ravi d'avoir mis la France plus bas que terre. Ses amis juifs sauraient le récompenser. Les spectateurs soudés par l'indignation vomissaient des injures antisémites en se pressant contre la scène. Lorsqu'un chant de légionnaires monta des coulisses, les hommes levèrent les bras au ciel tandis que des prostituées désœuvrées battaient des mains, tous reprenant le refrain à tue-tête.

Quatre soldats français, pantalons rouges et vareuses bleues, envahirent la scène sous les hourras de la foule. Ils poussèrent le Prussien et les Juifs contre le décor et firent mine de tirer en criant *Pan ! Pan !* comme des enfants dans la cour de l'école. Le militaire s'effondra en tirant la langue et en roulant des yeux, meilleur fornicateur que comédien. Les soldats suivaient du bout de leur canon et tiraient comme des lapins les petits Juifs qui sautaient comme s'ils recevaient du plomb dans le cul. Fiers du devoir accompli, les soldats s'essuyèrent le front. Ça faisait du bien à la France, ça, un bon coup de balai ! Ils riaient et se serraient la main. C'était bon, ça ! Puis ils se souvinrent de la présence de Zola et, d'un mouvement collectif mal chorégraphié, se tournèrent vers le gros bonhomme qui entrechoquait ses genoux. Il secouait sa tête dans tous les sens, ses joues tremblant à l'avenant, et adressait des grimaces affreuses au public. Les gens riaient, mais riaient, ils en avaient les larmes aux yeux.

— Quelle punition pour le traître ? demandèrent les soldats.

— La mort ! cria une femme dans la salle, avant d'éclater d'un rire aviné.

Le mot se répandit comme une traînée de poudre et, en un instant, le public scanda : « À mort le traître ! À mort le youpin ! »

Les soldats giflèrent Zola et se le renvoyèrent comme un sac de frappe. Il se traînait à genoux, implorant le pardon. Un militaire mit alors son arme sur la tempe de l'écrivain et appuya sur la détente. La détonation fit un bruit épouvantable. Un flot de sang jaillit du crâne de Plesnel, provoquant de nombreux cris d'horreur dans le public. Le gros bonhomme s'effondra à plat ventre sur la scène tandis que le militaire, absolument épouvanté, regardait le bout fumant de son canon.

Le corps était celui d'un vieil homme à qui on avait défoncé le crâne. Une couronne de fer, si serrée qu'elle lui rentrait dans les chairs, ceignait son front, attirant la curiosité de tous les flics. Soubielle observa la peau boursouflée, sillonnée de plaies suppurantes. De son vivant, la victime devait souffrir le martyre. Grimbert, arrivé sur les lieux quelque temps avant le commissaire, avait procédé aux premiers constats.

— De vieilles connaissances sont mêlées à l'affaire : Désiré Blovski et Michel Dessien. D'après ce que j'ai compris, les agresseurs sont membres de la Ligue. Tout le monde désigne Dessien comme le meneur du groupe. Au cours de la rixe, le vieil homme, Marian Berkowitz, a perdu la vie, mais il y a autre chose. Venez commissaire.

Grimbert désigna une forme sombre étalée sur le sol, un petit chien noir à la gueule cassée dont les yeux vitreux n'exprimaient plus rien.

— Une putain est venue déposer plainte pour une agression dont elle aurait été victime, expliqua Grimbert. Elle m'a parlé d'un vieil homme et d'un chien exactement semblable à celui-ci, en prétendant que son agresseur était le tueur d'enfants. Or le chiffonnier a aussi parlé d'un chien qu'il avait croisé dans la décharge la nuit où il a découvert le cadavre de Maurice Allègre. Blovski prétend que le chien appartenait à Berkowitz.

Les deux flics retournèrent près de l'internationaliste accablé, qui se tenait la tête entre les mains.

— Cet homme avait-il l'habitude de s'en prendre aux enfants ?

— Vous voulez rire ? C'était la personne la plus pacifique que je connaisse. La guerre l'avait beaucoup marqué et, depuis, il fuyait toute forme de conflit. Il y a quelques jours, j'ai accueilli Marian chez moi, pour qu'il mange à sa faim. Il formait un joli tableau avec le Capitaine endormi sur ses genoux.

— Qu'est-ce que vous venez de dire ? s'écria Soubielle. Quel capitaine ?

— Le Capitaine, répondit Blovski, surpris. C'était le nom de son chien.

— Où logeait Berkowitz ?

Blovski soupira. Quand on commençait à parler avec la police, on mettait le doigt dans un drôle d'engrenage.

— Rue Servant, en sous-sol. La seule façade avec une simple porte, sans fenêtre.

Avec ses magasins saccagés, ses lampadaires abattus et ses multiples départs de feu, la ville offrait un spectacle de désolation, comme si la population lyonnaise était brutalement devenue folle. Des gendarmes à cheval chargeaient pour disperser les attroupements, renversant des hommes dont certains restaient à terre en poussant des hurlements.

— Tu as appris l'agression de Millard ? demanda Soubielle.

— Tout le commissariat est sur les nerfs. Des gardés

à vue se sont pris des coups gratuitement, répondit Grimbert.

— Il paraît que tu étais avec Millard, Geslin et tout un groupe de policiers, hier soir. Je ne savais pas que Millard et toi vous entendiez bien.

— Ce n'est pas le cas. On a bu un coup, à *L'Olympe*, avant de poursuivre la soirée ailleurs, mais c'était une rencontre fortuite, se justifia Grimbert. J'y ai vu l'occasion de faire la paix sur le dos de Dreyfus.

— Une idée du coupable ?

— Comme Silent, Millard avait plein d'ennemis, répondit-il évasivement.

Lorsque le commissaire Soubielle lui apprit ce qu'il avait découvert à La Chapelle-Quincieux, les mensonges d'Albertine Champlain, les origines juives de Silent et la présence là-bas, le 2 janvier, d'un homme en quête d'informations correspondant trait pour trait au portrait de Millard, Grimbert en resta bouche bée. Le récit de la découverte de l'arme chez le brigadier-chef le cloua sur son siège.

— Pourquoi le tuer ?

— La Ligue déteste les Juifs. La veuve de Gabriel et Albertine Champlain ont toutes deux insisté sur le fait qu'il s'agissait d'une… conversion récente, pas vraiment fondée sur des convictions. Je me demande ce qu'il avait en tête. En découvrant la vérité sur ses origines, Millard s'est senti trahi. Maintenant, reste à savoir si ce dernier a agi sur ordre. On va devoir attendre un peu avant d'avoir des réponses puisque le brigadier-chef est à l'hôpital.

À leur arrivée dans l'étroite rue Servant, une odeur nauséabonde de déjections et de pourriture flottait dans l'air. Comme ce quartier de la ville ne connaissait pas encore l'assainissement, les riverains déversaient leurs déchets dans la rue. Soubielle et Grimbert découvrirent une porte en bois vermoulu dont la serrure éclata au premier coup de pied. Aussitôt, la puanteur en provenance de la cage d'escalier suffoqua les deux flics qui durent plaquer un mouchoir sur leur nez. Les marches menaient à une cave minuscule aux allures de décharge où s'entassait un bric-à-brac innommable de caisses dc tailles diverses remplies d'un bazar d'outils, de couverts, de flacons sans étiquette, mais aussi d'une poignée de médailles et d'un daguerréotype représentant une jeune femme rousse. La maison suintait l'humidité ; l'ensemble était sale, vétuste, sur le point de tomber en poussière.

Grimbert ouvrit la porte d'une armoire qui produisit un effroyable grincement, se désolidarisa de ses gonds et resta entre ses mains alors que la puanteur devenait épouvantable. Une caisse métallique reposait sur une étagère. Regardant à l'intérieur, le lieutenant poussa un cri d'horreur. Le contenu de son estomac remonta dans sa gorge et il vomit plusieurs jets d'une bile âcre.

Dans la boîte, il y avait une tête humaine suintante, aux cheveux blond filasse dans lesquels s'activait la vermine. La décomposition avait détruit le visage, un liquide brunâtre s'épanchant par les différents orifices. Une paupière frémissait doucement. La tête était méconnaissable. Il était impossible de l'identifier, même s'il était probable qu'elle avait appartenu à Maurice Allègre. La décomposition était trop ancienne pour qu'il s'agisse de Louis Demange. Soubielle continua à fouiller l'endroit, s'arrêtant parfois pour respirer dans son manteau, mais il ne trouva aucune trace d'un autre enfant.

Étendu de tout son long, Plesnel ouvrit deux petits yeux porcins au milieu de son visage ensanglanté, dévoila ses dents en un large sourire et se releva, toujours aussi peu vêtu, pour entamer un numéro de claquettes. Le public applaudissait à tout rompre. Les acteurs saluèrent en se donnant la main. Le soldat prussien, de nouveau gaillard, poursuivait l'actrice à la cocarde de ses assiduités. Plesnel disparut dans les coulisses en tortillant du cul, aussitôt suivi par Caron.

L'acteur essuyait le sang factice sur son visage en plaisantant avec le Prussien.

— Tu as de l'avenir dans le métier, mon gars ! Quand j'étais jeune, les dames se plaignaient de mon endurance. Elles disaient : « Oh, non, Octave, c'est trop, tu me tues ! »

Mais à la vue du flic campé dans l'embrasure de la porte, le gros tas se décomposa.

— Messieurs, annonça Caron, Émile Zola et moi avons besoin d'un peu d'intimité.

Comme les acteurs voyaient dans les yeux du flic des lueurs déplaisantes, ils ne se firent pas prier pour débarrasser le plancher. Ayant perdu toute grâce, il ne restait plus de Plesnel qu'un tas de graisse difficile à porter. Sans rien dire, il sortit ses affaires d'une petite valise, enfila une robe de chambre sans nouer la ceinture. Exposer ses parties génitales ne le gênait en aucune manière, au contraire, il y prenait un certain plaisir. Puis il se rinça le visage dans l'eau douteuse d'une bassine. Sans ses lunettes et son grimage, il ressemblait moins à l'écrivain.

— Le vieux truc du sang de bœuf, expliqua-t-il. Je presse une poire dans mon dos, le sang remonte dans un tuyau accroché derrière mon oreille. On y croirait, non ? Et la femme qui se fait violer, c'est une putain. Elle a du talent, cette petite. Contrairement aux apparences, elle adore ça.

— Ferme ta gueule.

— Faudrait savoir. De quoi veux-tu causer ?

— D'abord de Gabriel Silent. Tu as disparu le lendemain de sa mort. Impossible de te mettre la main dessus. Explique-toi.

— Une coïncidence, lâcha Plesnel, soudain inquiet.

Ni une ni deux, Caron lui colla son poing dans l'estomac. Le gros homme ouvrit la bouche, le souffle coupé et n'eut pas le temps de reprendre ses esprits que le flic, l'attrapant par les pans de sa robe de chambre, le colla au mur et lui serra le cou. Plesnel essayait de se dégager, en vain. Le teint violacé, la langue pendante, il était sur le point de perdre connaissance lorsque Caron lâcha prise, au dernier moment, le laissant s'effondrer dans la loge. Rauque et ponctuée de hoquets, sa respiration faisait un bruit de machine à vapeur. L'étranglement fonctionnait bien sur les gros lards. Le flic donna alors de violents coups de pied dans les côtes du bonhomme qui poussait des couinements et levait les mains en signe de reddition.

— Tu connaissais Silent. Des témoins vous ont vus

ensemble, à plusieurs reprises. Comment expliques-tu qu'un flic fréquente un abruti tel que toi ?

— J'avais fait une connerie, avoua Plesnel, le visage tordu de douleur, une histoire de prostitution avec une gamine. Ça chauffait pour moi. Silent m'a proposé de mettre l'affaire sous le boisseau si je travaillais pour lui.

La minable entreprise de prostitution des Clément sur la pauvre Esther… comprit Caron. La république des faibles.

— Silent n'a rien fait pour sauver la gamine ?

— Il les a vaguement menacés, alors ils ont fait profil bas pendant un moment. Mais surtout votre collègue se servait de cette histoire comme d'un levier sur moi pour que je lui donne toutes sortes d'informations sur les escrocs, les pervers et les politiciens, particulièrement les sympathisants de la Ligue. À ce sujet-là, c'était le flic le mieux informé de Lyon. Un jour, je lui ai balancé une information qui l'a sidéré, la présence à Lyon d'un homme qu'il connaissait.

— Vas-y, crache. Comment s'appelle-t-il ?

— Baldo.

— C'est quoi ? Un surnom ?

— Je n'en sais rien. Nous devions aller chez lui le soir de sa mort. Il habite au bout de la rue Duquesne, tout près du parc de la Tête d'Or.

— Qu'alliez-vous faire chez ce type ? demanda Caron, qui se sentait approcher du but.

— Le gamin dont vous avez retrouvé le corps dans la décharge vivait chez Baldo depuis un bout de temps. Silent venait de le comprendre et l'idée lui était insupportable. Il voulait lui régler son compte.

— À quoi ressemble-t-il ?

— Il est grand, chauve, et porte une tête de femme tatouée sur l'épaule.

— Pourquoi allait-il là-bas avec toi ?

— Il voulait m'utiliser pour le piéger.

— Et ?

— Je veux des garanties.

— Tu n'es pas en mesure d'exiger quoi que ce soit.

Plesnel se racla la gorge.

— Je vais vous dire ce que j'ai cru voir, alors, mais je me trompe peut-être. Sur le chemin, Silent s'est aperçu que deux hommes le suivaient, les deux autres flics de la brigade de choc : Millard et Geslin. Une petite réunion de famille se préparait. Je n'avais aucune envie de leur tenir la chandelle, alors je me suis barré. Le lendemain, quand j'ai appris la mort de Silent, je me suis dit que ce ne serait pas mal de me mettre au vert un moment. L'air est franchement malsain à Lyon.

— Pourquoi suis-je en détention ? demanda Blovski. Parce qu'on a tenté de m'assassiner ? Parce qu'un de mes amis est mort au cours de la rixe ?

— Tu es dans un sacré merdier ! répliqua Grimbert.

L'internationaliste le regarda d'un air ahuri.

— Que sais-tu sur Marian Berkowitz ? demanda Soubielle.

— Cet homme avait sombré dans la misère. Je lui donnais du pain, du charbon, la pièce à l'occasion, afin qu'il pousse sa vie un peu plus loin. Personne ne se souvenait de lui, comme si la république avait tiré un trait sur les combattants de 70. Nous appartenions au même contingent, à Sedan, jusqu'à la débandade. Marian avait continué à se battre en tant que franc-tireur et, une fois de retour à Lyon, nous nous étions rapprochés lors de la Commune. Depuis, nous avions gardé quelques relations, même si elles s'étaient distendues au fil du temps. Le pacifisme, le Grand Soir, la solidarité prolétarienne, tout cela ne l'intéressait pas vraiment. Mais que se passe-t-il, au juste ? Pourquoi m'interrogez-vous sur Berkowitz ? De quoi le soupçonnez-vous ?

— Tu te rappelles le cadavre de la décharge ? Nous

avons retrouvé sa tête chez Berkowitz. S'intéressait-il aux enfants ?

L'internationaliste en eut le sifflet coupé.

— Il avait des côtés étranges, des frayeurs soudaines, mais je ne l'ai jamais entendu tenir de discours douteux sur les gamins. Marian Berkowitz, un satyre ? C'est invraisemblable, même s'il ne tournait plus très rond. Selon lui, la ville était infestée d'espions allemands qui communiquaient avec leur état-major, de l'autre côté du Rhin, par l'intermédiaire des courants aériens. Leurs pensées naviguaient dans les airs, si vous voulez. Au début, cela faisait rire, mais la folie lasse vite. Les gens ont préféré l'oublier.

— Ça se tient, dit Grimbert. L'obsession des Allemands : le petit Prussien ; Bismarck ; Erika Dürer. Tous ont un lien avec la phobie germanique de Berkowitz.

— Que sais-tu de ses fréquentations ?

— À mon grand désarroi, il voyait des sympathisants de la Ligue de temps à autre. Certains d'entre eux se souvenaient de son périple. Ramener un héros – si ancien et oublié soit-il – dans ses rangs est toujours profitable d'un point de vue politique. Je crois même que certains avaient pitié de lui et, tout comme moi, l'aidaient à subsister.

— Avec qui Berkowitz partageait-il son obsession des Allemands ?

— À part la France entière, je ne vois pas.

— Ce n'est pas le moment de faire de l'humour, dit Grimbert. L'affaire risque de t'éclabousser.

— Pardon ? se rebiffa Blovski. Mais je suis une victime ! On a voulu m'assassiner ! Interrogez Dessien et sa clique. Vous savez très bien à qui l'on doit les exactions de ce soir en ville. La police aurait-elle des intérêts particuliers à en protéger les auteurs ?

— Je te mets en garde à vue, dit Soubielle.

— Quoi ?

— Ta proximité avec Marian Berkowitz te place en fâcheuse posture. Nous le soupçonnons également d'avoir participé à l'enlèvement d'un enfant dans le quartier de la Croix-Rousse il y a quelques jours. Tant que cette affaire ne sera pas éclaircie, tu restes chez nous, et c'est une fleur que je te fais. Une rumeur court dans le commissariat. Des flics voudraient te faire la peau parce qu'ils pensent que tu as quelque chose à voir avec l'agression d'un collègue. Tant que tu restes sous les verrous, tu ne risques rien.

Blovski était blême. Il avait beau être blasé, le cynisme des flics parvenait toujours à le surprendre. Il ne risquait rien ? On retrouvait parfois dans les cellules des hommes suicidés par pendaison, bizarrement.

Louis serrait le couteau tellement fort que ses jointures blanchissaient autour du manche. Le cœur battant à tout rompre, il se tassa, prêt à bondir et, quand la porte s'ouvrit, l'ombre de Baldo se projeta dans le rectangle clair de l'ouverture. Sauf que le chauve n'avança pas.

Qu'est-ce qu'il foutait ? Pourquoi n'entrait-il pas ? Louis jeta un regard en arrière pour voir en plein milieu de la pièce les vêtements éparpillés et les bris de vaisselle, alors il se maudit d'avoir été aussi con.

— Tu es là, mon garçon ?

La voix de Baldo, suave, chaleureuse, pétilla dans la pièce. De l'extérieur, on eût dit un père s'adressant à son rejeton.

— Tu te caches ? demanda-t-il. Je t'entends.

Aux mouvements de l'ombre de l'homme, Louis essayait de deviner ses gestes. Il posait un objet sur le sol.

— Allez, montre-toi. J'ai un cadeau.

Le gamin, lame au poing, ruisselant de sueur, se tendit comme un arc. Soudain, l'ombre s'agita, prenant Louis au dépourvu. Par réflexe, il jaillit en enfonçant son couteau dans le vide. C'était un leurre. Baldo tenait sa veste à deux mains et l'agitait devant lui tandis que le garçon reculait précipitamment. Le chauve claqua la porte derrière lui et donna un tour de clé tout en gardant le gamin à l'œil.

— Tu veux me tuer, c'est ça ? Tu n'es pas le premier, va, bien d'autres s'y sont essayés. Faut croire que j'ai la peau dure, dit-il en promenant son regard de droite à gauche, à la recherche d'une arme.

Le garçon se réfugia derrière la table, zébrant l'air de son couteau pour tenir son adversaire à distance. Baldo ricana. Au fond, il ne voyait pas pourquoi se donner tant de mal. Sûr de sa force, il lança sa main pour saisir l'enfant au poignet mais ses doigts se refermèrent sur la lame divinement aiguisée. Louis tira le couteau vers lui d'un coup sec. Le chauve regarda avec incrédulité le sang jaillir de sa main et éclabousser le mur. La plaie était profonde.

— Ah, c'est comme ça ! Ah, c'est comme ça ! s'exclama-t-il, son sourire évaporé. Je vais te tuer, pour le coup, comme l'autre. Tu connaissais le Prussien ? Il n'avait pas deux sous de jugeote. Écoute ce que je lui ai fait.

Tout en parlant, il comprimait sa blessure à l'aide d'une chemise trouvée sur le sol tandis que Louis pointait son couteau vers lui d'une main tremblante.

— Je le promenais à quatre pattes, au bout d'une laisse. Il faisait tout ce que je lui disais. Sans doute pensait-il que m'obéir serait suffisant pour revoir ses parents. Tu sais la meilleure ? Il réclamait ma soupe, encore et encore, ça le faisait dormir. Il s'agit d'une recette personnelle, à base d'éther et de bromure, qui ne lui a pas convenu. À la fin, il ne pouvait plus rien avaler et il chiait du sang. Ce n'est pas une jolie façon d'en terminer.

Tout en parlant, Baldo essayait d'enfermer Louis dans un coin, mais le gamin feintait et tournait autour de la table pour échapper à son bourreau. Le manège dura un moment. Le chauve raconta comment il avait profané le cadavre du Prussien, une sacrée expérience, et promit d'infliger à Louis le même traitement.

Lorsque l'homme bondit brutalement, le fils du chiffonnier se jeta en arrière, percutant le mur avec tant de force que des étoiles apparurent dans son champ de vision. Il eut juste la présence d'esprit de se jeter sous la table que Baldo heurta de la hanche en voulant la contourner. Louis en profita pour lui enfoncer le couteau dans la cuisse, une magnifique entaille de la profondeur d'un pouce qui déclencha un hurlement. L'homme plaqua ses mains sur la blessure pour contenir le sang et s'éloigna de la table en titubant. Des imprécations ordurières jaillissaient de sa bouche en continu. Il ne paraissait plus si dangereux que ça, à présent, se dit Louis. C'était l'occasion rêvée de finir le travail.

À quatre pattes, le couteau à la main, il avança avec des mouvements rapides et saccadés, mais Baldo, malgré ses blessures, l'envoya valser d'un coup de pied avant de tomber à la renverse. Le choc lui coupa le souffle et le couteau lui échappa des mains, glissant sous le vaisselier. La respiration bloquée, Louis rampa malgré tout vers l'endroit où la lame avait abouti et allongea le bras pour la saisir. Ses doigts effleurèrent le manche mais, au moment où il allait s'en emparer, il ressentit un autre choc effroyable. Baldo venait d'abattre une chaise sur son dos. Les jambes de l'homme se dérobèrent sous lui et il tomba sur le cul en râlant, les deux mains appuyées sur la blessure de sa cuisse. Le sol était rouge de sang. Les poumons de Louis réclamaient de l'air, sans succès. Rien n'entrait ni ne sortait. L'enfant et son tortionnaire se regardaient. À savoir qui se redresserait le premier. D'un coup, les poumons de Louis se débloquèrent et l'oxygène irrigua de nouveau son corps dans une merveilleuse souffrance. Ses doigts agrippèrent le manche du couteau quand la main de l'homme enserra la cheville de Louis qui se sentit glisser en arrière.

— Je vais te tuer, salopard, souffla-t-il en enfonçant ses pouces dans la gorge de l'enfant.

Dans ses yeux pâles, l'espièglerie factice avait laissé place à une brume de haine et de douleur. Au désespoir, Louis enfonça le couteau de toutes ses forces, une fois, deux fois. Baldo se mit à piailler, les mains toujours serrées autour du cou de sa victime. Le monde s'étoilait de lueurs rouges et blanches. Encore un coup. Et un autre. Et un autre encore. L'homme lâcha prise en poussant un cri offusqué, sa chemise imbibée de sang. Il s'adossa contre le mur.

— Tu m'as crevé ? demanda-t-il, incrédule.

Sa voix n'était plus la même. Ses mains palpaient son ventre, des gestes hésitants, sans conviction. Il voulut parler, balancer une phrase bien sentie, mais rien ne lui venait, alors il se contenta de regarder Louis en économisant son souffle. Le gamin ne parvenait pas à se relever. Sa poitrine menaçait d'exploser à chacune de ses respirations. Par contre, il éprouvait la joie morbide de voir s'éteindre son bourreau.

— Je t'ai baisé ! cria Louis.

Et il répéta cette phrase pendant une éternité, sans obtenir de réponse puisque Baldo le regardait fixement, sans respirer, bien loin de ces contingences, maintenant.

Soubielle ne parvenait pas à trouver le sommeil. Il avait déjà fait un certain nombre de découvertes macabres au cours de sa carrière et, chaque fois, les images finissaient par s'émousser, même si, jamais complètement oubliées, elles revenaient de temps en temps dans de mauvais rêves. Mais là, l'image du crâne en décomposition était trop récente et l'odeur de putréfaction emplissait encore ses narines.

Il regarda Marie-Thérèse endormie à ses côtés. Depuis qu'elle avait passé les premiers mois fatidiques, sa femme s'épanouissait, radieuse à l'idée de devenir mère, et même si les poncifs ne plaisaient guère à Soubielle, il était bien obligé de constater qu'elle vivait une espèce de renaissance. Les pensées du commissaire se tournèrent alors vers l'enfant à l'abri dans le ventre de sa femme et à son futur rôle de père. À quoi ressemblerait sa vie, une fois le bébé venu au monde ? C'était une question qu'il avait toujours refoulée. Au fond, pour lui, ça ne changerait peut-être pas grand-chose. L'éducation des enfants, au moins dans les premiers temps, relevait de la responsabilité des femmes. Mais Soubielle savait que ce n'était pas le vrai problème. Au contraire de Marie-Thérèse, il n'arrivait pas à se représenter l'être à venir. Cette idée d'enfant, si palpitante soit-elle, restait une abstraction. Un mauvais pressentiment le saisit, alors il posa une main sur le ventre de sa femme dans un geste protecteur.

— Tu le sens bouger ? demanda-t-elle, soudain réveillée.

— Pas vraiment, dit-il d'une voix nouée.

— Eh bien, moi, j'encaisse les coups. Peut-être a-t-il peur de ta grosse main, Jules ? plaisanta-t-elle.

Il soupira.

— Ça ne va pas ? lui demanda-t-elle aussitôt en l'enlaçant, mon gros ours est grognon ? Il a mal dormi ?

Soubielle se glissa hors du lit en marmonnant, fit chauffer de l'eau et donna des tours au moulin à café. À chaque fois qu'il fermait les yeux, l'image de la tête putréfiée surgissait dans son esprit.

— Tu m'écoutes ?

Marie-Thérèse se tenait près de lui. Elle venait de lui parler, mais il n'avait pas entendu un traître mot.

— Pardonne-moi. Je suis perturbé à cause du travail.

— Je m'en doute, soupira-t-elle. Je disais que j'allais repasser à l'Assistance publique demain. Les petits Génor m'ont fait pitié. Ces pauvres enfants ne comprennent rien à ce qui leur arrive. Pour les réconforter, je vais leur apporter des douceurs.

Elle le prit dans ses bras et blottit sa tête contre son épaule.

— Personne ne le fera à ma place, ajouta-t-elle. J'estime que c'est mon devoir.

Elle l'embrassa encore une fois avant de retourner dormir. Soubielle resta longtemps debout, appuyé contre la table de la cuisine, sa tasse vide à la main. Il éprouvait une sensation de malaise à l'idée qu'elle rende visite aux enfants Génor. Les pauvres diables méritaient bien un peu d'attention mais il n'était pas sûr que ce fût à sa femme de leur en donner.

Grimbert passa la nuit dans son bureau, des images de Lulu plein la tête. Où était-elle passée, la garce, dans un nid d'amour loué aux bons soins de Millard ? Elle retroussait sa petite robe blanche pour l'émoustiller ? Elle exhibait sa chair nue ? Il lui restait une carte à jouer, alors au petit matin il descendit dans les cellules. Affalé sur une chaise, le policier de faction dormait le menton sur la poitrine. Grimbert frappa la sonnette, réveillant l'homme en sursaut.

— Combien d'hommes aux arrêts ?

— Plus de cinquante ! Et c'est pareil dans tous les commissariats de la ville. Quelle nuit de merde !

En parcourant le registre, Grimbert trouva le nom du photographe. L'homme était sous les verrous pour voies de fait : jets de cailloux sur une femme. La grande classe. Grimbert le désigna pour interrogatoire et deux collègues le conduisirent dans une petite salle. L'homme fit une drôle de tête en reconnaissant le flic.

— Ah, c'est vous ! dit-il avec un sourire tendu.

— Où est Lucienne ?

— Pardon ?

— Lucienne, ma femme, tu l'as aidée à déménager hier matin, avec son frère.

Le sourire de l'homme se fendilla.

— Je ne vois pas… commença-t-il.

— Ne fais pas le con, coupa Grimbert, ou tu finis au fond de la Saône.

Le flic frottait ses mains moites sur son pantalon et sa respiration devenait laborieuse tandis que le photographe avalait péniblement sa salive, redoutant que le policier lui saute dessus pour le mettre en pièces.

— J'ai rencontré Lucienne pour la première fois lors du rassemblement des ligues sur le quai. Elle a participé à un tableau cocardier de ma composition.

— Ça, je le sais.

— Elle est revenue me voir un peu plus tard, pour se faire photographier. Comme beaucoup de jeunes filles, elle aspire à gagner sa vie comme modèle.

D'un tel point de départ, la route vers la prostitution était d'une rapidité confondante, Grimbert le savait par expérience. Mais le pire était ailleurs, dans la révélation cruelle que Lulu ne lui avait jamais confié son rêve.

— Quoi d'autre ?

Le photographe se racla la gorge.

— Un jeune homme l'accompagnait.

— Un jeune homme, tu es sûr ? demanda Grimbert, sardonique à l'idée qu'on pût qualifier Millard ainsi.

— Oh, vous le connaissez. D'après lui, vous vous étiez rencontrés le matin même.

Grimbert se redressa brutalement. Apeuré, le photographe se ratatina sur sa chaise.

— De qui tu parles ?

— Le gars en question s'appelle Philippe Génor. Il était présent sur les quais. Ce soir-là, Lucienne a tapé dans l'œil de beaucoup de monde, mais notre jeune ami s'est vraiment entiché d'elle. Il nous a soûlés toute la nuit en parlant de sa robe blanche et je crois qu'ils se sont revus dès le lendemain. De vrais tourtereaux, sauf votre respect, qui se parlaient comme s'ils se connaissaient depuis dix ans. Hier, il m'a demandé de l'aider à la déménager. J'ai voulu lui rendre service, c'est tout.

Grimbert appuya ses deux mains sur son bureau pendant que le photographe regardait le bout de ses chaussures, craignant de recevoir un mauvais coup.

— Vous pouvez demander à Joseph Millard, qui vous confirmera mes dires. Il est passé à mon atelier hier midi. Je m'y trouvais avec Lucienne pendant que Philippe réglait un problème.

— Millard a d'autres soucis, en ce moment, répondit Grimbert qui retomba sur sa chaise.

Il s'était trompé. La veille, au saut du lit, pendant qu'il lui apprenait des horreurs sur ses parents, le jeune homme ne pensait qu'à rejoindre Lulu ! Qu'est-ce qu'il devait rigoler, dans sa barbe, en se foutant du cocu de service ! C'était la première personne depuis longtemps envers qui Grimbert ressentait des affinités, voire de la sympathie. Tu parles ! Les affinités, Philippe Génor les partageait avec Lucienne ! Ah ! il s'était bien foutu de sa gueule, le petit con !

Son appartement se situant à cinq minutes du commissariat, Grimbert s'y rendit au pas de charge et frappa trois petits coups délicats contre la porte. Le rire clair de Lucienne résonna à l'intérieur, ce rire de gorge sans retenue rebondissant comme une poignée de billes tombée de la poche d'un gamin.

— Tu reviens déjà ?

Elle croyait s'adresser à l'autre – grave erreur –, ouvrant la porte sans appréhension aucune, vêtue de sa belle robe blanche à broderies, celle des grandes occasions, et maquillée comme une fille de joie. En la voyant aussi resplendissante, Grimbert fut pris de vertige. Comme elle était belle, débarrassée de sa présence ! L'humiliation atteignait des sommets.

La claque partit instantanément et la marque de ses doigts s'imprima sur la joue de Lucienne. Il essaya de l'agripper, mais elle se déroba, le faisant trébucher contre le palier et tomber à quatre pattes alors qu'elle appelait au secours. Se redressant d'un bond, il la saisit par les cheveux et la réduisit au silence en écrasant une main sur sa bouche. Elle hoquetait, la petite vache, ravagée par la trouille. Des passants alertés par les cris menacèrent d'appeler la police. Il montra sa brème, refroidissant les bons samaritains.

— Allez, sale putain, droit devant ! hurla-t-il.

En la menant par le col, il déchira sa robe. Elle pleurait et son maquillage coulait ; il ne fallait pas longtemps pour ruiner l'apparence d'une femme. Quand il la jeta au bas des marches, elle poussa un cri de douleur.

— Au poste, la putain, au poste !

Les passants détournaient le regard.

— Où se cache-t-il, ce connard ?

— Je t'en supplie, arrête !

— Réponds ! hurla Grimbert.

— Il est parti chercher sa mère, avoua-t-elle en pleurant, à l'hôpital !

Lucienne tomba à genoux sur le trottoir, la tête entre ses bras. Il la pointa du doigt tandis qu'elle sanglotait, au désespoir. Elle était contente, maintenant ? Elle menait la vie qu'elle désirait ? Les mains plaquées sur le visage, toussant et pleurant, elle tremblait de tous ses membres. Grimbert s'essuya plusieurs fois la bouche, rageusement, du revers de la main. Il voulut encore la cingler de paroles et l'humilier, mais il était à court de mots, à court d'idées, à court de tout ; même les insanités lui faisaient défaut.

L'adresse donnée par Plesnel correspondait à une masure à l'aspect délabré, se dressant non loin de l'endroit où le corps de Gabriel Silent avait été jeté dans la rivière. Un lourd panneau de bois muni de chaînes et de cadenas condamnait la fenêtre. Caron fit le tour de la propriété pour constater qu'il n'existait pas d'issue à l'arrière, aucun moyen de prendre la fuite. Devant la porte gisait une boîte en carton dans laquelle Soubielle trouva une robe de petite fille soigneusement pliée. Ce n'était pas une première main, mais l'habit en jetait avec ses dentelles et ses volants. Il pensa tout de suite à Maurice Allègre, qui portait le même genre de vêtement. Aussitôt, il donna l'ordre aux agents de défoncer la porte. À l'intérieur, Soubielle découvrit une boucherie. Un homme assis par terre, le dos appuyé contre le mur et les mains posées sur le ventre, baignait dans son sang. Il portait le tatouage sur l'épaule dont avait parlé Plesnel : c'était lui, Pierre Benoît, qu'on appelait Baldo. Son regard fixe accusait un petit garçon roulé en boule, la tête enfouie entre les bras. Le commissaire s'agenouilla à côté de lui. Un maquillage grossier le travestissait, une poudre opaline sur le visage, une plaie écarlate en guise de bouche. Les doigts de l'enfant s'agrippaient au manche du couteau. Soubielle se pencha pour écouter sa respiration. Au début, il pensait qu'il était arrivé trop tard, mais il perçut un léger souffle.

— Il est vivant, dit le commissaire.

Plesnel avait beau se prétendre acteur et connaître sur le bout des doigts les artifices de la nonchalance, il n'en menait pas large et ça se voyait.

— J'ai rencontré Baldo dans un bar de la ville. Il revenait de Biribi. Comme tous les bagnards, il essayait de faire croire qu'il n'avait pas eu de chance. Que le sort s'acharnait contre lui. Parfois, il disait qu'il était tombé à cause d'une femme, dont il nous montrait le tatouage ; d'autres fois, il changeait de version et reconnaissait avoir fait des conneries, même s'il essayait de faire croire qu'il s'était amendé : sa condamnation lui avait servi de leçon, il avait compris beaucoup de choses en Afrique ; bref, il servait le boniment habituel. Toujours est-il que lui aussi avait un goût particulier pour les jeunes enfants. C'était facile de le percer à jour. Il ne pouvait pas s'empêcher d'en parler. Il cherchait des occasions.

— Qu'est-ce que tu sais de l'enlèvement de Maurice Allègre ?

— Il faut que je vous parle de Marian Berkowitz, alors.

L'autre pièce du puzzle. Plesnel ignorait la mort du vieil homme.

— L'ancien combattant est complètement dingue. Un soir, il nous a rejoints, Baldo et moi, à notre table. Nous médisions des Juifs, nous rêvions de prendre notre revanche sur l'Allemagne, rien que du classique. La faiblesse de la France nous indisposait. Les Boches, eux, préparent déjà la guerre en faisant des gosses à tour de bras. Berkowitz nous a fait part de sa thèse, selon laquelle des espions prussiens grouillaient partout. On s'amusait déjà à désigner des clients au hasard dans le bistrot, mais Berkowitz nous a assuré que les mouchards se glissaient dans des corps d'enfants. On savait que le vieux en tenait une sacrée couche, mais à ce point-là ! Ces salauds de Prussiens parcouraient la ville incognito en se faisant passer pour des agneaux innocents. Ainsi, ils récoltaient des informations qu'ils transmettaient par les airs à leur état-major.

« "Si tu chopes un gamin comme ça, tu me l'amènes", a dit Baldo. Berkowitz a réfléchi : "Qu'est-ce que tu en ferais ? — Je le ferai parler, a répondu Baldo, se prenant au jeu. Je lui soutirerai des informations. — Je marche", a répondu Berkowitz au bout d'un moment, et ils ont topé.

Plesnel se tut.

— Et ? insista Caron.

— Honnêtement, c'était un plan trop pourri pour que je m'y intéresse. Je ne m'attendais pas à ce que Berkowitz passe aux actes. À ma grande surprise, il a livré un enfant à Baldo. Ce dernier n'en revenait pas, lui non plus. Un cadeau tombé du ciel ! Il l'appelait le Prussien et, au début, il l'exhibait comme un phénomène de foire. Quand il le sifflait, le gamin descendait, docile, aux ordres. Baldo en a fait son esclave. Un soir, pour nous éclairer, le gamin portait un plateau sur lequel brûlait une lampe. Il regardait droit devant lui, sans dire un mot, un peu comme une statue. Qu'est-ce que Baldo était fier de ce gosse ! Il le faisait asseoir sur ses genoux. Il l'embrassait dans le cou.

— Le gamin se laissait faire ?

— Baldo le rendait amorphe en l'empoisonnant.

Rien de tel pour mater un enfant rebelle. Et celui-ci ne l'était même pas.

— Ensuite ?

— Tu veux un dessin ? À cause du poison et des mauvais traitements, la santé du gamin a vite périclité. *Kaput*, le petit Prussien !

Soubielle, sentant Caron sur le point de dérailler, prit les devants.

— Tu accuses Baldo d'avoir tué cet enfant, dit le commissaire. Qu'est-ce qui te rend aussi formel ?

— Il est venu me voir peu après Noël en me disant qu'il avait déconné. L'enfant était mort. Il voulait que je l'aide à se débarrasser du corps. Quand je l'ai envoyé se faire foutre, il a menacé de me saigner sur place. Je lui ai donné la première idée qui m'a traversé l'esprit : refourguer le corps à Berkowitz. L'autre frappé n'a pas été difficile à embobiner. Il s'est occupé de tout. Lorsque le corps a été retrouvé dans la décharge, quelques jours plus tard, j'ai compris qu'il lui avait tranché la tête.

— Éclaire-nous sur les liens entre Baldo et Silent.

— Baldo a toujours prétendu qu'il connaissait Silent depuis leur enfance à La Chapelle-Quincieux. Baldo me bassinait avec cette histoire d'amitié. Un jour, il m'a avoué avoir aidé Silent à régler un problème.

Plesnel s'interrompit, ne pouvant s'empêcher de se livrer à quelques effets dramatiques. On ne se refaisait pas. Mais Soubielle en avait la certitude, maintenant, Baldo et Pierre Benoît étaient le même homme.

— D'après ce que j'ai compris, un gamin causait des ennuis à Silent en racontant des saletés sur lui, comme quoi il l'emmenait se promener dans les bois dans le but de lui prodiguer des caresses. Peu de temps après, le gamin a trouvé la mort en passant à travers la glace d'un étang. « Ce con-là, disait Baldo, en se tapant sur les cuisses, monter sur la glace, faut être con ! » Mais son regard me mettait au défi de percer un secret. J'ai toujours pensé qu'il avait tué l'enfant lui-même.

— Ils s'étaient perdus de vue depuis des années. Pourquoi Gabriel Silent a-t-il renoué le contact avec Baldo ? demanda Soubielle.

— Quand je lui ai parlé de ce type, Silent était estomaqué. Vous savez, quand on remue le fond d'une mare et que l'eau se trouble, c'était exactement ça sur son visage. Je lui ai filé son adresse.

— Précise un peu les dates, exigea Soubielle. Quand as-tu informé Silent de la présence de Baldo ?

— Courant novembre.

— Quoi ? Attends un peu. À ce moment-là, Baldo retenait déjà l'enfant chez lui, dit Caron.

— Baldo expliquait qu'il s'agissait de son fils, un garçon illégitime d'une femme partie courir ailleurs. Il s'acharnait à répéter ce mensonge. Il prétendait que l'enfant lui ressemblait.

— Silent ne pouvait pas croire ça.

— Eh bien, l'enfant était docile. Il ne cherchait pas à s'enfuir. Il venait même s'asseoir sur les genoux de Baldo en l'appelant *Vater*.

— Qu'est-il arrivé, le soir du 3 janvier ? reprit Soubielle.

— Nous y voilà.

— Nous sommes passés chez toi ce jour-là, rappela Caron. Le soir même, Silent se faisait abattre.

— Il avait enfin compris pour l'enfant et il agitait la photo du petit dans sa main, fou de rage. Il voulait tuer Baldo. Sur le chemin, il s'est rendu compte que deux de ses collègues membres de la Ligue le suivaient.

— Il s'attendait à des ennuis ?

— Il cherchait beaucoup d'informations sur cette organisation, du genre compromettant : des escroqueries, des détournements de fonds, des conduites amorales. Il consignait tout ce que je lui disais.

— Quel était son objectif ? Après tout, il était entré dans la Ligue et y occupait une place importante.

— Du flan.

— Pardon ?

— De la comédie, du théâtre. Silent détestait la Ligue. Il voulait la détruire de l'intérieur en accumulant des informations pour les balancer aux journalistes au moment opportun. Je sais qu'il avait confectionné un dossier épais comme ça.

— La merde lui serait retombée dessus. Un tas de gens auraient voulu lui faire la peau.

— Il m'a dit qu'il serait à l'abri, hors de France. Il avait déjà acheté les billets de bateau, paraît-il.

La vision de Lucienne dégradée, sale et sanglotante sur le trottoir ne satisfit même pas Grimbert. Après tout, ce n'était qu'une femme, une faible créature. N'avait-il pas mieux à faire que de la brutaliser ? Mais il était incapable de revenir sur terre sans d'abord régler ses comptes avec Philippe Génor.

Une fois à l'hôpital, le flic demanda la mère. Son nom se trouvait sur la liste des patients sous surveillance. On lui indiqua un numéro de salle où une infirmière fut chargée de le conduire. Grimbert suivit la femme en blanc, qui avec sa cornette ressemblait à une sœur, et fut incapable d'échanger un mot avec elle. L'hôpital lui faisait toujours le même effet. Le flic aurait préféré se prendre une balle en pleine tête que de fréquenter un de ces mouroirs. Elle entra dans une petite pièce dont le lit était vide et regarda Grimbert, désarçonnée.

— Je vais me renseigner.

C'est dans l'ombre d'un homme en blouse blanche qu'elle revint.

— Mme Génor a quitté l'établissement au petit matin en compagnie d'un de vos collègues, expliqua-t-il. Vous ne vous parlez pas, dans la police ?

— Comment s'appelait-il ? demanda le flic, incrédule.

— C'était le lieutenant Grimbert, annonça l'infirmière en pointant un nom dans le registre.

Le flic sentit une onde de fureur le traverser.

— C'est moi, Grimbert ! dit-il en agitant sa brème. C'est quoi, ce merdier ! Personne n'a songé à vérifier son identité ? À quoi ressemblait-il ?

— Il était brun, grand et mince, tiré à quatre épingles et rien dans son apparence n'éveillait de soupçon. Il parlait avec aplomb. C'est le genre d'homme ayant l'habitude de se faire obéir, dit l'infirmière, pâle comme un linge, imaginant déjà les conséquences d'une faute professionnelle, le blâme, le renvoi.

Ce salaud de Philippe Génor se foutait bien de sa gueule. Non content de le faire cocu, il usurpait son identité.

— Vous venez de laisser filer une suspecte dans une affaire de crime, lâcha Grimbert. Vous recevrez bientôt une convocation au commissariat.

— Une chose, quand même, ajouta le médecin, à contre-cœur. J'ai procédé à l'examen de cette femme. Vous n'aviez pas averti l'hôpital qu'elle sortait de couches.

— Pardon ?

— Vous ne le saviez pas, comprit le médecin. L'apparence de Madeleine Génor ne le laissait pas supposer, mais l'examen est formel. Cette femme présentait des saignements caractéristiques et des ecchymoses autour de l'appareil génital externe, le colostrum gonflait sa poitrine et elle se plaignait de douleurs au ventre, c'étaient les tranchées qui permettent à l'utérus de retrouver ses dimensions normales et d'expulser les caillots. Elle a accouché par les voies naturelles il y a quelques jours. Nous lui avons demandé ce qu'il en était, bien entendu, mais elle a catégoriquement nié avoir donné naissance à un enfant, comme elle a nié sa grossesse. Cette femme constitue un cas d'étude intéressant. Elle ment avec beaucoup d'aplomb et aucun argument n'a réussi à remettre en cause sa version ; on croirait presque à sa sincérité. Dans le cas d'une fille-mère pétrie d'ignorance, on peut s'attendre à tout, et même à une certaine confusion sur l'état de grossesse, au début du moins. Mais cette dame a déjà vécu plusieurs accouchements. Ce n'était pas une oie blanche. Je pense qu'elle se tient à cette ligne de conduite pour s'épargner une condamnation terrible.

— A-t-elle pu dissimuler son état à son entourage ?

— J'ai entendu parler de cas de ce genre, mais j'ai toujours pensé qu'il s'agissait de supercheries. Lors de la grossesse, le corps de la femme subit de telles transformations qu'il est impossible de ne pas voir les signes physiques et je ne parle même pas des excès d'humeur et des caprices enfantins. Remarquez, les maris manquent souvent de clairvoyance. Savez-vous ce qu'est devenu le nouveau-né ?

Grimbert, lui ayant déjà tourné le dos, quitta l'hôpital au pas de charge. La vérité lui apparaissait brutalement : Génor avait voulu se débarrasser du bébé de sa femme et, à bien y réfléchir, ce n'était peut-être pas la première fois qu'il se livrait à cet acte odieux. Au commissariat, il se précipita dans le bureau de Soubielle et lui rapporta les révélations du médecin. Le commissaire consulta le dossier médical, incrédule, relisant plusieurs fois le passage concerné.

— Je n'ai jamais remarqué le moindre signe de grossesse chez Madeleine Génor, souffla-t-il. Mon épouse non plus. Et pourtant, nous avons habité quelque temps dans le même immeuble. Cette femme était maigre, les joues creuses, la poitrine plate. Elle n'avait pas de ventre, ou si peu. Où aurait-elle pu mettre un bébé ? Je veux bien admettre qu'une grossesse puisse passer inaperçue dans le cas d'une femme très corpulente, mais ce n'était pas le cas.

— Cela résout le problème de l'identité du cadavre dont Paul Génor a voulu se débarrasser, nota Caron.

— Quelques jours avant l'arrestation du pharmacien, reprit Soubielle d'une voix blanche, mon épouse a entendu des hurlements en provenance de son appartement. Sa femme y était seule. Elle aurait accouché à ce moment-là. Nous savons que le nouveau-né est mort étouffé. Madeleine Génor a tué son propre enfant. Et elle n'en était peut-être même pas à son coup d'essai.

— Les mains coupées, comprit Caron.

— Cette femme adore ses enfants, reprit Soubielle, désarçonné. Son monde tourne autour de sa progéniture.

Les trois hommes se turent. Difficile d'imaginer un double infanticide passé inaperçu. Porter l'enfant en soi et le tuer le jour de sa venue au monde. Par deux fois. Tuer son enfant, encore et encore.

— Où peut-elle se trouver ? demanda Caron.

— Madeleine Génor s'est cogné la tête contre le mur parce qu'elle était séparée de ses enfants, dit le commissaire. Malgré les horreurs commises par cette femme, je suis sûr qu'elle voudra les retrouver.

À peine Soubielle eut-il prononcé ces paroles qu'il fut pris d'effroi.

— L'orphelinat municipal ! s'écria-t-il. Marie-Thérèse devait s'y rendre !

Pressé par les flics, le cocher fouettait ses chevaux à tour de bras. Il arrêta sa voiture en face de l'entrée du grand bâtiment de briques. Dans la rue, aucune trace de Marie-Thérèse ni de Madeleine. Le commissaire demanda à Grimbert de monter la garde tandis qu'il s'engouffrait dans l'orphelinat avec Caron.

— Mme Génor a-t-elle tenté de voir ses enfants ? demanda-t-il au gardien.

— Il s'agit de la fratrie en placement temporaire, n'est-ce pas ? Leur frère est venu leur rendre visite hier soir, peu de temps après vous. Mais c'est tout.

Par acquit de conscience, il jeta un œil dans son registre.

— Voyez vous-même, ces malheureux ont reçu la visite du seul Philippe Génor.

— Je vais faire venir deux agents au cas où leur mère viendrait ici. Cette femme est recherchée pour meurtre. Prévenez le personnel.

Les réflexes martiaux lui revenant instinctivement, le gardien claqua un salut militaire. Le commissaire pouvait compter sur lui. À l'extérieur, Grimbert n'avait vu personne, ni Madeleine ni son fils. Le ciel était à la neige. Soubielle crut sentir un flocon. Les gens se pressaient pour rentrer chez eux. Il aperçut une silhouette au loin : Marie-Thérèse vêtue d'un manteau épais et coiffée de son chapeau mauve. Il poussa un soupir de soulagement et leva une main en sa direction mais, perdue dans ses pensées, marchant tête baissée et les bras croisés sur sa poitrine pour se protéger du froid, sa femme ne le vit pas. C'est alors que, juste devant elle, d'une rue adjacente, surgirent Madeleine et son fils. Soubielle sentit son cœur sauter dans sa poitrine.

— On avance vers eux doucement, ordonna-t-il.

Le couple se tenait à cent mètres quand Philippe repéra les flics et posa sa main sur le bras de sa mère. Il lui intima de rebrousser chemin et elle fit demi-tour pour se lancer dans une fuite dérisoire. Les flics se mirent à courir. Ils allaient la rattraper en un rien de temps. Son fils décida de se sacrifier en marchant vers eux, bras écartés, pour les gêner dans leur course.

— Tiens, voilà le cocu par-dessus le marché ! provoqua-t-il en levant les deux poings en une pitoyable posture de boxeur.

Derrière lui, sa mère glissa et tomba sur le trottoir, aux pieds de Marie-Thérèse, effarée, qui s'approcha de Madeleine pour l'aider à se relever.

— Éloigne-toi ! Cette femme est dangereuse ! hurla Soubielle.

Son épouse releva la tête. Ses lèvres formulèrent une interrogation.

— Recule !

Elle haussa les épaules, sans comprendre, et se pencha vers Madeleine. Au même instant, cette dernière lui lança une phrase inaudible et sortit un objet brillant de sa poche. Soubielle sentit son sang se glacer. La folle tenait un couteau. D'un coup, elle l'enfonça dans le ventre de Marie-Thérèse, qui poussa un hurlement et tomba à la renverse.

— Mon bébé ! hurla-t-elle. Mon Dieu, aidez-moi ! Je vous en supplie ! Mon petit bébé ! Par pitié !

Caron fondit sur Madeleine Génor et l'assomma d'un coup de poing à la tempe. La femme donna l'impression de se briser en deux. Le couteau de cuisine vola de ses mains. Allongée sur le sol, elle ne bougeait plus.

Soubielle s'agenouilla à côté de son épouse.

— Le bébé ! pleurait-elle, folle de panique, le bébé !

Il plaqua ses mains sur le ventre de sa femme pour arrêter l'hémorragie.

— Ça va aller ! cria-t-il pour la rassurer.

Quel mensonge ! Ça ne pouvait pas aller. Impossible avec un tel saignement.

— Au secours ! hurlait Caron. À l'aide ! Un médecin !

Grimbert menottait les mains de Philippe Génor dans le dos. Complètement ahuri, le gamin ne se débattait plus et regardait sa mère avec horreur.

Du couloir de l'hôpital où il faisait les cent pas, Soubielle entendait le médecin réprimander Marie-Thérèse à cause de son agitation qui fatiguait tout le monde. Pour finir, il exigea qu'on l'endormît. Le commissaire se laissa tomber sur une chaise en pensant au seau rempli d'eau savonneuse et rougeâtre, l'image récurrente de leurs échecs passés. Il regarda ses mains couvertes du sang de sa femme et son veston aux manches maculées de taches, bon à jeter, il faudrait en racheter un autre. Il pensa au prix d'un veston neuf et aussitôt s'en voulut pour le tour que prenaient ses idées. Alors que se jouait, à deux pas de lui, la vie de son épouse, il s'inquiétait d'un simple achat ! L'esprit se raccrochait à bien des fadaises. Il demanda à une infirmière un endroit où se laver les mains. Elle lui indiqua une petite salle munie de lavabos. Pendant qu'il frottait longuement pour ôter le sang de sa peau, il revivait la scène devant le bâtiment de l'Assistance publique : le regard dément de Madeleine Génor, l'éclat de l'acier, l'entaille au ventre. Philippe avait dit à sa mère que Marie-Thérèse avait longuement parlé avec sa progéniture. Madeleine s'était munie d'un couteau et, au moment de passer à l'acte, avait traité son ancienne voisine de voleuse d'enfants.

— Commissaire ? demanda une infirmière. Le médecin vous attend.

La femme à la cornette blanche le conduisit dans une salle où les attendait un homme au visage empreint de gravité.

— Votre femme est sauvée, commissaire. La blessure au ventre n'a atteint aucun organe vital. Malheureusement, la paroi utérine déchirée sur plusieurs centimètres rendait la gestation impossible ; le bébé est perdu. Mais ce n'est pas tout, hélas, la blessure a endommagé son appareil reproducteur. Elle ne pourra plus jamais porter d'enfant.

Soubielle regarda le médecin un moment. Marie-Thérèse et lui avaient considéré cette grossesse comme un cadeau du ciel, un bonheur tardif pour accompagner leurs vieux jours.

— Puis-je parler à mon épouse ?

— Vous pouvez la voir un court instant, sachez qu'elle a besoin de se reposer. De toute façon, nous allons la garder un moment pour surveiller son rétablissement.

L'infirmière conduisit Soubielle dans la chambre où dormait Marie-Thérèse, le teint bistre et les cheveux trempés de sueur. À sa vue, Soubielle éprouva un frisson parce que sa femme ressemblait à la parturiente qu'elle ne serait jamais.

— Tenez-lui la main, conseilla l'infirmière.

À ce moment-là, Marie-Thérèse ouvrit les yeux et sourit en voyant Soubielle. Puis, alors que déferlait l'atroce réalité, un cri jaillit de sa gorge, son visage se liquéfia et les larmes coulèrent, irrépressibles. Il bredouilla des banalités, des mots creux sans commune mesure avec la tragédie.

— On va s'en sortir, lui promit-il.

Ce fut tout ce qu'il trouva à dire. À sec de consolation

devant la douleur insoutenable de sa femme et incapable de soutenir son regard, il s'éloigna nerveusement du lit pour se réfugier près de la fenêtre. Marie-Thérèse poussa un rire d'une effroyable amertume.

— Tu ne crois même pas à tes paroles, Jules. Le médecin m'a prévenue que nous n'aurions jamais d'enfants. Ma bêtise a tout gâché.

— Ne dis pas ça.

— La vérité te fait peur ? Que ressens-tu à l'idée d'avoir épousé une femme si bête qu'elle fiche en l'air son unique chance de devenir mère ? Tout est ma faute. Je voulais faire une surprise aux enfants Génor. Je leur avais acheté des biscuits roses de Reims pour qu'ils les engloutissent devant moi, les yeux plissés de plaisir. Oh, à dire vrai, ce n'était pas même pas pour eux que j'avais acheté ces gâteaux, c'était pour moi, pour le plaisir égoïste de les voir se délecter, en faisant semblant d'être une mère ! Tu voulais un enfant, Jules ? Un beau garçon ? Un fils ? Eh bien, c'est raté ! Mais ne t'inquiète pas, tu seras bientôt débarrassé de moi.

Des infirmières voulurent lui faire une piqûre. Il quitta la chambre alors qu'elle se tordait sur son lit en hurlant et marcha précipitamment jusqu'au bout du couloir, dévalant les escaliers qui menaient à la sortie. Dehors, il prit plusieurs grandes inspirations pour se calmer. L'idée de rentrer à l'hôtel lui soulevait le cœur. Les produits de toilette, les flacons et les boîtes, les babioles que Marie-Thérèse avait disposées dans la chambre pour reconstruire son intérieur, tous les objets intimes, les petites pièces de sa personnalité, cette accumulation de souvenirs banals formaient un décor d'une tristesse insondable que Soubielle refusait d'affronter. Il ne lui restait plus qu'une chose à faire : essayer de comprendre.

Paul Génor s'ébranla légèrement au moment où le commissaire entra dans sa cellule.

— J'ai déjà tout raconté, commença le pharmacien. Cela devient lassant. Conduisez-moi chez le juge, qu'on en finisse !

— De nouveaux faits se sont produits, annonça Soubielle. Madeleine s'est enfuie de l'hôpital avec la complicité de votre fils et elle a agressé une passante avant son interpellation, une femme qu'elle a poignardée. Elle connaissait sa victime puisqu'il s'agit de mon épouse.

Un silence oppressant s'instaura, pendant lequel Génor garda les yeux baissés, affligé.

— Comment va-t-elle ? osa-t-il enfin demander.

— Cela ne vous concerne pas. Revenons à Madeleine. Le médecin qui l'a examinée a donné un diagnostic inattendu. Madeleine était enceinte et venait d'accoucher lorsque nous vous avons arrêté. C'est du cadavre de votre propre enfant que vous avez voulu vous débarrasser. Les charges contre vous ne sont plus les mêmes parce que vous relevez maintenant du crime d'infanticide.

L'homme n'était plus qu'un bloc d'affliction alors

que les faux-semblants s'effondraient. Il chercha ses mots un moment.

— Vous n'allez pas me croire.

— Essayez toujours.

Génor chercha ses mots.

— Ce soir-là, je suis rentré tard à la maison et, comme de coutume, j'avais bu un coup. Madeleine avait l'air fatiguée, morne même. Ses yeux brillaient de fièvre. Par moments, elle me lançait des sourires bizarres et des regards en biais. Les enfants faisaient la gueule dans leur coin et même la bonne avait sa tête des mauvais jours. Elle qui, d'habitude, ne pipe pas un mot m'a glissé ses inquiétudes pour la santé de mon épouse. J'ai rigolé, je crois bien, en trouvant une explication liée à ses menstrues. Après le repas, Madeleine m'a demandé de venir la rejoindre dans la chambre. Elle parlait avec sa voix de petite fille : « Il y a un cadeau pour toi », répétait-elle. Je pensais qu'elle voulait m'attirer au lit, alors j'ai sauté sur l'occasion mais, dans la chambre, c'était l'horreur. Une mare de sang recouvrait le lit tandis que le nouveau-né, le visage voilé par le placenta, reposait dans une boîte avec son cordon ombilical lui sortant du ventre.

— Vous prétendez avoir ignoré l'état de votre femme ?

— Elle était enceinte et je ne m'en suis même pas rendu compte, moi, un pharmacien.

Génor avait l'air désabusé. Se pouvait-il vraiment qu'il n'ait rien vu ?

— Vous mentez ! J'ai vu le corps du bébé. Il n'est peut-être pas né à terme mais vous ne pouviez ignorer la grossesse de Madeleine.

— Elle n'avait pas de ventre, protesta Génor. Elle ne présentait aucun des symptômes d'une femme enceinte.

Mon Dieu ! Je suis persuadé qu'elle n'en était pas consciente. Bref, je lui ai demandé ce que c'était que cette horreur. Elle a tenu un discours incohérent, parlant d'ange tombé du ciel, de cher amour lui étant apparu avec des rayons d'or autour de la tête. Elle délirait complètement ; elle chantait les grâces avec sa voix d'église. Et puis soudain elle s'est arrêtée, les yeux dans le vide, alors je me suis mis à lui taper dessus. Elle se laissait faire, m'offrant même son visage, sa poitrine, son ventre abîmé. Je l'ai battue à tour de bras et elle réclamait cette souffrance, je vous jure qu'elle riait, étendue sur le lit, dans le sang et les remugles de l'accouchement. Je suis tombé à genoux, cloué dans cette position pendant une éternité, jusqu'à ce que je trouve assez de force pour nettoyer la chambre. J'ai rassemblé dans un drap toutes les souillures et j'ai briqué le parquet ravagé par le sang. La bonne m'a demandé à travers la porte si tout allait bien. Je lui ai dit de ne pas s'inquiéter.

— Pourquoi n'avez-vous pas reconnu tout de suite que c'était l'enfant de votre femme ? demanda Soubielle.

— Ce n'était pas que l'enfant de ma femme, c'était aussi le mien. Et puis ma carrière était en jeu. Je ne me voyais pas détruire ma petite vie et tout recommencer à zéro. C'était au-delà de mes forces. Alors j'ai mis l'enfant dans un sac et j'ai voulu m'en débarrasser. Ça ne s'est pas passé exactement comme prévu.

— Pensez-vous que votre femme ait pu le tuer ?

Il secoua la tête violemment.

— Non, ce n'est pas possible, pas Madeleine.

— Votre enfant est mort étouffé, mais rien ne lui encombrait la gorge. Il a donc succombé à une asphyxie mécanique.

À l'idée que sa femme, seule, enfermée dans sa

chambre et folle de douleur, ait pu tuer l'enfant de ses propres mains, Génor éclata en sanglots.

— Et les mains de nourrisson retrouvées dans la cave ? demanda le flic.

Génor baissa les yeux.

— Je ne sais pas.

— Vous mentez, dit Soubielle. Ce n'est pas la première fois que Madeleine vous dissimule une grossesse.

— Vous n'avez pas compris, commissaire. La première personne à qui Madeleine ait caché sa grossesse, c'est elle-même, mais je n'ai pas la naïveté de croire qu'un policier puisse comprendre la situation. Je suppose que ces mains appartiennent à un autre bébé que Madeleine m'aurait dissimulé. Je n'étais pas au courant de l'existence de ces mains avant que vous en parliez. Aussitôt, j'ai inventé une histoire pour dédouaner ma femme.

— Dans ce cas, elle aurait réussi à se débarrasser du corps toute seule.

— Honnêtement, commissaire, je n'ai aucune idée de ce dont elle est capable. Tout ce que je peux vous dire, c'est que Madeleine tombait facilement enceinte. Elle se relevait à peine de couches que la machine repartait. J'ai compris maintenant. Ses grossesses incessantes l'ont conduite à la folie.

Soubielle sortit du commissariat en réprimant son envie de hurler. Personne n'avait rien vu. Personne ne voulait voir. Madeleine Génor se promenait en touchant les petites mains racornies au fond de la poche de son manteau vert et Marie-Thérèse avait eu le malheur de croiser son chemin. Et le pire, c'est qu'il était responsable de la situation, puisque c'était lui qui avait impliqué sa femme dans l'enquête.

Albertine Champlain fit entrer Caron dans l'appartement glacial. Son fils lisait un livre à la lueur d'une petite lampe, une couverture enroulée autour de ses épaules à la manière d'une cape. Elle aussi, pour se réchauffer, s'était couverte de plusieurs pelures et son visage ressortait joliment sous le fichu dont elle s'était couvert les cheveux.

— Nous avons réussi à élucider les circonstances de la mort de Gabriel. Les deux coupables sont sous les verrous. Je vais vous expliquer. Mais, d'abord, connaissez-vous un homme qui s'appelait Pierre Benoît ?

— Baldo… Ce n'est pas possible.

— Nous le suspectons d'avoir tué et enlevé un enfant. Gabriel a remonté sa piste et s'apprêtait à le sauver quand il s'est fait abattre par les deux hommes.

— Vous avez arrêté Baldo ?

— Il avait enlevé un autre enfant qui, par miracle, a réussi à le tuer.

— Tant mieux, dit-elle, une bonne chose de faite. J'allumerai un cierge pour le môme.

Il le méritait bien, pensa Caron qui était passé à l'hôpital rendre visite à Esther. La fillette était roulée en boule sur le lit de Louis Demange qui se remettait doucement et ne la quittait pas des yeux. Le gamin avait mauvaise mine. On lui avait fait un lavage d'estomac mais les médecins craignaient qu'il garde des séquelles de l'absorption d'éther. En outre, avec ses côtes cassées, il payait chaque respiration au prix fort. Grimbert était sur place, lui aussi. Son haleine empestait l'alcool et il insistait lourdement pour que les enfants boivent la bouteille de limonade qu'il avait apportée. Quand une infirmière lui avait demandé de faire moins de bruit, il l'avait traitée de salope. Caron l'avait reconduit à l'extérieur en lui conseillant d'aller cuver ailleurs. Son collègue avait fait quelques pas dans la rue avant d'entrer dans le premier bistrot.

— Baldo aimait faire le mal, reprit Albertine. La rumeur l'accusait de se livrer à des actes contre-nature sur les petits garçons.

— Gabriel et lui étaient amis ?

— Pendant un temps, oui. Ils ont fait des conneries. C'était parfois réjouissant, parfois stupide, mais au moins cela pimentait la vie morne du village, jusqu'au jour où Gabriel s'est trouvé impliqué dans une sale histoire. Mon témoignage en sa faveur l'a sauvé.

— Vous étiez sûre de son innocence ?

— Bien sûr. Pourquoi cette question ?

— Vous auriez pu le couvrir pour le protéger.

— Il était avec moi, ce jour-là, répondit-elle en le regardant droit dans les yeux, nous avions batifolé tout l'après-midi dans une grange à foin. Je le jure devant Dieu.

— Mais il vous a abandonnée.

Son visage s'assombrit. Elle jeta un œil à son fils concentré dans sa lecture, se mordit les lèvres, cherchant une échappatoire, une explication miraculeuse, mais renonça.

— J'ai travaillé au service d'un certain monsieur pendant de longues années, avoua-t-elle. J'ai tenté ma chance avec lui dans le but de me hisser hors de mon rang. C'est ce que prône la république, non ?

Caron haussa les épaules. Ce n'est pas ce qu'il lui semblait. Entre les discours et les actes, il y avait un monde. Mais il n'allait pas la contredire sur ce point.

— Ce vieux salaud n'a jamais voulu reconnaître son fils, poursuivit-elle. Toutefois, il l'aimait bien et passait du temps avec lui. Quant à moi, pour maintenir cette situation, je devais satisfaire les désirs de ce monsieur. Alors, quand Gabriel est revenu, j'ai sauté sur l'occasion.

— Gabriel savait qu'il n'était pas le père ?

— Cet enfant ressemble à Denis Brodevin comme deux gouttes d'eau ; ça ne pouvait tromper personne. Mais Gabriel s'est impliqué dans ce rôle de père, en faisant comme si. Une volonté de rachat le tenaillait. Il voulait réparer ses erreurs. Quand nous nous sommes revus, il était nerveux comme un enfant et m'a fait la cour comme on ne me l'avait jamais faite, me jurant qu'il ferait tout pour moi. Au fond, c'est lui qui était fleur bleue.

Caron retint un sourire. Albertine se livrait.

— Pourquoi nous avoir dit qu'il vous entretenait ?

— Je ne sais pas. Peut-être parce qu'une femme indépendante attire le soupçon.

— D'où vient votre argent ?

— J'avais un peu de côté.

— Des livrets d'épargne ont disparu de chez Denis Brodevin.

— A-t-il porté plainte ?

Caron ne répondit pas à la question. Elle le fixa, le temps de se faire son opinion

— Il me les a donnés pour assurer l'avenir de Simon. Après tout, il s'agit de son fils. Mais c'est vrai, j'ai préféré taire cette source de revenus.

— Vous saviez que les parents de Gabriel étaient juifs ?

Elle hésita, hocha la tête.

— Pourquoi dissimuler cette information ?

— Nous nous étions mis d'accord pour ne jamais en parler. Je ne sais pas si vous suivez l'actualité, mais les Juifs ne sont pas bien vus par la population en ce moment, et encore moins par les autorités.

— Vous saviez que Gabriel avait abattu un Juif lors d'une intervention ?

— Il m'avait raconté cette histoire. Il s'en voulait horriblement. Ce souvenir le hantait et il me disait vouloir réparer sa faute.

— Gabriel s'est servi de cette réputation pour monter en grade dans la Ligue au cœur de laquelle il menait une enquête. Il a dû accumuler un certain nombre de documents et je ne vois pas où il aurait pu les cacher, à part ici.

— Dans cette maison des courants d'air ?

Ils passèrent l'appartement au peigne fin, inspectant le contenu des tiroirs et laissant traîner la main sous tous les meubles. Caron demanda à Simon de toquer dans les murs pour détecter des creux et l'enfant accomplit cette tâche avec grand sérieux, ravi de cette chasse au trésor. C'est dans le faux plafond qu'ils trouvèrent une serviette contenant des listes de témoins, des rapports, des bordereaux, des factures, des preuves de détournement de fonds et des morceaux de journal de bord édifiants. Largement de quoi faire tomber la Ligue. Silent était plus écrivassier qu'il n'y paraissait.

— Regardez !

Caron tenait à la main les billets de bateau pour l'Algérie. Albertine Champlain ne les avait pas imaginés. Une fois ses révélations à la une des journaux, Silent avait prévu de fuir. Le flic les posa sur la table et la femme les regarda comme s'il s'agissait d'un piège.

— Vous aimiez Gabriel ?

— Je ne vois pas en quoi cela intéresse la police.

— J'aime comprendre. Vous êtes une aventurière, en quelque sorte.

— Je dirais plutôt que je me bats depuis toujours contre l'hypocrisie de ce monde envers les femmes. L'église, le mariage, les bonnes mœurs, les femmes ne doivent surtout pas s'en écarter. Malheureusement, ce n'est pas mon cas. Libre à vous de penser que cela fait de moi une aventurière.

Décidément, elle lui plaisait de plus en plus, cette petite. Il aimait les femmes de cette trempe, celles qui s'en sortent, coûte que coûte.

# ÉPILOGUE

Le commissaire Soubielle revenait de l'hôpital. Physiquement, sa femme se rétablissait ; sur ce point les médecins étaient optimistes. En revanche, elle s'enfonçait dans le dégoût d'elle-même, tellement loin que cela la rendait inaccessible ; la femme avec laquelle il partageait sa vie depuis plus de vingt ans lui devenait étrangère.

De l'appartement ne provenait aucun bruit. Peut-être s'était-elle absentée ? Il frappa des coups précautionneux contre la porte et des pas feutrés s'approchèrent. Une lueur d'étonnement traversa le regard de Geneviève Silent en voyant le commissaire sur le palier, une caisse dans les mains.

Rien n'avait changé depuis sa dernière visite, l'intérieur était toujours aussi bien tenu et le lit à barreaux dans lequel Aristide dormait à poings fermés, enseveli sous les couvertures, emplissait l'angle de la pièce, à proximité du poêle.

— Je vous rapporte les affaires de Gabriel.

Il posa la boîte sur la table. Elle y jeta à peine un regard. Bras croisés, elle attendait les explications. Soubielle lui dit la vérité. C'était le moins qu'il pouvait faire pour elle. Gabriel avait pour projet de rendre justice à ses origines juives en piégeant la Ligue. Malgré toutes les précautions qu'il avait prises pour infiltrer le mouvement antisémite, Antoine Bergeron avait fini par le soupçonner. Il avait envoyé Joseph Millard se renseigner à La Chapelle-Quincieux où la découverte des origines de Gabriel avait scellé sa condamnation à mort.

Soubielle posa sur la table plusieurs journaux qui titraient sur Bergeron. *L'amoureux de l'armée détourne l'argent des militaires. Fin de l'escroquerie Bergeron. La Ligue assassine un de ses membres.* L'affaire n'était pas encore passée devant un juge, mais Bergeron n'avait pas eu d'autre choix que de jeter l'éponge. Ses amis haut placés s'étaient empressés de prendre leurs distances avec lui. On parlait de dissoudre la Ligue lyonnaise, encore une fois. Ce n'était même pas sûr qu'ils présentent un candidat de substitution. De l'autre bord, Blovski était lui aussi dans la panade à cause de son amitié avec Berkowitz. La voie était donc libre pour les radicaux et leur ordre social figé comme aux plus beaux jours de l'Empire, disait Caron.

Soubielle laissa Geneviève digérer les révélations, lui épargnant simplement le détail de la photographie enfoncée dans la gorge de Gabriel pour brouiller les pistes.

— C'est donc une volonté de justice qui aura mené Gabriel à sa perte, dit-elle enfin. J'étais sa femme et il ne m'en a jamais parlé, il ne m'a jamais confié le moindre de ses doutes ou de ses réelles aspirations. Qu'est-ce je représentais à ses yeux ? Rien. Au fond, il ne m'a jamais aimée. Et il est mort pour une cause juste ?

Elle le regarda bizarrement, comme si elle sondait la vérité au fond de son regard.

— Sa maîtresse a-t-elle joué un rôle là-dedans ?

— Elle n'a rien à voir avec sa mort. En revanche, nous avons établi deux faits avec certitude. D'abord, Gabriel n'entretenait pas Albertine Champlain, c'était une fausse piste. Ensuite, nous sommes sûrs que Simon n'est pas l'enfant de Gabriel.

— Alors, il existe une seule raison pour laquelle il voulait s'enfuir avec eux. C'étaient eux qu'il aimait.

La rédemption prenait parfois des chemins tortueux. On ne sortait d'une nasse que pour s'enfoncer dans une autre. Geneviève se leva et s'approcha de la fenêtre, contemplant les façades ocre et les toits de tuiles des maisons lyonnaises. Le silence s'installa.

— Avez-vous déjà entendu parler de la *république des faibles* ? demanda le commissaire au bout d'un moment.

— Comme tout le monde, répondit-elle en se retournant. C'est une belle idée de mettre le droit au service des individus sans défense. Malheureusement, et croyez-en ma longue expérience de femme, cette conception n'a jamais été d'actualité.

Ils échangèrent un long regard. Soubielle ne sut pas quoi lui répondre.

# REMERCIEMENTS

Ce livre est l'aboutissement d'un long processus. La première rencontre avec l'univers de ce roman remonte à une nouvelle écrite en 2017 pour le concours organisé par Quais du Polar, à Lyon. La naissance du 36, quai des Orfèvres, au début du XXe siècle, servait de toile de fond. Le jury, présidé par Hervé Jourdain, a trouvé la nouvelle à son goût.

Quelques années plus tard, le roman voit enfin le jour et son intrigue, par un étrange phénomène, se déroule à Lyon.

Je veux remercier ma compagne Patricia et mes enfants, Erwan et Axel. Heureusement que vous êtes là.

Je souhaite rendre hommage également à mes parents, Joseph et Monique, qui m'ont toujours encouragé dans ma voie différente de la leur. Qu'ils tiennent ce livre entre leurs mains me procure un grand bonheur.

Merci à ma sœur Julie, ainsi qu'à Thierry et Zélie qui m'ont accueilli chez eux chaque fois que j'en avais besoin.

Et je tiens à remercier chaleureusement Pierre Fourniaud et l'équipe de la Manuf – sans oublier ma bonne fée – pour la confiance accordée.

**Qu'avez-vous pensé de ce livre ?**

Partagez votre avis sur vos réseaux sociaux
avec les # suivants :

**#passionlecture**
**#1andelecture1018**
**#éditions1018**

et tentez de remporter **1 an de lecture***.

Retrouvez-nous sur les réseaux sociaux
et découvrez tous nos conseils de lecture :

editions1018 Editions 10-18 Editions 10/18

***voir modalités sur la page https://un-an-de-lecture-10-18.lisez.com/**

FSC
www.fsc.org
MIXTE
Papier issu de sources responsables
FSC® C003309

L'éditeur de cet ouvrage s'engage dans une démarche de certification FSC® qui contribue à la préservation des forêts pour les générations futures.

Pour en savoir plus :
www.editis.com/engagement-rse/

10/18 – 92 avenue de France, 75013 PARIS

*Imprimé en France par* CPI

N° d'impression : 3048223
X07959/02